Angelika Feilhauer (Hrsg.) • Der Geister-Omnibus

OMNIBUS

DIE HERAUSGEBERIN

Angelika Feilhauer lebt in Ravensburg und ist als Co-Autorin mehrerer Sprachlehrbücher bekannt, in denen den Lernenden die Fremdsprache mit Hilfe von Spielen und Witzen beigebracht wird. Für das vorliegende Buch hat sie sich in der klassischen englischsprachigen Gruselliteratur umgetan und einige der besten Geschichten ausgewählt und übersetzt.

Bei OMNIBUS ist bereits erschienen:

Der Grusel-Omnibus (20532)
Der Schmunzel-Omnibus (20388)

Angelika Feilhauer
(Hrsg.)

Der Geister-Omnibus

OMNIBUS

OMNIBUS

Band 20648

Der Taschenbuchverlag
für Kinder und Jugendliche
von Bertelsmann

Umwelthinweis:
Dieses Buch wurde auf chlorfrei gebleichtem Papier gedruckt.

Originalausgabe November 1999
Gesetzt nach den Regeln der Rechtschreibreform

Lektorat: Elke Hesse
Umschlagbild: Ferenc B. Regoes
Umschlagkonzeption: Klaus Renner
bm · Herstellung: Stefan Hansen
Satz: Uhl + Massopust, Aalen
Druck: Presse-Druck Augsburg
ISBN 3-570-20648-3
Printed in Germany

10 9 8 7 6 5 4 3 2 1

Inhalt

Der Onkel des Handlungsreisenden

Charles Dickens (1812–1870)

»Mein Onkel, Gentlemen«, sagte der Handlungsreisende, »war einer der lustigsten, freundlichsten und gescheitesten Knaben, die jemals gelebt haben. Ich wünschte, Sie hätten ihn gekannt, Gentlemen. Doch wenn ich es mir recht überlege, Gentlemen, wünsche ich mir doch nicht, Sie hätten ihn gekannt, denn dann wären Sie bei dem normalen Gang der Dinge jetzt, wenn nicht tot, dann dem Tod doch so nahe, dass Sie Gefallen daran gefunden hätten, daheim zu bleiben und auf geselligen Umgang zu verzichten. Wodurch mir das unbeschreibliche Vergnügen vorenthalten geblieben wäre, hier und jetzt mit Ihnen zu plaudern. Gentlemen. Aber ich wünschte, Ihre Väter und Mütter hätten meinen Onkel gekannt. Sie hätten ihn wirklich gern gehabt, vor allem Ihre ehrenwerte Frau Mutter. Dessen bin ich gewiss. Wenn unter den zahlreichen Tugenden, die seinen Charakter zierten, zwei besonders hervorstachen, waren es seine Art, Punsch zu bereiten, und sein Gesang nach dem Abendessen, würde ich meinen. Verzeihen Sie mir, wenn ich mich diesen schwermütigen Erinnerungen an einstige Werte ergebe. Einen Mann wie meinen Onkel trifft man nicht alle Tage.

Ich habe es immer von großer Bedeutung für den Charakter meines Onkels gehalten, Gentlemen, dass er ein enger Freund und Gefährte Tom Smarts aus dem großen Haus Bilson and Slum in der Cateaton Street in London City war. Mein Onkel kassierte für Tiggin und Welps, aber lange Zeit bereiste er fast die gleiche Route wie Tom. Und schon am ersten Abend, an dem sie sich trafen, fasste mein Onkel eine große Zuneigung zu Tom und umgekehrt. Sie kannten sich noch keine halbe Stunde, da wetteten sie schon um einen neuen Hut, wer den besten Punsch brauen und ihn am schnellsten austrinken könne. Beim Brauen gewann zweifellos mein Onkel, beim Trinken jedoch schlug ihn Tom Smart um etwa ein halbes Teelöffelchen. Dann nahmen beide noch einen Krug, um auf die Gesundheit des anderen zu trinken, und von da an waren sie feste Freunde. So was heißt Schicksal, Gentlemen. Wir können es nicht ändern.

Was seine äußere Erscheinung betraf, war mein Onkel ein wenig kleiner als mittelgroß und auch eine Spur beleibter als ein Durchschnittsmensch, und sein Gesicht war vielleicht ein Ideechen röter. Er hatte das lustigste Gesicht, das Sie jemals gesehen haben, Gentlemen: ein bisschen wie Kasper, aber Nase und Kinn hübscher. Seine Augen blitzten und funkelten stets vor guter Laune und auf seinem Gesicht lag ewig ein Lächeln – nicht so ein nichts sagendes, ausdrucksloses Grinsen, sondern ein wirklich fröhliches, gutmütiges Lächeln, das von Herzen kam. Einmal wurde er aus seinem Einspänner kopfüber gegen einen Meilenstein geschleudert. Dort blieb er betäubt liegen, das Gesicht dermaßen vom Schotter zerschnitten, der nebendran auf einem Haufen lag, dass ihn, um die drastische Formulierung meines Onkels zu gebrauchen, seine eigene Mutter nicht wieder erkannt hätte, wäre sie noch einmal zu Besuch auf die Erde gekommen. Wenn ich freilich über diese Sache nachdenke, Gentlemen, bin ich mir ziemlich gewiss, dass es sich genau so verhalten hätte, denn sie starb, als mein Onkel zwei Jahre und sieben Monate alt war. Und ich denke, höchstwahrscheinlich hätten selbst ohne den Schotter allein seine Stulpenstiefel die gute Dame nicht wenig verdutzt gemacht, von seinem lustigen roten Gesicht ganz zu schweigen. Wie dem auch sei, da lag er und ich habe gehört, wie mein Onkel manches Mal sagte, dass der Mann, der ihn aufhob, später erzählte, er habe so fröhlich gelächelt, als sei er aus purem Vergnügen gestürzt. Und nachdem sie ihn zur Ader gelassen hätten, habe sich das erste schwache Aufflackern wiederkehrenden Lebens darin gezeigt, dass er aus dem Bett gesprungen und in lautes Gelächter ausgebrochen sei, dann habe er die junge Frau, die die Schüssel hielt, geküsst und augenblicklich nach einem Lammkotelett und einer eingelegten Walnuss verlangt. Eingelegte Walnüsse gehörten zu seinen Leibspeisen, Gentlemen. Er sagte, er habe stets festgestellt, dass sie, ohne Essig verzehrt, das Bier zum Genuss machen würden.

Die große Reise meines Onkels fiel in den Herbst. Dann trieb er Schulden ein, nahm Bestellungen im Norden auf und fuhr von London nach Edinburgh, von Edinburgh nach Glasgow, von Glasgow zurück nach Edinburgh und von dort aus mit dem Boot wieder nach London. Sie müssen wissen, dass sein zweiter Besuch in Edinburgh ausschließlich seinem eigenen Vergnügen diente. Er pflegte für eine Woche zurückzukehren, nur um seine alten Freunde zu besuchen. Er frühstückte mit diesem, nahm ein zweites Frühstück mit jenem, aß mit einem Dritten zu Mittag und wieder einem anderen zu Abend. Er hatte ein ziemlich straffes Programm. Ich weiß nicht, Gentlemen, ob einer von Ihnen jemals an einem wirklich reichlichen, geselligen schottischen Frühstück teilgenommen hat und dann zu einem leichten Gabelfrühstück mit einer Menge Austern, ungefähr einem Dutzend Flaschen Bier und ein oder zwei Krüglein Whisky als Abschluss ging. Sollte dem so sein, werden Sie mir gewiss zustimmen, dass es einer ziemlich robusten Konstitution bedarf, um anschließend noch zum Mittagessen und Abendessen auszugehen.

Aber du meine Güte, meinem Onkel machte das rein gar nichts aus! Bei seiner Trinkfestigkeit war das für ihn das reinste Kinderspiel. Ich habe ihn sagen gehört, seinetwegen könne er die Leute aus Dundee tagtäglich begleiten, ohne auf dem Heimweg zu torkeln. Und dabei nennen die Leute aus Dundee eine derart robuste Konstitution und einen so starken Punsch ihr Eigen, Gentlemen, wie Sie beides sonst zwischen den Polen kaum finden werden. Ich habe von einem Mann aus Glasgow und einem Mann aus Dundee gehört, die fünfzehn Stunden lang um die Wette tranken. Sie erstickten, soweit man später feststellen konnte, beide im gleichen Moment, aber sieht man von dieser lächerlichen Kleinigkeit ab, Gentlemen, widerfuhr ihnen nichts Schlimmeres.

Eines Abends, vierundzwanzig Stunden ehe er mit dem Boot nach London zurückkehren wollte, speiste mein Onkel im Haus eines uralten Freundes zu Abend, eines Ratsherrn MacIrgendwas und noch vier Silben dahinter, der in der Altstadt von Edinburgh lebte. Zugegen waren die Gattin und die drei Töchter und der erwachsene Sohn des Ratsherrn und drei oder vier beleibte alte schottische Knaben mit buschigen Augenbrauen, die der Ratsherr zu Ehren meines Onkels zusammengeholt hatte, um mitzufeiern. Es war ein köstliches Abendessen. Es gab geräucherten Lachs und geräucherten Schellfisch und einen Schafskopf und gefüllten Hammelmagen – ein berühmtes schottisches Gericht, Gentlemen, das, wie mein Onkel zu sagen pflegte, ihn immer anlachte, wenn es aufgetragen wurde, und viele andere Dinge mehr, deren Namen ich vergessen habe, die aber dennoch köstlich schmeckten. Die Mädels waren hübsch und liebenswürdig, die Gattin des Ratsherrn war eines der gütigsten Geschöpfe, das je lebte, und mein Onkel in bester Stimmung, was zur Folge hatte, dass die jungen Damen unablässig kicherten und gackerten und die alte Dame die ganze Zeit aus vollem Halse lachte und der Ratsherr und die anderen alten Knaben vor Lachen brüllten, bis sie rote Köpfe bekamen. Ich kann mich nicht genau erinnern, wie viele Gläser Whisky jeder der Männer nach dem Abendessen trank, aber ich weiß, dass der erwachsene Sohn des Ratsherren etwa um ein Uhr morgens ohnmächtig wurde, als er versuchte die erste Strophe von ›Willie braute 'ne Menge Whisky‹ zu singen, und da er in der letzten halben Stunde der einzige andere Mann oberhalb des Esstisches gewesen war, deuchte es meinem Onkel, dass es nun langsam Zeit zum Aufbruch sei: Vor allem, da das Zechgelage schon um sieben Uhr begonnen hatte, damit er zu einer schicklichen Zeit nach Hause käme. Doch da er glaubte, dass es vielleicht nicht besonders höflich wäre, gerade jetzt zu gehen, erklärte sich mein Onkel zum Vorsitzenden, mixte sich noch ein Glas, stand auf, um auf seine Gesundheit zu trinken, hielt eine treffende und schmeichelhafte Rede auf sich und trank mit großer Begeisterung. Dennoch wurde niemand wach. Also nahm mein Onkel noch ein Tröpfchen – diesmal pur, für den Fall, dass der Mix ihm nicht bekam –, dann packte er energisch seinen Hut und trat auf die Straße hinaus.

Die Nacht war wild und stürmisch, als mein Onkel die Tür des Ratsherrn schloss. Er drückte sich den Hut fest auf den Kopf, damit der Wind ihn nicht davontrug, schob die Hände in seine Taschen und schaute nach oben, um das Wetter einer kurzen Begutachtung zu unterziehen. Die Wolken trieben mit Schwindel erregendem Tempo über den Mond, wobei sie ihn einmal ganz verdunkelten und es ihm einmal erlaubten, in vollem Glanze durchzubrechen und sein Licht auf alle Dinge rundum zu werfen. Bald darauf eilten sie mit noch größerer Geschwindigkeit erneut vor ihn und hüllten alles in Dunkelheit. »Das kannst du wirklich nicht machen«, sagte mein Onkel, an das Wetter gewandt, als fühlte er sich persönlich gekränkt. »Dies ist meiner Reise in keinster Weise dienlich. Es ist völlig daneben«, sagte mein Onkel ungemein eindrucksvoll. Als er dies einige Male wiederholt hatte, fand er mit einigen Schwierigkeiten das Gleichgewicht wieder – denn ihm war doch recht schwindelig, weil er so lang zum Himmel emporgeschaut hatte – und ging fröhlich weiter.

Das Haus des Ratsherrn befand sich im Canongate und mein Onkel war unterwegs zum anderen Ende von Leith Walk, etwas mehr als eine Meile entfernt. Zu beiden Seiten von ihm ragten vor dem dunklen Himmel vereinzelt hohe, hagere Häuser empor, mit vom Alter fleckigen Fronten und Fenstern, die das Schicksal von Menschenaugen zu teilen schienen und mit den Jahren trüb geworden und eingesunken waren. Sechs, sieben, acht Stockwerke hoch waren die Häuser – Stockwerk auf Stockwerk geschichtet, so wie Kinder mit Spielkarten bauen –, und sie warfen ihre Schatten auf das holprige Straßenpflaster und machten die dunkle Nacht noch dunkler. In großen Abständen fanden sich vereinzelt einige Öllampen, doch dienten sie nur dazu, den schmutzigen Eingang irgendeines engen Hofes zu markieren oder anzuzeigen, wo eine Gemeinschaftstreppe über steile und verschlungene Windungen zu den diversen Wohnungen darüber führte. All diese Dinge betrachtete mein Onkel mit dem Gebahren eines Mannes, der sie schon zu oft gesehen hat, um sie noch großer Aufmerksamkeit für würdig zu halten. Mein Onkel lief in der Mitte der Straße, einen Daumen in jeder Westentasche, und gestattete sich ab und zu die eine oder andere Zeile eines Liedchens, die mit so viel guter Laune und Feuer herausgeschmettert wurde, dass die friedlichen, rechtschaffenen Menschen aus ihrem ersten Schlaf aufschreckten und zitternd im Bett lagen, bis der Klang in der Ferne erstarb. Und als sie sich davon überzeugt hatten, dass es nur ein betrunkener Taugenichts auf dem Heimweg gewesen war, deckten sie sich warm zu und schliefen wieder ein.

Ich beschreibe so genau, wie mein Onkel, die Daumen in seinen Westentaschen, in der Mitte der Straße lief, Gentlemen, weil, wie er oft (und auch aus gutem Grund) zu sagen pflegte, an der ganzen Geschichte überhaupt nichts außergewöhnlich ist, wenn Sie nicht von Anfang an unmissverständlich begreifen, dass er keineswegs ein Phantast oder Romantiker war.

Gentlemen, mein Onkel, ging weiter, die Daumen in den Westentaschen, und nahm die Mitte der Straße in Besitz, während er mal eine Strophe eines Liebesliedes, mal die eines Trinkliedes sang, und als er beides satt hatte, pfiff er melodisch, bis er die North Bridge erreichte, die an dieser Stelle die alten und neuen Stadtteile Edinburghs verbindet. Hier hielt er einen Moment inne, um die seltsamen, unordentlichen Lichtertrauben zu betrachten, die in der Ferne aufeinander gehäuft so hoch oben in der Luft funkelten, dass sie wie Sterne aussahen, und auf der einen Seite von den Burgmauern und von der anderen vom Calton Hill strahlten, als erleuchteten sie echte Luftschlösser, während unten die alte malerische Stadt in Düsternis und Dunkelheit fest weiterschlief. Schloss und Kapelle von Holyrood, Tag und Nacht, wie ein Freund meines Onkels zu sagen pflegte, bewacht vom alten Arthurssitz, der griesgrämig und finster wie ein mürrischer Schutzgeist über der alten Stadt aufragte. Hören Sie, Gentlemen, hier hielt mein Onkel einen Moment inne, um sich umzuschauen. Er machte dem Wetter ein Kompliment, das, obwohl der Mond unterging, ein wenig aufgeklart hatte, dann setzte er seinen Weg ebenso majestätisch fort wie zuvor. Er hielt sich mit großer Würde in der Mitte der Straße und machte den Eindruck, als würde er liebend gern jemandem begegnen, der ihm ihren Besitz streitig machte. Zufällig gab es absolut niemand, der geneigt war, in diesem Punkt zu streiten, und so ging mein Onkel, die Daumen in den Westentaschen, wie ein Lämmchen weiter.

Als er das Ende des Leith Walk erreichte, musste er ein recht großes Stück Brachland überqueren, das ihn von einer kurzen Straße trennte, in welche er einbiegen musste, um direkt zu seinem Quartier zu gelangen. Nun gab es auf diesem Brachland zu jener Zeit ein eingezäuntes Grundstück, das irgendeinem Stellmacher gehörte, der mit der Post einen Vertrag über den Kauf alter, ausgedienter Postkutschen hatte. Und da mein Onkel großen Gefallen an Kutschen fand, ob alt, jung oder mittleren Alters, kam es ihm plötzlich in den Sinn, durch die Zaunpfähle einen neugierigen Blick auf die Postkutschen zu werfen. Im Innern sah er, wie er sich später entsann, etwa ein Dutzend von ihnen zusammengedrängt in einem elenden, abgetakelten Zustand. Mein Onkel war ein äußerst begeisterungsfähiger, entschlossener Mensch, Gentlemen. Und als er feststellte, dass er durch den Zaun hindurch nichts sah, stieg er über ihn, ließ sich ruhig auf einer alten Radachse nieder und begann die Postkutschen mit großem Ernst zu betrachten.

Es mochten vielleicht ein Dutzend sein oder vielleicht auch mehr – in diesem Punkt war sich mein Onkel nie vollkommen sicher, und da er, was Zahlen betraf, ein Mann von peinlichster Genauigkeit war, wollte er sich nicht festlegen – indes, da standen sie unordentlich zusammengedrängt in einem denkbar trostlosen Zustand. Die Türen waren aus ihren Angeln gerissen und entfernt worden, die Innenverkleidung heruntergerupft – nur hier und dort hing noch ein Fetzen an einem rostigen Nagel. Die Lampen waren fort, die Deichseln längst verschwunden, die Eisenbeschläge rostig, die Farben abgeblättert. Der Wind pfiff durch die Ritzen des entblößten Holzes, und der Regen, der sich auf den Dächern gesammelt hatte, fiel Tropfen für Tropfen mit einem hohlen, melancholischen Geräusch ins Innere. Sie sahen wie verwesende Skelette entschlafener Postkutschen aus und wirkten an diesem verlassenen Ort und zu dieser Stunde der Nacht kalt und traurig.

Mein Onkel stützte seinen Kopf auf die Hände und dachte an die geschäftigen, eilenden Menschen, die vor Jahren in den alten rostenden Kutschen umhergeratter und nun ebenso still und verändert waren. Er dachte an die zahllosen Leute, die diese wackeligen, modernden Gefährte viele Jahre lang Nacht für Nacht und bei jedem Wetter befördert hatten, die bang erwartete Botschaft, die ersehnte Geldsendung, die versprochene Bestätigung von Gesundheit und Sicherheit, die plötzliche Nachricht von Krankheit und Tod. Der Kaufmann, der Geliebte, die Gattin, die Witwe, die Mutter, der Schulknabe, selbst das Kind, das beim Klopfen des Postboten zur Tür tapste – wie erwartungsvoll hatten sie alle der Ankunft der alten Kutsche entgegengesehen! Und wo waren sie jetzt?

Gentlemen, mein Onkel pflegte zwar zu erzählen, dass er in diesem Moment über all diese Dinge nachdachte, indes glaube ich eher, dass er sie später in irgendeinem Buch las, denn er erklärte unmissverständlich, dass er, als er auf der alten Radachse saß und die vermoderten Postkutschen betrachtete, in einen Schlummer fiel, und dass er plötzlich durch eine laute Kirchenglocke geweckt wurde, die zwei Uhr schlug. Nun, mein Onkel war nie ein schneller Denker und wenn er all diese Dinge gedacht hätte, hätte dies mindestens bis halb drei gedauert, dessen bin ich gewiss. Ich bin daher der festen Meinung, Gentlemen, dass mein Onkel einschlummerte, ohne überhaupt etwas gedacht zu haben.

Wie dem auch sei, eine Kirchenglocke schlug zwei. Mein Onkel erwachte, rieb sich die Augen und sprang erstaunt auf.

Kaum hatte die Uhr nämlich zwei geschlagen, war dieser verlassene und stille Ort gänzlich zu einem Schauplatz seltsamsten Lebens und Treibens geworden. Die Türen der Postkutschen hingen in ihren Angeln, die Innenauskleidung war ersetzt und die Farbe wieder vorhanden, die Beschläge waren so gut wie neu, die Lampen leuchteten, auf jedem Kutschbock lagen Kissen und Überzieher, Dienstleute warfen Pakete in sämtliche Kutschkästen, Wächter verstauten Briefsäcke, Stallknechte schütteten eimerweise Wasser gegen die erneuerten Räder, Männer eilten umher und befestigten Deichseln an allen Kutschen, Fahrgäste stellten sich ein, Handkoffer wurden nach oben gereicht und Pferde angespannt. Kurzum, es war vollkommen klar, dass sämtliche der dortigen Postkutschen kurz vor der Abfahrt standen. Gentlemen, angesichts all dessen riss mein Onkel die Augen so weit auf, dass er sich bis zum letzten Moment seines Lebens immer wieder fragte, wie es möglich war, dass er sie jemals wieder schließen konnte.

›Na dann!‹, sagte eine Stimme und mein Onkel spürte eine Hand auf seiner Schulter. ›Ihr seid für einen Innensitz eingetragen. Ihr solltet besser einsteigen.‹

›Ich eingetragen?‹, sagte mein Onkel und wandte sich um.

›Ja, gewiss.‹

Mein Onkel, Gentlemen, brachte vor lauter Staunen kein Wort heraus. Am seltsamsten war, dass, obwohl solch ein Menschengewimmel herrschte und obwohl jeden Moment neue Gesichter hinzuströmten, es sich einfach nicht feststellen ließ, wo sie herkamen. Sie schienen auf irgendeine merkwürdige Weise aus dem Boden oder der Luft aufzutauchen und auf die gleiche Weise wieder zu verschwinden. Wenn ein Träger sein Gepäck in die Kutsche geladen und sein Fahrgeld in Empfang genommen hatte, wandte er sich um und war fort, und bevor mein Onkel sich noch fragen konnte, was aus ihm geworden war, tauchte ein halbes Dutzend neuer Träger auf, unter dem Gewicht von Paketen schwankend, die groß genug schienen, um sie zu zerquetschen. Auch die Fahrgäste waren alle gar seltsam gekleidet – in große ausgestellte Mäntel mit weit zurückgeschlagenen Ärmeln, und Perücken, meine Herren … große, steife Perücken mit einer Schleife im Nacken. Mein Onkel konnte sich keinen Reim darauf machen.

›Nun, werdet Ihr endlich einsteigen?‹, sagte der Mann, der

meinen Onkel bereits angeredet hatte. Er war wie ein Postwächter gekleidet, mit einer Perücke auf dem Kopf und riesigen Aufschlägen an seinem Mantel. In der einen Hand hielt er eine Laterne und in der anderen eine riesige Donnerbüchse, die er in seiner kleinen Waffenkiste verstauen wollte. ›Werdet Ihr endlich einsteigen, Jack Martin?‹, sagte der Wächter und hielt meinem Onkel die Laterne ins Gesicht.

›Holla!‹, sagte mein Onkel und trat ein oder zwei Schritte zurück. ›Das kommt mir bekannt vor!‹

›So steht es auf der Fahrgastliste‹, erwiderte der Wächter.

›Steht kein »Mister« davor?‹, sagte mein Onkel, denn er war der Meinung, Gentlemen, dass die Post, wäre es ihr bekannt gewesen, es nicht gebilligt hätte, dass sich ein ihm fremder Wächter die Freiheit nahm, ihn mit Jack Martin anzureden.

›Nein, steht da nicht‹, erwiderte der Wächter frech.

›Ist das Fahrgeld bezahlt?‹, fragte mein Onkel.

›Selbstverständlich‹, erwiderte der Wächter.

›Tatsächlich?‹, sagte mein Onkel. ›Na, dann los … welche Kutsche ist es?‹

›Diese‹, erwiderte der Wächter und zeigte auf eine altmodische Edinburgh-London-Postkutsche mit heruntergeklapptem Fußtritt und geöffnetem Schlag. ›Halt … hier kommen die anderen Fahrgäste, lasst sie zuerst einsteigen.‹

Noch während der Wächter dies sagte, erschien vor meinem Onkel plötzlich ein junger Herr mit einer gepuderten Perücke und einem himmelblauen Rock mit Silberaufputz, der stark ausgestellt und mit Bougram gefüttert war. Tiggin und Welps handelte mit bedrucktem Kattun und Westenmeterware, Gentlemen, weshalb mein Onkel all die Stoffe sofort erkannte. Der Mann trug Kniehosen und eine Art Gamaschen, die über seine Seidenstrümpfen hochgerollt waren, und Schnallenschuhe. An den Handgelenken hatte er Spitzenmanschetten, auf dem Kopf einen Dreispitz und an der

Seite ein langes, spitzes Schwert. Die Enden seiner Weste reichten bis in halbe Höhe des Schenkels und die Zipfel seines Halstuches bis zur Taille. Er stolzierte würdevoll zum Kutschenschlag, lüftete seinen Hut und hielt ihn in Armeslänge über den Kopf. Dabei spreizte er den kleinen Finger ab, wie es affektierte Leute manchmal tun, wenn sie eine Tasse Tee trinken. Dann zog er die Füße zusammen, machte eine leichte, feierliche Verbeugung und streckte die linke Hand aus. Schon wollte mein Onkel vortreten und sie herzlich schütteln, als er bemerkte, dass diese Höflichkeitsbezeigungen nicht ihm galten, sondern einer jungen Dame, die just in diesem Moment am Ende des Fußtrittes erschien, in ein altmodisches grünes Samtkleid mit langer Taille und einem Brusttuch gekleidet. Ihr Kopf war nicht mit einem Hut bedeckt, Gentlemen, sondern in eine schwarze Seidenkapuze gehüllt, aber als sie sich anschickte, in die Kutsche zu steigen, schaute sie sich einen Augenblick um und ein so wunderschönes Gesicht, wie sich da offenbarte, hatte mein Onkel noch niemals gesehen, nicht einmal auf einem Gemälde. Als sie in die Kutsche stieg, hob sie mit der Hand ihr Kleid, und wie mein Onkel stets mit einem kräftigen Fluch sagte, wenn er die Geschichte erzählte, hätte er es nicht für möglich gehalten, dass Beine und Füße eine solche Vollkommenheit erreichen konnten, hätte er es nicht mit eigenen Augen gesehen.

Aber mit diesem einen Blick auf das wunderschöne Gesicht sah mein Onkel auch, dass die junge Dame ihm einen flehentlichen Blick zuwarf und dass sie verängstigt und gepeinigt wirkte. Überdies bemerkte er, dass der junge Bursche mit seiner gepuderten Perücke sie ungeachtet der von ihm zur Schau gestellten Artigkeit, die ungemein fein und vornehm war, beim Einsteigen fest am Handgelenk packte und ihr sogleich nachfolgte. Zu der Gesellschaft gehörte zudem ein selten hässlicher Kerl mit einer kurzen braunen Perücke und einem zwetschenfarbenen Anzug, der ein riesiges Schwert und hüfthohe Stiefel trug. Als er sich neben die junge Dame setzte, schrak diese in die Ecke zurück und mein Onkel fand sich in seinem anfänglichen Eindruck bestätigt, dass hier Verbrecherisches und Rätselhaftes im Gange war, oder, wie er es stets ausdrückte, »da irgendetwas nicht stimmte«. Es ist wirklich verblüffend, wie rasch er sich entschloss, die Dame aus jedweder Gefahr zu retten, wenn sie Hilfe bedurfte.

›Donner und Blitz!‹, rief der junge Herr und legte die Hand auf sein Schwert, als mein Onkel die Kutsche bestieg.

›Tod und Teufel!‹, brüllte der andere Herr. Und er riss sein Schwert heraus und führte ohne weitere Förmlichkeiten einen Stoß gegen meinen Onkel aus. Mein Onkel trug keine Waffe, doch mit großer Geschicklichkeit riss er dem hässlichen Herrn seinen Dreispitz vom Kopf, fing mit ihm die Spitze des Schwertes ab, drückte die Seiten zusammen und hielt das Schwert fest.

›Erstich ihn von hinten!‹, rief der hässliche Herr seinem Gefährten zu, während er sich abmühte, sein Schwert zu befreien.

›Das sollte er lieber bleiben lassen!‹, rief mein Onkel und hob drohend die Hacke eines Schuhs. ›Ich werde ihm das Gehirn aus dem Kopf treten, falls er eines besitzt, oder andernfalls seinen Schädel zertrümmern!‹ Dann riss mein Onkel unter Aufbietung all seiner Kräfte dem hässlichen Mann das Schwert aus der Hand und warf es geschickt aus dem Kutschenfenster, worauf der jüngere Herr wieder ›Donner und Blitz‹ brüllte und mit höchst bedrohlichem Gebahren die Hand auf das Heft seines Schwertes legte, indes – er zog es nicht. Vielleicht, Gentlemen, vielleicht fürchtete er die Dame zu erschrecken, wie mein Onkel mit einem Lächeln zu sagen pflegte.

›Hört zu, Gentlemen‹, sagte mein Onkel und nahm bedächtig Platz, ›ich dulde in der Gegenwart einer Dame keinen Tod, weder mit noch ohne Teufel, und Donner und Blitz haben wir für eine Reise schon genug gehabt, und deshalb werden wir uns wie friedliche Fahrgäste auf unsere Plätze setzen, wenn es recht ist. He, Wächter, hebt das Tranchiermesser des Herren da auf.‹

Kaum hatte mein Onkel die Worte gesprochen, erschien der Wächter am Kutschenfenster, das Schwert des Herrn in der Hand. Während er es nach innen reichte, hielt er seine Laterne hoch und schaute meinem Onkel ernst ins Gesicht. Zu seiner großen Überraschung sah mein Onkel im Lichtschein eine riesige Schar von Postkutschenwächtern, die sich um das Fenster drängten und alle ebenfalls ernst ihre Augen auf ihn geheftet hatten. Noch nie in seinem Leben hatte er ein solches Meer weißer Gesichter, roter Körper und ernster Augen gesehen.

Das ist die seltsamste Sache, die mir je passiert ist, dachte mein Onkel. ›Gestattet mir, Euch Euren Hut zurückzugeben, Sir.‹

Der hässliche Herr nahm schweigend seinen Dreispitz in Empfang und mit fragender Miene schaute er das Loch in der Mitte an. Schließlich setzte er ihn auf seine Perücke, mit einer Feierlichkeit, deren Wirkung ein wenig dadurch geschmälert wurde, dass er in diesem Augenblick heftig nieste und ihn wieder herunterriss.

›Alles in Ordnung!‹, rief der Wächter mit der Laterne und stieg auf seinen kleinen Rücksitz. Und dann ging es los. Als sie den Hof verließen, schaute mein Onkel aus dem Kutschenfester und sah, dass die anderen Postkutschen samt Kutschern, Wächtern, Pferden und Fahrgästen in langsamem Trab mit etwa fünf Meilen pro Stunde immer im Kreis herumfuhren. Mein Onkel brannte vor Entrüstung, Gentlemen. Als Geschäftsmann war er der Meinung, dass man mit Postsäcken nicht so leichtfertig umgehen dürfe, und er beschloss, bei seiner Rückkehr nach London bei der Post unverzüglich eine Denkschrift über das Thema einzureichen.

Indes war er augenblicklich in Gedanken mit der jungen Dame beschäftigt, die in der hintersten Ecke der Kutsche kauerte, das Gesicht fest in ihre Kapuze gehüllt. Der Herr mit dem hellblauen Rock saß ihr gegenüber und der andere Herr in dem zwetschenfarbenen Anzug an ihrer Seite, und beide beobachteten sie unverwandt. Wenn sie nur mit den Falten ihrer Kapuze raschelte, hörte mein Onkel, wie der hässliche Mann mit der Hand auf das Schwert klopfte, und die Atmung des anderen verriet ihm (in der Dunkelheit konnte er sein Gesicht nicht sehen), dass dieser riesige Augen machte, als wolle er sie mit einem Biss verschlingen. Dies erregte meinen Onkel immer heftiger und er beschloss, der Sache auf den Grund zu gehen, was auch kommen mochte. Er war ein großer Bewunderer strahlender Augen und lieblicher Gesichter und hübscher Beine und Füße, kurzum, er mochte die Frauen. Das liegt bei uns in der Familie, meine Herren – mir geht es ebenso.

Mein Onkel bediente sich vielfältiger Listen, um die Aufmerksamkeit der Dame auf sich zu lenken, auf alle Fälle aber die geheimnisvollen Herren in eine Unterhaltung zu verwickeln. Sie fruchteten nicht. Die Herren wollten nicht reden und die Dame wagte es nicht. Von Zeit zu Zeit steckte er seinen Kopf aus dem Kutschenfenster und verlangte brüllend zu wissen, warum sie nicht schneller fuhren, und er schrie, bis er heiser war – doch niemand schenkte ihm die geringste Beachtung. Also lehnte er sich in die Polster zurück und dachte an das bildhübsche Gesicht und die Füße und die Beine. Dies war befriedigender. Es vertrieb ihm die Zeit und hielt ihn davon ab, sich zu fragen, wohin er fuhr und warum er in eine so seltsame Situation geraten war, obwohl ihm dies keine großen Sorgen bereitete – mein Onkel war ein äußerst ungenierter, herumvagabundierender, verwegener Mensch, Gentlemen.

Plötzlich blieb die Kutsche stehen. ›Holla!‹, sagte mein Onkel. ›Was ist denn jetzt los?‹

›Steigt aus‹, sagte der Wächter und klappte den Fußtritt herunter.

›Hier?‹, rief mein Onkel.

›Hier‹, erwiderte der Wächter.

›Das mache ich bestimmt nicht‹, sagte mein Onkel.

›Na gut, dann bleibt, wo Ihr seid‹, meinte der Wächter.

›Das werde ich‹, sagte mein Onkel.

›Tut das‹, sagte der Wächter.

Die anderen Fahrgäste hatten diese Unterhaltung mit großer Aufmerksamkeit verfolgt, und als der jüngere Mann feststellte, dass mein Onkel entschlossen war nicht auszusteigen, zwängte er sich an ihm vorbei, um der Dame hinauszuhelfen. Der hässliche Mann besichtigte in diesem Moment das Loch im Scheitelpunkt seines Dreispitzes. Als die junge Dame im Vorbeigehen meinen Onkel streifte, ließ sie einen Handschuh in seine Hand fallen und flüsterte, die Lippen so dicht an seinem Gesicht, dass er ihren warmen Atem auf seiner Nase spürte, sanft ein einziges Wort: ›Hilfe!‹ Gentlemen, mein Onkel sprang unverzüglich und mit solchem Ungestüm aus der Kutsche, dass sie heftig in ihren Federn schaukelte.

›Oh! Ihr habt es Euch anders überlegt, was?‹, sagte der Wächter, als er meinen Onkel da stehen sah.

Mein Onkel schaute den Wächter einige Sekunden ein wenig zweifelnd an, und überlegte, ob es nicht besser wäre, ihm seine Donnerbüchse zu entreißen, um dem Mann mit dem großen Schwert ins Gesicht zu feuern, dem Rest der Gesellschaft den Schaft des Gewehrs über den Kopf zu schlagen, die junge Dame zu ergreifen und im Rauch zu verschwinden. Doch bei nochmaliger Überlegung gab er diesen Plan auf, da ihm die Durchführung ein wenig zu kitschig erschien, und er folgte den beiden geheimnisvollen Männern. Sie hatten die

Dame in ihre Mitte genommen und betraten nun ein altes Haus, vor dem die Kutsche gehalten hatte. Sie gingen in den Flur und mein Onkel folgte.

Von allen verfallenen und trostlosen Gebäuden, die mein Onkel jemals gesehen hatte, war dieses das Schlimmste. Es schien, als wäre es einmal ein großes Gasthaus gewesen, aber das Dach war an vielen Stellen eingefallen und die Treppe steil, ausgetreten und kaputt. In dem Raum, in den sie gingen, befand sich ein riesiger Kamin mit einem rauchgeschwärzten Abzug, indes, jetzt loderte kein warmes Feuer in ihm. Auf dem Rand lag noch der weiße, federleichte Staub verbrannten Holzes verstreut, aber die Feuerstelle war kalt und alles düster und dunkel.

›Nun‹, sagte mein Onkel, während er sich umsah, ›wenn eine Postkutsche mit einer Geschwindigkeit von sechseinhalb Meilen pro Stunde fährt und zu irgendeiner beliebigen Zeit bei einem Loch wie diesem hält, handelt es sich um ein ziemlich unkorrektes Verhalten, nehme ich an. Das sollte bekannt gemacht werden. Ich werde an die Zeitungen schreiben!‹

Mein Onkel sagte dies mit ziemlich lauter Stimme und in offener freimütiger Manier, um die beiden Fremden, wenn möglich, in ein Gespräch zu verwickeln. Aber beide warfen ihm nur finstere Blicke zu, während sie miteinander flüsterten. Die Dame befand sich am anderen Ende des Raumes, und einmal wagte sie es zu winken, als wolle sie meinen Onkel um Hilfe anflehen.

Endlich traten die beiden Fremden ein wenig näher und es entspann sich ein ernsthaftes Gespräch.

›Ich vermute, Ihr wisst nicht, dass dies ein Privatzimmer ist, Freundchen?‹, sagte der Herr in Himmelblau.

›Nein, weiß ich nicht, Freundchen‹, erwiderte mein Onkel. ›Aber wenn dies ein Privatzimmer ist und eigens für diesen besonderen Anlass bestellt, dann muss der Gastraum wahrhaftig sehr gemütlich sein, vermute ich.‹ Mit diesen Worten setzte sich mein Onkel auf einen Stuhl mit hoher Lehne, und nahm die Herren so gründlich in Augenschein, dass Tiggin und Welps ihm allein auf Grund dieser Einschätzung Kattun für einen Anzug hätten liefern können und es wäre nicht ein Zentimeter zu viel oder zu wenig gewesen.

›Verlasst diesen Raum‹, sagten beide Männer wie aus einem Munde und griffen nach ihren Schwertern.

›Wie?‹, sagte mein Onkel, der offenbar etwas schwer von Begriff schien.

›Verlasst den Raum oder Ihr seid ein toter Mann‹, sagte der hässliche Kerl mit dem großen Schwert, das er im selben Augenblick zog und in der Luft umherschwenkte.

›Streck ihn nieder!‹, rief der Herr in Himmelblau. Auch er zog sein Schwert und trat zwei bis drei Meter zurück. ›Streck ihn nieder!‹ Die Dame stieß einen lauten Schrei aus.

Nun waren an meinem Onkel schon immer seine große Kühnheit und Geistesgegenwart bemerkenswert gewesen. Während er dem Treiben gegenüber völlig gleichgültig gewesen schien, hatte er sich die ganze Zeit verstohlen nach einem Wurfgeschoss oder einer Verteidigungswaffe umgesehen, und just in dem Augenblick, als die Schwerter gezogen wurden, entdeckte er in der Kaminecke einen alten, mit einem Korbgriff versehenen Degen in einer rostigen Scheide. Mit einem Satz hatte mein Onkel ihn gepackt und gezogen. Er schwang ihn tapfer über dem Kopf, rief der Dame laut zu, aus dem Weg zu bleiben, schleuderte den Stuhl nach dem einen Mann und die Scheide nach dem anderen und nutzte das Durcheinander, um sich blindlings auf sie zu stürzen.

Meine Herren, es gibt da eine alte Geschichte, die nichtsdestoweniger wahr ist – von einem vornehmen jungen irischen Herrn, der, als er gefragt wurde, ob er die Fiedel spielen könne, erwiderte, dies sei zweifelsohne der Fall, aber ganz sicher könne er das nicht sagen, weil er es noch nicht versucht habe. Dies ist auch hinsichtlich meines Onkels und seiner Fechtkünste nicht unzutreffend. Er hatte noch niemals zuvor ein Schwert in der Hand gehabt, außer einmal, als er an einem Privattheater Richard III. spielte und bei dieser Gelegenheit war mit Richmond vereinbart worden, dass er von hinten erstochen wurde, ohne überhaupt zu kämpfen. Aber da stand er nun, focht mit zwei geschickten Fechtern, stieß zu, ging in Deckung, stach und drosch, und schlug sich auf die denkbar mannhafteste, geschickteste Art, obwohl er sich bis zu diesem Moment nicht gewahr gewesen war, auch nur die leiseste Ahnung von dieser Kunst zu haben. Dies beweist lediglich die Wahrheit der alten Redensart, dass ein Mann nie weiß, was ihn ihm steckt, bis er es versucht, Gentlemen.

Der Lärm des Kampfes war entsetzlich. Alle drei Duellanten fluchten wie Landsknechte und ihre Schwerter kreuzten sich klirrend mit solchem Getöse, als würden sämtliche Messer und Schwerter des New Port Market im gleichen Augenblick gegeneinanderrasseln. Als der Kampf sich auf seinem Höhepunkt befand, zog die Dame, höchstwahrscheinlich um meinen Onkel zu ermutigen, ihre Kapuze ganz aus dem Gesicht und enthüllte ein Antlitz von solch verwirrender Schönheit, dass er es für ein Lächeln mit fünfzig Männern aufgenommen und sein Leben gelassen hätte. Hatte er schon vorher Wunder vollbracht, prügelte er jetzt los wie ein tollwütiger Riese.

Just in diesem Moment wandte sich der Herr in Himmelblau um, und als er die junge Dame mit ihrem unverhüllten Gesicht sah, schrie er voller Wut und Eifersucht auf und richtete seine Waffe gegen ihren wunderschönen Busen, um ihr Herz zu durchbohren. Daraufhin stieß mein Onkel einen Schrei der Besorgnis aus, der das ganze Gebäude erschallen ließ. Die Dame trat zur Seite und riss dem jungen Mann das Schwert aus der Hand, und bevor er das Gleichgewicht wiedererlangt hatte, trieb sie ihn an die Wand und stieß das Schwert durch ihn hindurch in die Täfelung, wo sie ihn festheftete. Es war ein großartiges Exempel. Mit einem Triumphschrei und unüberwindlicher Kraft zwang mein Onkel seinen Widersacher, sich in die gleiche Richtung zurückzuziehen, und dann stieß er den alten Degen genau in die Mitte einer großen roten Blüte im Muster seiner Weste und nagelte den Hässlichen neben seinen Freund. Dort standen sie nun beide, Gentlemen, und zuckten qualvoll mit Armen und Beinen wie Spielzeugfiguren, die mit einem Stück Bindfaden bewegt werden. Später sagte mein Onkel immer, dass dies eine der sichersten Methoden sei, die er kenne, um sich eines Gegners zu entledigen.

›Die Postkutsche, die Postkutsche!‹, rief die Dame, rannte zu meinem Onkel und warf ihm ihre wunderschönen Arme um den Hals. ›Vielleicht können wir noch fliehen.‹

›Vielleicht?‹, rief mein Onkel. ›Wieso, meine Teuerste, es ist doch keiner mehr da, den wir umbringen müssten, oder?‹ Mein Onkel war ein wenig enttäuscht, Gentlemen, denn er dachte, ein ruhiges Schäferstündchen wäre nach dem Gemetzel ganz nett gewesen, und sei es nur, um auf andere Gedanken zu kommen.

›Wir dürfen keinen Moment länger verweilen‹, sagte die junge Dame. ›Er (sie deutete auf den jungen Herrn in Himmelblau) ist der einzige Sohn des mächtigen Marquis von Filletoville.‹

›Nun, meine Teuerste, dann wird er nie diesen Titel tragen, fürchte ich‹, sagte mein Onkel und schaute den jungen Herrn gleichgültig an, wie er da auf die von mir beschriebene Maikäfer-Manier an die Wand gespießt war. ›Sie haben die Erblinie unterbrochen, meine Teuerste.‹

›Ich wurde von diesen Schurken aus meinem Heim geraubt und von meinen Freunden fortgerissen‹, sagte die junge Dame und ihr Gesicht brannte vor Entrüstung. ›In einer

Stunde hätte mich dieser Schuft gezwungen, seine Frau zu werden.‹

›So eine Frechheit‹, sagte mein Onkel und schenkte dem sterbenden Erben von Filletoville einen höchst verächtlichen Blick.

›Wie Ihr aus dem, was Ihr saht, vielleicht erahnen könnt‹, sagte die junge Dame, ›war die Bande bereit mich zu töten, wenn ich jemanden um Hilfe bitten würde. Wenn ihre Komplizen uns hier finden, sind wir verloren. In zwei Minuten könnte es schon zu spät sein. Die Postkutsche!‹ Mit diesen Worten sank sie, übermannt von ihren Gefühlen und erschöpft von den Mühen, den jungen Marquis von Filletoville aufzuspießen, in die Arme meines Onkels. Mein Onkel fing sie auf und trug sie zur Haustür. Dort stand, bereits angespannt, die Postkutsche mit vier schwarzen Rössern mit langen Schweifen und wallenden Mähnen. Doch vor den Rössern stand weder Kutscher noch Wächter, nicht mal ein Stallknecht.

Gentlemen, ich hoffe, dem Andenken an meinen Onkel kein Unrecht widerfahren zu lassen, wenn ich meiner Meinung Ausdruck verleihe, dass er, obwohl Junggeselle, schon vor diesem Zeitpunkt so manche Dame in seinen Armen gehalten hatte. Freilich glaube ich, dass es eher seine Gewohnheit war, Schankmädchen zu küssen, und ich weiß, dass zu ein oder zwei Gelegenheiten glaubwürdige Zeugen beobachteten, wie er in sehr eindeutiger Manier eine Wirtin an sich drückte. Ich erwähne dies, um deutlich zu machen, welch ein wirklich außergewöhnlicher Mensch diese wunderschöne junge Dame gewesen sein muss, um meinen Onkel in der Weise zu rühren, wie sie es tat. Er pflegte immer zu sagen, als sie wieder zu Bewusstsein kam und ihr dunkles Haar über seinen Arm fiel und ihre wunderschönen dunklen Augen sich auf sein Gesicht hefteten, da habe er sich so seltsam und erregt gefühlt, dass seine Beine unter ihm zitterten. Aber wer kann schon in zwei liebreizende, sanfte Augen blicken, ohne sich merkwürdig zu fühlen? Ich nicht, Gentlemen. Um die Wahrheit zu sagen, *ich* habe Angst, in manche Augen zu sehen, die ich kenne.

›Ihr dürft mich niemals verlassen‹, murmelte die junge Dame.

›Niemals‹, sagte mein Onkel. Und das meinte er auch.

›Mein teurer Retter!‹, rief die junge Dame. ›Mein teurer, gütiger, tapferer Retter!‹

›Nicht doch‹, fiel mein Onkel ihr ins Wort.

›Warum?‹, fragte die junge Dame.

›Weil Euer Mund so wunderschön aussieht, wenn Ihr sprecht‹, erwiderte mein Onkel, ›dass ich fürchte, ich könnte die Dreistigkeit besitzen und ihn küssen.‹

Die junge Dame hob ihre Hand, als wolle sie meinen Onkel ermahnen, es zu unterlassen, und sagte … nein, sie sagte nichts … sie lächelte. Wenn Sie ein Paar der köstlichsten Lippen der Welt anschauen und sehen, wie sich sanft ein schelmisches Lächeln auf ihnen ausbreitet … wenn Sie ihnen ganz nahe sind und niemand sonst in der Nähe ist … können Sie dann Ihre Bewunderung ihrer wunderschönen Form und Farbe besser unter Beweis stellen, als sie sofort zu küssen? Mein Onkel tat es und dafür verehre ich ihn.

›Horcht!‹, rief die junge Dame erschreckt. ›Der Lärm von Rädern und Pferden!‹

›In der Tat‹, sagte mein Onkel und horchte. Er hatte ein gutes Ohr für Wagenräder und Hufgetrappel, doch aus der Ferne schienen dermaßen viele Pferde und Kutschen auf sie zuzukommen, dass ihre Zahl unmöglich zu schätzen war. Das Geräusch klang wie das von fünfzig Fahrzeugen, die sich in rasender Geschwindigkeit näherten.

›Wir werden verfolgt!‹, rief die junge Dame und rang die Hände. ›Wir werden verfolgt. Ihr seid meine einzige Hoffnung!‹

Auf ihrem wunderschönen Gesicht lag ein solcher Ausdruck der Angst, dass mein Onkel sofort einen Entschluss fasste. Er hob sie in die Kutsche, bat sie sich nicht zu fürchten, drückte noch einmal seine Lippen auf die ihren, riet ihr, das Fenster zu schließen, damit die kalte Luft nicht hereinkam, und stieg auf den Kutschbock.

›Wartet, Liebster!‹, rief die junge Dame.

›Was ist?‹, fragte mein Onkel vom Kutschersitz.

›Ich möchte Euch etwas sagen‹, sagte die junge Dame. ›Nur ein Wort … nur ein einziges Wort, Teuerster.‹

›Muss ich absteigen?‹, fragte mein Onkel. Die Dame antwortete nicht, doch wieder lächelte sie. Welch ein Lächeln, Gentlemen! Jenes andere war nichts dagegen gewesen. Im Nu war mein Onkel von seinem hohen Sitz gesprungen.

›Was ist, meine Teure?‹, sagte mein Onkel und schaute zum Kutschenfenster hinein. Zufällig beugte sich die Dame im gleichen Moment vor und sah schöner denn je aus, wie mein Onkel fand. Er war ihr in diesem Augenblick sehr nahe, meine Herren, daher musste er es eigentlich wissen.

›Was ist, meine Teuerste?‹, sagte mein Onkel.

›Werdet Ihr nie eine andere lieben außer mir … nie eine andere heiraten?‹, fragte die junge Dame.

Mein Onkel legte einen heiligen Schwur ab, dass er nie eine andere heiraten werde und die junge Dame zog den Kopf zurück und schob das Fenster hoch. Er sprang auf den Kutschbock, winkelte die Ellbogen ab, packte die Zügel, griff nach der Peitsche auf dem Dach, versetzte dem Leitpferd einen leichten Schlag und schon stoben die vier schwarzen Rösser mit ihren langen Schweifen und wallenden Mähnen davon mit gut fünfzehn englischen Meilen in der Stunde und der Postkutsche hinter sich. Hui! Wie sie dahinrasten!

Der Lärm hinter ihnen wurde lauter. Je schneller die Postkutsche dahinflog, desto schneller näherten sich die Verfolger … Männer, Pferde, Hunde schienen in der Verfolgung verbündet. Das Getöse war fürchterlich, doch über alles hinweg ertönte die Stimme der jungen Dame, die meinen Onkel anfeuerte und schrie: ›Schneller, schneller!‹

Sie fegten an den dunklen Bäumen vorbei wie Federn, die vor einem Wirbelsturm hergetrieben werden. An Häusern, Toren, Kirchen, Heuhaufen, Dingen jeglicher Art jagten sie mit der Schnelle und dem Getöse brausender Wasser, die plötzlich losgelassen, vorbei. Noch immer wurde der Lärm der Verfolger lauter und noch immer konnte mein Onkel die junge Dame wie rasend schreien hören: ›Schneller, schneller!‹

Mein Onkel machte fleißig von Peitsche und Zügel Gebrauch und die Pferde flogen weiter, bis sie von weißem Schaum bedeckt waren. Und doch wurde der Lärm hinter ihnen lauter und doch rief die junge Dame: ›Schneller, schneller!‹ Mit dem Feuer des Augenblickes stampfte mein Onkel laut auf den Wagenkasten und ... stellte fest, dass der graue Morgen dämmerte und er, zitternd vor Nässe und Kälte, im Hof des Stellmachers auf dem Bock einer alten Edinburgh-Postkutsche saß und die Füße aufstampfte, um sie zu wärmen! Er stieg herunter und schaute gespannt in die Kutsche nach der wunderschönen jungen Dame. Aber ach! Die Kutsche hatte weder Türen noch Sitze – sie war nur ein bloßes Gerippe.

Natürlich wusste mein Onkel sehr wohl, dass hinter der Sache irgendein Geheimnis steckte und sich alles genau so abgespielt hatte, wie er es zu erzählen pflegte. Er blieb dem heiligen Schwur treu, den er der wunderschönen jungen Dame gegeben hatte, gab ihrethalben mehreren Wirtinnen einen Korb und starb schließlich als Junggeselle. Er sagte stets, was es doch für ein seltsam Ding gewesen sei, dass er durch einen bloßen Zufall über den Zaun geklettert sei und herausgefunden habe, dass die Gespenster von Postkutschen und Pferden, Wächtern, Kutschern und Fahrgästen die Gepflogenheit hätten, Nacht für Nacht Fahrten zu unternehmen und er pflegte hinzuzufügen, dass er glaube der einzige lebende Mensch zu sein, der je als Fahrgast auf eine dieser Ausfahrten mitgenommen worden sei. Und ich denke, er hatte Recht, Gentlemen … zumindest habe ich nie von einem anderen gehört.«

Das Phantomauto

Edith Nesbit (1858–1924)

Kennst du die Downs – diese weite, windige Hügellandschaft mit ihren runden Kuppen, die sich gegen den Himmel lehnen, den Senken, in deren Schutz sich Gehöfte und Häuschen schmiegen, rundum von Bäumen umgeben, eng zusammengedrängt wie eine Nelke in einem Knopfloch? An langen Sommertagen ist es schön, in den Downs zu liegen, zwischen dem kurzen Gras und dem hellen, klaren Himmel, den wilden Thymian zu riechen und auf das leise Klingeln der Schafglocken und den Gesang der Lerche zu lauschen. Doch an Winterabenden, wenn der Wind losbricht und zu Werke geht, dir Regen in die Augen sprüht, die armen, kahlen Bäume prügelt und die Dämmerung sich wie ein graues Leichentuch über die Hügel breitet, dann sitzt man besser an einem warmen Kamin auf einem der Höfe, die einsam an geschützten Plätzen liegen und mit ihren von Kerzenlicht und Feuerschein erleuchteten Fenstern der sich vertiefenden Dunkelheit trotzen.

Ich bin mit schriftstellerischen Versuchen nicht vertraut und ich spüre, dass ich nicht ausdrücken kann, was ich zu sagen habe, und auch nicht zu überzeugen weiß, wenn ich nicht ganz schlichte Worte wähle. Ich glaubte meine Geschichte mit schönen, wohlkomponierten Worten ausschmücken zu können. Doch wenn ich innehalte und darüber nachdenke, was wirklich geschah, sehe ich, dass die einfachsten Worte die besten sein werden. Ich weiß weder, wie man eine Handlung ersinnt noch wie man sie ausschmückt. Daher werde ich es am besten gar nicht erst versuchen. Diese Dinge sind tatsächlich geschehen. Ich habe weder Geschick, dem, was geschah, etwas zuzufügen, noch sind Ergänzungen meinerseits notwendig.

Ich bin Krankenpflegerin – und ich wurde nach Charlestown gerufen – zu einem Fall von Geistesverwirrung. Es war November – in London herrschte dichter Nebel und mein Taxi fuhr im Schritttempo, sodass ich den Zug, den ich nehmen sollte, verpasste. Ich schickte ein Telegramm nach Charlestown und wartete in dem trostlosen Wartesaal an der London Bridge. Ein kleines Kind vertrieb mir die Zeit. Die Mutter, offenbar eine Witwe, schien zu niedergeschlagen, um auf die schnellen Fragen des Kindes antworten zu können. Ihre Erwiderungen waren knapp und, wie es schien, nicht zur Zufriedenheit des Kindes. Bald schien das Kind von selbst einzusehen, dass seine Mutter gewissermaßen nicht zur Verfügung stand. Es lehnte sich auf der breiten staubigen Bank zurück und gähnte. Ich fing seinen Blick auf und lächelte. Das Kind wollte nicht lächeln, aber es schaute. Ich holte aus meiner Tasche eine Seidenbörse, an der Perlen und Stahltroddeln funkelten, und drehte sie hin und her. Alsbald rutschte das Kind die Bank entlang und sagte: »Lass mich mal.« Danach war der Bann gebrochen. Die Mutter saß mit geschlossenen Augen da. Als ich mich zum Gehen erhob, schlug sie die Augen auf und dankte mir. Das Kind umarmte mich und gab mir einen Kuss. Später sah ich die beiden in das Erste-Klasse-Abteil meines Zuges steigen. Ich selbst hatte eine Fahrkarte für die dritte Klasse.

Natürlich erwartete ich, dass mich irgendein Fahrzeug am Bahnhof erwarten würde – aber es war keines da. Auch konnte ich weder ein Taxi noch eine Droschke entdecken. Mittlerweile war es fast dunkel und der Wind trieb den Regen beinahe horizontal die kaum befahrene Straße entlang, die jenseits des Bahnhofsausganges lag. Ich schaute hinaus, hilflos und verwirrt.

»Haben Sie keinen Wagen bestellt?« Es war die Stimme der verwitweten Dame.

Ich erklärte die Situation.

»Mein Wagen wird gleich hier sein«, sagte sie. »Erlauben Sie mir, Sie zu fahren? Wohin möchten Sie?«

»Nach Charlestown«, sagte ich, und während ich es sagte, bemerkte ich, wie in ihrem Gesicht eine ganz seltsame Veränderung vor sich ging. Eine leichte Veränderung, aber völlig unverkennbar.

»Warum schauen Sie so?«, fragte ich geradeheraus. Und natürlich erwiderte sie: »Wie denn?«

»Stimmt mit dem Haus etwas nicht?«, sagte ich, denn ich hatte ihren Gesichtsausdruck so gedeutet. »Ich meine, gibt es einen Grund, weshalb ich nicht dorthin fahren sollte?«

»Nein – o nein ...« Sie schaute in den Regen hinaus und als hätte sie mir es selbst gesagt, wusste ich, dass es einen Grund gab, weshalb sie nicht dorthin fahren wollte.

»Machen Sie sich keine Umstände«, sagte ich, »Ihr Angebot ist sehr freundlich, aber wahrscheinlich liegt es nicht auf Ihrem Weg und ...«

»Oh ... aber ich werde Sie mitnehmen ... selbstverständlich werde ich Sie mitnehmen«, erwiderte sie und das Kind sagte: »Mama, da kommt der Wagen.«

Und tatsächlich kam er, obwohl keiner von uns beiden ihn gehört hatte, bevor das Kind etwas sagte. Ich verstehe nichts von Autos und kenne nicht die Bezeichnung eines einzigen Teils. Dieses sah wie ein Coupé aus – doch man stieg hinten ein wie in einer Limousine. Die Sitze befanden sich in den Ecken und als die Tür geschlossen war, konnte man einen kleinen Sitz ausklappen, auf den sich das Kind zwischen uns setzte. Und der Wagen bewegte sich wie von Zauberhand – oder wie ein Zug im Traum.

Wir fuhren schnell durch die Dunkelheit – selbst durch das Surren des Motors hindurch konnte ich den Wind heulen und den Regen ungestüm gegen die Scheiben prasseln hören. Man sah nichts von der Landschaft – nur die schwarze Nacht und die Lichtkegel der Scheinwerfer.

Nach, wie es schien, sehr langer Zeit, stieg der Chauffeur aus und öffnete ein Tor. Wir fuhren hindurch und dann wurde die Straße holpriger. Wir saßen sehr schweigsam im Auto, das Kind war eingeschlafen.

Wir hielten an und während der Chauffeur meinen Koffer herunterhievte, stand der Wagen vibrierend da, als wäre er außer Atem. Es war so dunkel, dass ich nicht einmal die Umrisse des Hauses erkennen konnte. Ich sah nur den Schein der Fenster des Erdgeschosses und den von einer niedrigen Mauer umgebenen Vorgarten, den das Licht der Autoscheinwerfer undeutlich sichtbar werden ließ. Doch ich ahnte, dass es ein recht großes Haus war, das von mächtigen Bäumen umgeben wurde, und dass sich in der Nähe ein Teich oder Fluss befand. Im Lichte des folgenden Tages stellte ich fest, dass es sich genau so verhielt. Ich habe nie herausgefunden, warum ich all dies in der Dunkelheit der ersten Nacht wusste, aber ich wusste es. Vielleicht lag es an der Art und Weise, wie der Regen auf die Bäume und das Wasser fiel. Ich weiß es nicht.

Der Chauffeur trug meinen Koffer den gepflasterten Weg hinauf, worauf ich ausstieg und mich verabschiedete und bedankte.

»Bitte warten Sie nicht«, sagte ich, »ich komme jetzt allein zurecht. Haben Sie nochmals herzlichsten Dank.«

Der Wagen stand jedoch vibrierend da, bis ich die Türschwelle erreicht hatte, dann hielt er gewissermaßen den Atem an, hämmerte noch lauter, wendete und fuhr davon.

Doch die Tür hatte sich immer noch nicht geöffnet. Ich tastete nach dem Türklopfer und klopfte energisch. Ich war sicher, hinter der Tür Geflüster zu hören. Das Licht des Autos verblasste rasch zu einem winzigen Stern und sein Schnaufen war jetzt kaum noch zu hören. Dann verstummte es ganz und rundum herrschte Totenstille. Die Lichter leuchteten rötlich hinter Fenstervorhängen, aber ein anderes Lebenszeichen gab es nicht. Ich wünschte, ich hätte es nicht so eilig gehabt, mich von meiner Begleitung zu trennen, von menschlicher Gesellschaft und von der großen, gediegenen, zuverlässigen Erscheinung des Autos.

Ich klopfte wieder und diesmal ließ ich dem Klopfen einen Ruf folgen.

»Hallo!«, rief ich. »Lassen Sie mich herein. Ich bin die Pflegerin!«

Es entstand eine Pause, eine Pause, die den Flüsterern auf der anderen Seite der Tür Zeit gab, Blicke zu wechseln.

Dann schob sich knirschend ein Riegel zurück, ein Schlüssel drehte sich, und das nasse kalte Holz der Tür wich Licht und einladender Wärme – und Gesichtern.

»Treten Sie ein, oh, treten Sie doch ein«, sagte eine Stimme, die Stimme einer Frau, und die Stimme eines Mannes sagte: »Wir wussten nicht, ob da jemand ist.«

Und dabei hatte ich wahrhaftig die Tür mit meinem Klopfen erschüttert!

Ich trat ein und stand blinzelnd im Licht. Der Mann rief einen Hausdiener und gemeinsam trugen die beiden meinen Koffer nach oben.

Die Frau nahm mich am Arm und führte mich in einen niedrigen, quadratischen Raum, der freundlich, anheimelnd und gemütlich wirkte, von solidem Komfort aus der Mitte der viktorianischen Zeit – jener Art, die sich in Rips und Mahagoni ausdrückt. Im Schein der Lampe wandte ich mich um und sah die Frau an. Sie war klein und dünn und ihr Haar, ihr Gesicht und ihre Hände hatten die gleiche grau-gelbe Farbe.

»Mrs. Eldridge?«, fragte ich.

»Ja«, sagte sie sehr sanft. »Oh! Ich bin so froh, dass Sie gekommen sind. Ich hoffe, Sie werden sich hier nicht langweilen. Ich hoffe, Sie werden bleiben. Ich hoffe, ich kann es Ihnen bequem machen.«

Sie sprach auf eine sanfte, eindringliche Art, die sehr einnehmend wirkte.

»Ich bin sicher, ich werde es hier sehr bequem haben«, sagte ich. »Aber ich bin gekommen, um mich um Sie zu kümmern. Sind Sie schon lange krank?«

»Eigentlich bin nicht ich es, die krank ist«, sagte sie, »er ist es ...«

Nun war es Mr. Robert Eldrige gewesen, der mir geschrieben hatte, um mich zur Pflege seiner Frau einzustellen, die, wie er sagte, gelegentlich unter Geistesstörungen litt.

»Ich verstehe«, sagte ich. Man darf nie widersprechen, denn dadurch verschlimmert man nur solch ein Leiden.

»Der Grund ...«, begann sie, doch dann erklangen seine Schritte auf der Treppe und sie eilte davon, um Kerzen und heißes Wasser zu holen.

Er trat ein und schloss die Tür. Ein hellhaariger, bärtiger, älterer Mann, an dem nichts außergewöhnlich wirkte.

»Sie werden sich um sie kümmern«, sagte er. »Ich will nicht, dass sie mit anderen Leuten spricht. Sie bildet sich Dinge ein.«

»Welcher Gestalt sind ihre Sinnestäuschungen?«, fragte ich trocken.

»Sie hält *mich* für verrückt«, erwiderte er mit einem kurzen Lachen.

»Das ist eine sehr verbreitete Form. Ist das alles?«

»Das reicht vollkommen. Und sie hört Dinge nicht, die ich höre, und sieht Dinge nicht, die ich sehe, und sie riecht Dinge nicht. Übrigens, Sie haben auf dem Herweg nicht zufällig ein Auto gesehen oder gehört?«

»Ich kam in einem Auto«, sagte ich knapp. »Sie haben mich nicht abholen lassen und da hat mich eine Dame mitgenommen.« Ich wollte gerade erklären, warum ich den früheren Zug verpasst hatte, als ich bemerkte, dass er mir gar nicht zuhörte. Er beobachtete die Tür. Als seine Frau eintrat, in der einen Hand einen dampfenden Krug und in der anderen einen Kerzenständer, ging er zu ihr und begann eifrig zu flüstern. Die einzigen Worte, die ich verstand, waren: »Sie kam in einem richtigen Auto.«

Anscheinend war für diese einfachen Leute ein Auto eine ebensolche Neuheit wie für mich. Mein Telegramm wurde übrigens am nächsten Morgen zugestellt.

Sie waren sehr freundlich zu mir und behandelten mich wie einen Ehrengast. Als am folgenden Tag endlich der Regen aufhörte und ich hinausgehen konnte, stellte ich fest, dass Charlestown ein Hof war, ein großer Hof, aber selbst in meinen unerfahrenen Augen schien er vernachlässigt und glücklos zu sein. Ich hatte rein nichts zu tun, als Mrs. Eldridge zu folgen, ihr, wo möglich, im Haushalt zu helfen und bei ihr zu sitzen, während sie in dem gemütlichen Wohnzimmer nähte. Nachdem ich einige Tage im Haus gewesen war, begann ich die kleinen Dinge, die mir aufgefallen waren, zusammenzufügen, und das Leben auf dem Hof schien plötzlich in den Mittelpunkt zu rücken, wie es fremde Umgebungen nach einer Weile tun.

Ich registrierte, dass Mr. und Mrs. Eldridge sich sehr zugetan waren, dass sich zwischen ihnen eine Innigkeit befand, und dass ihre Art sie zu zeigen verriet, dass sie Leid erlebt und es gemeinsam getragen hatten. Dass Mrs. Eldridge kein Symptom von Geistesverwirrung zeigte, sah man von ihrer festen Überzeugung ab, er wäre geistig verwirrt. Dass sie am Morgen recht heiter waren; dass sie nach dem frühen Mittagessen immer bedrückter zu werden schienen; dass sie nach der »zeitigen Tasse Tee« – also genau zu Einbruch der Dämmerung – stets gemeinsam einen Spaziergang machten. Dass sie mich nie baten, sie auf diesem Spaziergang zu begleiten, dass er immer in die gleiche Richtung führte – über die Hügel hin zum Meer. Dass sie von diesem Spaziergang stets blass und niedergeschlagen zurückkehrten; dass sie danach manchmal allein in ihrem Schlafzimmer weinte, während er sich in dem kleinen Raum einschloss, den sie das Büro nannten, dort, wo er seine Buchhaltung machte, die Löhne seiner Männer auszahlte und seine Jagdpeitsche und seine Gewehre aufbewahrte. Nach dem Abendessen, das zeitig stattfand, versuchten sie stets fröhlich zu sein. Ich wusste, dass sie sich um meinetwillen bemühten, und ich wusste, dass beide glaubten, es würde dem anderen gut tun.

So wie ich gewusst hatte, dass Charlestown von hohen Bäumen umgeben war und neben einem großen Teich lag, noch ehe sie mir es gezeigt hatten, so wusste ich auf unerklärliche Weise, dass mit diesen beiden die Furcht lebte. Sie blickte mich aus ihren Augen an. Und ich wusste auch, dass diese Furcht nicht Mrs. Eldridges Furcht war. Ich war noch keine zwei Tage im Haus gewesen, als ich feststellte, dass ich beide in mein Herz zu schließen begann. Sie waren so freundlich, so sanft, so normal, so einfach – jene Art Menschen, die das Wort Furcht nicht einmal hätten kennen sollen – jene Art Menschen, die das Recht auf alle einfachen, ehrlichen Freuden gehabt hätten und kein anderes Leid als das, das uns alle heimsucht – der Tod alter Freunde und die langsamen Veränderungen der fortschreitenden Jahre.

Sie schienen zu der Landschaft zu gehören – zu den sanften Hügeln und den Wäldchen und den alten Weiden und den schwindenden Kornfeldern. Ich merkte, wie ich mir wünschte, auch dazuzugehören, als Bauerntochter geboren zu sein. All der Druck und die Mühen von Paukerei und Abschlussprüfungen, von Schule und College und Krankenhaus schienen so laut und so sinnlos, verglichen mit den offenen Geheimnissen des Lebens in den Downs. Und ich empfand dies umso mehr, je stärker ich spürte, dass ich all das wieder verlassen musste – dass es hier im Grunde keine Arbeit gab, für die ich, ob gut oder schlecht, ausgebildet worden war.

»Ich sollte nicht bleiben«, sagte ich eines Nachmittags zu ihr, als wir an der offenen Tür standen. Es war nun Februar und die Schneeglöckchen standen in dicken Büscheln neben dem gepflasterten Weg. »Sie sind vollkommen gesund.«

»Ich schon«, sagte sie.

»Sie sind beide vollkommen gesund«, sagte ich. »Ich sollte nicht Ihr Geld nehmen, ohne etwas dafür zu tun.«

»Sie tun so viel«, sagte sie.

»Wir hatten selbst einmal eine Tochter«, fügte sie geistesabwesend hinzu, und dann, nach einer sehr langen Pause, sagte sie vollkommen ruhig und fest: »Seitdem ist er nicht mehr der Gleiche.«

»Nicht mehr der Gleiche?«, fragte ich und wandte mein Gesicht der fahlen Februarsonne zu.

Sie tippte sich an die runzelige gelb-graue Stirn, wie es Menschen vom Land zu tun pflegen.

»Er ist nicht ganz richtig im Kopf«, sagte sie.

»Inwiefern?«, fragte ich. »Liebe Mrs. Eldridge, erzählen Sie es mir. Vielleicht kann ich irgendwie helfen.«

Ihre Stimme war so vernünftig, so gütig. Es war so weit mit mir gekommen, dass ich nicht mehr wusste, welcher von beiden derjenige war, der meine Hilfe brauchte.

»Er sieht Dinge, die kein anderer sieht, und hört Dinge, die kein anderer hört, und riecht Dinge, die man nicht riechen kann, wenn man neben ihm steht.«

Mit einem plötzlichen Lächeln erinnerte ich mich daran, dass Mr. Eldridge bei meiner Ankunft schon das Gleiche von seiner Frau behauptet hatte.

Und einmal mehr fragte ich mich, wem von beiden ich meine Dienste schuldete.

»Haben Sie eine Ahnung, warum?« fragte ich. Sie ergriff meinen Arm.

»Es begann, nachdem unsere Bessie gestorben war«, sagte sie »...genau an dem Tag, an dem sie beerdigt wurde. Das Auto, das sie tötete – sie sagten, es sei ein Unfall gewesen – es fuhr die Brighton Road entlang. Es war violett. Sie legen für Königinnen violette Trauerkleidung an, nicht wahr?«, fügte sie hinzu. »Und meine Bessie, sie war eine Königin. Deshalb war das Auto violett. Das hatte seine Richtigkeit, nicht wahr?«

Ich sagte mir nun, es sei offensichtlich, dass die Frau nicht normal war, und glaubte den Grund zu kennen. Es war die Trauer, die ihren Verstand verwirrt hatte. Irgendwie musste sich mein Blick verändert haben, obwohl ich es besser hätte wissen sollen, denn plötzlich sagte sie: »Nein, mehr werde ich Ihnen nicht erzählen.«

Und dann kam er heraus. Er ließ mich nie lange mit ihr allein und auch sie ließ ihn niemals lang mit mir allein.

Ich beabsichtigte nicht, ihnen nachzuspionieren, obwohl ich nicht sicher bin, ob meine Position als Pflegerin eines Geisteskranken solches Spionieren nicht gerechtfertigt hätte. Aber ich spionierte nicht. Es war Zufall. Ich war im Dorf gewesen, um für eine Bluse, die ich nähte, blaue Nähseide zu kaufen, und ein herrlicher Sonnenuntergang verführte mich, meinen Spaziergang auszudehnen. Und so fand ich mich auf den hohen Hügeln wieder, dort, wo sie zum zerklüfteten Saum Englands abfallen – zu den steilen weißen Klippen, gegen die seit ewigen Zeiten der Ärmelkanal brandet. Der Ginster blühte und die Feldlerchen sangen und meine Gedanken waren bei meinem Leben, meinen Hoffnungen und meinen Träumen. Und so stellte ich auf einmal fest, dass ich, ohne es zu bemerken, auf eine Straße gekommen war. Ich folgte ihr in Richtung des Meeres und bald schon hörte die Straße auf, verschmolz mit der pfadlosen Grasnarbe so, wie ein Bach manchmal im Sand verschwindet. Da gab es nichts mehr als kurzes Gras und Ginsterbüsche, den Gesang der Feldlerchen und jenseits des Hanges, der am Rand der Klippen endete, das Tosen des Meeres. Ich wandte mich um und ging die Straße zurück, die nach einigen Metern wieder sichtbar und bald zu einem tief liegenden Sträßchen wurde, von hohen Böschungen und braunen Hecken gesäumt. Und dort in der Dämmerung traf ich zufällig auf die beiden. Ich hörte ihre Stimmen, noch ehe ich sie sah und ehe sie mich sehen konnten. Es war ihre Stimme, die ich zuerst vernahm.

»Nein, nein, nein, nein, nein«, sagte sie.

»Ich sagte dir ja«, erwiderte seine Stimme. »Dort ... kannst du es nicht hören, dieses keuchende Geräusch – direkt dort drüben ... dort drüben? Es muss direkt vom Rand der Klippen kommen.«

»Da ist nichts, Liebling«, sagte sie. »Da ist absolut nichts.«

»Du bist taub ... und blind ... bleib zurück, sage ich dir, es ist ganz nah bei uns.«

Dann kam ich um die Biegung des Sträßchens und da sah ich, wie er ihren Arm packte und sie gegen die Hecke stieß – unsanft, als sei die Gefahr, die er fürchtete, tatsächlich sehr nah. Ich blieb hinter der Hecke stehen und trat zurück. Sie hatten mich nicht gesehen. Ihre Augen hingen an seinem Gesicht und sie waren voller Mitleid, Liebe und Qual – sein Gesicht war eine starre Maske des Entsetzens und seine Augen bewegten sich schnell, als würden sie etwas folgen, das rasch das Sträßchen hinunterkam – etwas, das weder sie noch ich sehen konnten. Im nächsten Augenblick duckte er sich und drückte seinen Körper in die Hecke, die Hände vor das Gesicht geschlagen, und sein ganzer Körper zitterte so, dass ich es selbst aus einem Dutzend Meter Entfernung durch die Wand der wuchernden Hecke hindurch sehen konnte.

»Und der Geruch«, sagte er, »willst du behaupten, dass du ihn nicht riechen kannst?«

Sie hatte die Arme um ihn gelegt.

»Komm nach Hause, Liebling«, sagte sie. »Komm nach Hause! Das bildest du dir alles nur ein. Komm mit deiner alten Frau, die dich liebt, nach Hause.«

Sie gingen nach Hause.

Am folgenden Tag bat ich sie in mein Zimmer, um sich die neue blaue Bluse anzuschauen. Nachdem ich sie ihr gezeigt hatte, erzählte ich ihr, was ich am Vortag auf der kleinen Straße gesehen und gehört hatte.

»Und nun weiß ich«, sagte ich, »wer von Ihnen beiden Pflege braucht.«

Zu meinem Erstaunen fragte sie sehr erregt: »Wer?«

»Nun, er ... natürlich«, erwiderte ich, »da war nichts.«

Sie setzte sich auf den mit Chintz bezogenen Sessel am Fenster und begann heftig zu weinen. Ich stand neben ihr und besänftigte sie, so gut ich es eben vermochte.

»Es ist ein Trost, das zu wissen«, sagte sie endlich. »Ich wusste nicht mehr, was ich glauben soll. In letzter Zeit habe ich mich viele Male gefragt, ob nicht doch ich diejenige sein könnte, die verrückt ist, so wie er sagt. Und da war nichts? Da war nie etwas – und auf ihm lastet die Strafe, nicht auf mir. Auf ihm. Nun, dafür bin ich dankbar.«

Ihre Tränen waren also nichts anderes gewesen als ihre Erleichterung über ihr eigenes Entrinnen, sagte ich mir. Ich betrachtete sie mit Abscheu und vergaß, dass ich sie gern gehabt hatte. Und so trafen mich ihre nächsten Worte wie kleine Messerstiche.

»So wie die Dinge stehen, ist es für ihn schlimm genug«, sagte sie, »aber es ist nichts – gemessen an dem, wenn ich tatsächlich verrückt werden würde und er in dem Glauben zurückbliebe, er trage die Schuld. Sehen Sie, nun kann ich für ihn sorgen, so wie ich es immer getan habe. Es überkommt ihn nur einmal am Tag. Er könnte es nicht ertragen, wenn es ständig wäre – so wie für mich jetzt. Es ist viel besser, dass er es ist ... Ich kann es besser ertragen als er.«

Da gab ich ihr einen Kuss und legte meine Arme um sie und sagte: »Sagen Sie mir, was macht ihm solche Angst? Und es passiert jeden Tag, sagen Sie?«

»Ja ... seitdem ... ich werde es Ihnen erzählen. Es ist mir ein Trost, darüber zu sprechen. Es war ein violettes Auto, das unsere Bessie tötete. Sie wissen, unser Mädchen, von dem ich Ihnen bereits erzählte. Und es ist ein violettes Auto, das er zu sehen glaubt – jeden Tag dort oben in der kleinen Straße. Und er sagt, dass er es hört und dass er den Geruch des Motors riecht – das Zeug, das man hineingießt, verstehen Sie.«

»Benzin?«

»Ja, und man kann sehen, dass er es hört, und man kann sehen, dass er es sieht. Es verfolgt ihn wie ein Gespenst. Sehen Sie, er war es, der sie aufhob, nachdem das violette Auto sie überfahren hatte. Das hat ihm den Verstand geraubt. Ich sah sie nur, als er sie in seinen Armen hereintrug – und da hatte er ihr Gesicht zugedeckt. Aber er sah sie so, wie die sie liegen ließen, im Straßenstaub – man konnte die Stelle, an der es geschehen war, noch Tage später erkennen.«

»Kamen sie nicht zurück?«

»Oh, doch – sie kamen zurück. Aber Bessie kam nicht zurück. Doch sie wurden bestraft. Noch am Abend der Beerdigung stürzte das violette Auto über die Klippen – zerschmetterte – und jede Seele in ihm. Die Frau, die Sie an jenem ersten Abend hierher fuhr, war die Witwe des Unglücksfahrers.«

»Erstaunlich, dass sie nach alldem noch ein Auto benutzt«, warf ich ein – ich wollte einfach irgendetwas sagen.

»Oh«, sagte Mrs. Eldridge, »das ist eine Frage der Gewöhnung. Wir gehen auch immer noch spazieren, obwohl unser Mädchen auf der Straße getötet wurde. Autofahren ist für sie so normal wie für uns Spazierengehen. Da ruft mein Mann – mein armer, alter Liebling. Er möchte, dass ich mit ihm spazieren gehe.«

Sie eilte hinaus und in ihrer Eile glitt sie auf der Treppe aus und verstauchte sich den Fuß. Es passierte alles ganz schnell und es war eine schlimme Verletzung.

Nachdem ich den Knöchel verbunden hatte und sie auf dem Sofa lag, schaute sie ihn an. Er stand da, als sei er unentschlossen, und starrte aus dem Fenster, seine Mütze in der Hand. Und sie sah zu mir herüber.

»Mr. Eldridge darf seinen Spaziergang nicht versäumen«, sagte sie. »Begleiten Sie ihn, meine Liebe. Ein wenig Luft wird Ihnen gut tun.«

Und so ging ich mit ihm, obwohl ich wusste, als hätte er es mir gesagt, dass er mich nicht bei sich haben wollte und dass er sich fürchtete, allein zu gehen, aber dennoch gehen musste.

Schweigend gingen wir die Straße hinauf. An jener Biegung blieb er plötzlich stehen, packte meinen Arm und zog mich zurück. Seine Augen folgten etwas, das ich nicht sehen konnte. Er hatte die Luft angehalten und atmete nun schwer. »Ich dachte, ich hätte ein Auto gehört«, sagte er. Es war ihm kaum gelungen, sein Entsetzen zu verbergen, und ich sah Schweißperlen auf seiner Stirn und seinen Schläfen stehen. Dann gingen wir zum Haus zurück.

Der Knöchel war schwer verstaucht. Mrs. Eldridge musste Ruhe halten und so ging ich auch am nächsten Tag mit ihm zu der Biegung der Straße.

Diesmal versuchte er seine Gefühle nicht zu verbergen oder es gelang ihm nicht. »Dort ... hören Sie!«, sagte er. »Gewiss können Sie es hören?«

Ich hörte nichts.

»Zurück«, schrie er plötzlich laut. Wir standen eng an die Hecke gedrängt.

Wieder folgten seine Augen etwas, das für mich unsichtbar war, und wieder hielt er den Atem an.

»Eines Tages wird es mich umbringen«, sagte er, »und ich glaube fast, es ist mir egal, wie bald es geschehen wird … wenn sie nicht wäre.«

»Erzählen Sie es mir«, sagte ich, erfüllt von jener Wichtigkeit, jener bewussten Autorität, die man angesichts der Sorgen anderer Menschen empfindet. Er schaute mich an.

»Ich werde es Ihnen erzählen, bei Gott«, sagte er. »Ihr könnte ich es nicht erzählen. Junge Dame, ich begann schon zu wünschen, ich sei Katholik, um es einem Priester erzählen zu können. Aber Ihnen kann ich es erzählen, ohne meine Seele noch mehr zu verlieren, als sie ohnehin schon verloren ist. Haben Sie je von einem violetten Auto gehört, das über die Klippe stürzte und zerschellte?«

»Ja«, sagte ich. »Ja.«

»Der Mann, der mein Mädchen tötete, war neu in der Gegend. Und er besaß weder Augen noch Ohren … sonst hätte er mich erkannt, denn wir saßen uns bei der gerichtlichen Untersuchung direkt gegenüber. Und man hätte angenommen, er wäre an diesem einen Tag mit zugezogenen Vorhängen daheim geblieben. Aber er nicht. Er kurvte in seinem verdammten violetten Wagen durch die Gegend, während wir sie gerade beerdigten. Und in der Dämmerung – es kam Nebel auf – kommt er hinter mir eben diese Straße entlang und ich trete zurück und er hält an und ruft, seine verdammten Scheinwerfer direkt auf mein Gesicht gerichtet: ›Können Sie mir sagen, wo es hier nach Hexham geht, guter Mann?‹

Ich hätte ihm gern den Weg in die Hölle gezeigt. Doch das sollte mein Weg sein, nicht seiner. Ich weiß nicht, was mich dazu bewegte. Ich wollte es nicht tun. Ich dachte nicht, dass ich es tun würde, aber ehe ich wusste, wie mir geschah, sagte ich: ›Immer geradeaus‹, sagte ich. ›Fahren Sie immer geradeaus.‹ Dann schnaufte und gluckste dieses Auto und weg war er. Ich rannte ihm hinterher und versuchte ihn aufzuhalten – aber was hat es für einen Sinn, hinter diesen Autoteufeln her zu rennen. Und er fuhr weiter geradeaus. Und seitdem kommt jeden Tag, jeden Tag das Auto vorbei, das violette Auto, das niemand sehen kann außer mir … und es fährt weiter geradeaus.«

»Sie sollten von hier fortgehen«, sagte ich und sprach, wie ich es gelernt hatte. »Sie bilden sich diese Dinge ein. Vermutlich haben Sie sich die ganze Sache eingebildet. Ich nehme an, dass Sie dem Fahrer des violetten Wagens niemals sagten, geradeaus zu fahren. Ich vermute, es war alles Einbildung und beruht auf dem Schock, den Sie durch den Tod Ihrer armen Tochter erlitten haben. Sie sollten unverzüglich von hier fortgehen.«

»Das kann ich nicht«, sagte er ernst. »Täte ich das, würde ein anderer das Auto sehen. Verstehen Sie, irgendwer muss es Tag für Tag sehen, solange ich lebe. Wenn nicht ich, dann ein anderer. Und ich bin der einzige Mensch, der es verdient. Ich will nicht, dass ein anderer es sieht – es ist zu schrecklich. Es ist viel schrecklicher, als Sie glauben«, fügte er langsam hinzu.

Während ich neben ihm die ruhige Straße hinunterging, fragte ich ihn, was denn so entsetzlich an dem violetten Auto war. Vermutlich erwartete ich, dass er sagte, es sei mit dem Blut seiner Tochter bespritzt … Doch stattdessen sagte er: »Es ist zu schrecklich, um es Ihnen zu erzählen«, und er erschauerte.

Ich war damals jung und die Jugend glaubt stets Berge versetzen zu können. Ich redete mir ein, ihn durch Angriff von seinen Wahnvorstellungen heilen zu können – nicht auf die eigentliche Festung, die am Anfang stets uneinnehmbar ist, sondern, gewissermaßen, auf eines der Außenwerke. Ich begann ihn zu überreden, nicht länger zu jener Nachmittagsstunde zu der Biegung der Straße zu gehen.

»Aber wenn ich es nicht tue, wird ein anderer es sehen.«

»Es wird niemand da sein«, sagte ich rasch.

»Irgendjemand wird dort sein. Glauben Sie mir, jemand wird dort sein ... und dann werden sie es wissen.«

»Dann werde ich der Jemand sein«, sagte ich. »Kommen Sie ... Sie bleiben zu Hause bei Ihrer Frau. Ich werde gehen – und wenn ich es sehe, werde ich es Ihnen sagen, das verspreche ich. Und wenn nicht, dann werde ich guten Gewissens fortgehen können.«

»Guten Gewissens«, echote er.

Ich verhandelte mit ihm in jedem Augenblick, in dem ich ihn allein abpassen konnte. Ich steckte all meinen Willen und meine ganze Energie in meine Überredungskünste. Plötzlich gab er nach, wie eine Tür, die man zu öffnen versucht und die jedem Schlüssel bis auf den letzten widerstanden hat. Ja, ich sollte zu der Straße gehen und er würde zu Hause bleiben.

Und so machte ich mich auf den Weg.

Wie ich bereits sagte, bin ich im Verfassen von Geschichten völlig unerfahren, und vielleicht kann ich nicht verständlich machen, dass es mir nicht leicht fiel zu gehen – dass ich mich zugleich wie ein Feigling und wie eine Heldin fühlte. Diese Sache mit dem eingebildeten Auto, das nur ein armer alter Mann sehen konnte, mag manchem wahrscheinlich alltäglich und vollkommen normal erscheinen. Für mich war sie das nicht. Diese fixe Idee hatte seit Wochen und Monaten mein Leben beherrscht, hatte es beherrscht, noch bevor ich ihre Natur kannte. Ich hatte um die Angst gewusst, die diese beiden Menschen begleitete, die Angst, die mit ihnen Bett und Tisch teilte, die mit ihnen schlafen ging und mit ihnen aufstand. Die Angst des alten Mannes und die Angst vor seiner Angst. Und der alte Mann war schrecklich überzeugend. Wenn man mit ihm redete, konnte man nur schwer glauben, dass er verrückt war und es kein unerklärlich grauenhaftes Auto gab oder geben könnte, das für ihn sichtbar war und für andere Menschen nicht. Und als er sagte, wenn er nicht zu der Straße ginge, würde ein anderer es sehen, war es einfach, »Unsinn« zu sagen, aber »Unsinn« zu denken nicht so leicht und »Unsinn« zu fühlen ganz merkwürdig schwer.

Ich ging in der Dämmerung die Straße auf und ab und wünschte mich nicht zu fragen, worin das geheimnisvolle Grauen des violetten Autos wohl bestand. Ich ließ keine Gedanken an Blut aufkommen. Ich wollte nicht durch Gedankenübertragung oder irgendeinen übersinnlichen Hokuspokus zum Narren gehalten werden. Ich würde mich nicht hypnotisieren lassen, irgendwelche Dinge zu sehen.

Ich ging die Straße hinauf – ich hatte ihm versprochen, fünf Minuten in der Nähe jener Biegung zu bleiben. So stand ich in der sich vertiefenden Dämmerung dort und schaute zu den Hügeln und dem Meer hinüber. Es waren blasse Sterne zu sehen. Alles war vollkommen still. Fünf Minuten sind eine lange Zeit. Ich hielt meine Uhr in meiner Hand. Vier ... vier Minuten und fünfzehn Sekunden. Viereinhalb Minuten. Fünf. Augenblicklich drehte ich mich um. Und dann sah ich, dass er mir gefolgt war – er stand ein Dutzend Meter entfernt – das Gesicht von mir abgewandt. Es war auf ein Auto gerichtet, das die Straße hinaufschoss. Es fuhr sehr schnell, und bevor es die Stelle erreichte, an der sich der alte Mann befand, wusste ich, dass es grauenhaft war. Ich quetschte mich in die knackende, kahle Hecke, als würde ich einem realen Auto Platz machen – obgleich ich wusste, dass dieses Auto nicht real war. Es sah real aus – doch ich wusste, dass es nicht so war.

Als das Auto sich ihm näherte, schrak er zurück, dann schrie er plötzlich auf. Ich hörte ihn. »Nein, nein, nein. Nein ... nie mehr, nie mehr«, schrie er, und mit diesen Worten warf er sich vor dem Auto auf die Straße und seine großen

Räder rollten über ihn hinweg. Dann schoss das Auto an mir vorbei und ich sah, worin das Grauen bestand. Da war nicht Blut … das war nicht das Grauenvolle. Seine Farbe war, wie sie gesagt hatten, violett.

Ich ging zu ihm und hob seinen Kopf auf. Er war tot. Ich war jetzt vollkommen ruhig und gefasst und spürte, dass ich meine Sache gut machte. Ich lief zu einem Häuschen, in dem ein Arbeiter beim Tee saß. Er holte einige Männer und eine Trage.

Nachdem ich seine Frau unterrichtet hatte, waren ihre ersten verständlichen Worte: »Es ist besser für ihn. Was immer er auch getan hat, jetzt hat er dafür bezahlt …« Es scheint also, als hätte sie mehr gewusst – oder vermutet –, als er dachte.

Ich blieb bis zu ihrem Tod bei ihr. Sie lebte nicht mehr lange.

Sie denken vielleicht, dass der alte Mann von einem echten Auto überfahren und getötet wurde, das zufällig genau diese Straße entlangkam, genau zu dieser Stunde, und das zufällig auch noch violett war. Nun, ein echtes Auto hinterlässt Spuren, wenn es jemanden tötet, nicht wahr? Doch als ich den Kopf des alten Mannes von der Straße aufhob, war nichts zu entdecken, kein Blut … keine gebrochenen Knochen … weder sein Haar war in Unordnung noch seine Kleidung. Er war nicht einmal schmutzig, außer dort, wo er im Fallen die Straße berührt hatte. Es gab nicht mal Reifenspuren im Schlamm.

Das Auto, das ihn tötete, kam und verschwand wie ein Schatten. Als er sich auf die Straße warf, machte es einen kleinen Schlenker, sodass es mit beiden Rädern über ihn hinwegrollte.

Er starb, sagte der Arzt, an Herzversagen. Ich bin der einzige Mensch, der weiß, dass er von einem violetten Auto getötet wurde, das, nachdem es ihn getötet hatte, lautlos in

Richtung des Meeres davonfuhr. Und dieses Auto war leer – es saß niemand darin. Es war nur ein violettes Auto, das rasch und lautlos die Straße entlangglitt, und es war leer.

Der Fremde

Ambrose Bierce (1842–1914)

Ein Mann trat aus der Dunkelheit in den kleinen Lichtkreis um unser ersterbendes Lagerfeuer und setzte sich auf einen Felsen.

»Ihr seid nicht die Ersten, die diese Gegend erforschen«, sagte er ernst.

Niemand widersprach seiner Feststellung. Er selbst war der Beweis für ihre Richtigkeit, denn er gehörte nicht zu unserer Gruppe und musste sich irgendwo in der Nähe aufgehalten haben, wo wir das Lager aufgeschlagen hatten. Überdies musste er Gefährten haben, die sich nicht weit entfernt befanden. Es war kein Ort, an dem man allein lebte oder unterwegs war. Seit mehr als einer Woche hatten wir außer uns und unseren Pferden nur Kreaturen wie Klapperschlangen und Krötenechsen gesehen. In der Wüste Arizonas bleibt man allein nicht lang am Leben. Man braucht Packtiere, Proviant, Waffen – eine »Ausrüstung« eben. Und dazu sind Kameraden notwendig. Es erschien allerdings zweifelhaft, welcher Art diese Männer, die Kameraden dieses seltsamen Fremden waren, überdies lag in seinen Worten etwas, das man als Herausforderung deuten konnte, und dies bewirkte, dass jeder Mann unseres halben Dutzend »Gentleman-Abenteurer« sich aufsetzte und die Hand an eine Waffe legte – ein Verhalten, wie es zu dieser Zeit und an diesem Ort zu erwarten war. Der Fremde schenkte dem keine Beachtung und begann wieder in dem gleichen bedächtigen, monotonen Tonfall zu sprechen, mit dem er seinen ersten Satz gesagt hatte:

»Vor dreißig Jahren überquerten Ramon Gallegos, William Shaw, George W. Kent und Berry Davis, die alle aus Tucson kamen, die Santa Catalina Mountains und ritten gen Westen, so gut es die Landesnatur erlaubte. Wir suchten nach Gold und für den Fall, dass wir keines fanden, wollten wir uns weiter bis zum Gila River irgendwo in der Nähe des Big Bend durchschlagen, wo es eine Siedlung geben sollte, wie wir gehört hatten. Wir hatten eine gute Ausrüstung, aber keinen Führer – nur Ramon Gallegos, William Shaw, George W. Kent und Berry Davis.«

Der Mann wiederholte die Namen langsam und deutlich, als wolle er sie in das Gedächtnis seiner Zuhörer einprägen, von denen jeder Einzelne ihn nun aufmerksam beobachtete, wenn auch mit nachlassender Besorgnis, was seine möglichen Gefährten irgendwo da draußen in der Dunkelheit betraf, die uns wie eine schwarze Mauer zu umschließen schien, denn in dem Verhalten dieses freiwilligen Geschichtenerzählers deutete nichts auf unfreundliche Absichten hin. Sein Benehmen war eher das eines harmlosen Verrückten als das eines Feindes.

Wir waren mit dem Land nicht so unvertraut, als nicht zu wissen, dass die einsame Lebensweise manches Präriebewohners die Gefahr barg, Verschrobenheiten in Verhalten und Charakter zu entwickeln, die nicht immer leicht von Irrsinn zu unterscheiden waren. Ein Mann ist wie ein Baum: In einem Wald mit seinesgleichen wird er so gerade wachsen, wie seine gattungsbedingte und individuelle Natur es erlaubt. Allein unter freiem Himmel gibt er den deformierenden Zwängen und Unbilden seiner Umgebung nach. Derlei Gedanken gingen mir durch den Kopf, während ich den Mann aus dem Schatten meines Hutes beobachtete, den ich tief heruntergezogen hatte, um meine Augen vor dem Feuerschein zu schützen. Ein verrückter Kerl, ohne Zweifel, aber was machte er hier inmitten der Wüste?

Nachdem niemand das Schweigen gebrochen hatte, fuhr der Besucher fort:

»Dieses Land war damals nicht wie heute. Zwischen Gila und Golf gab es nicht eine einzige Ranch. In den Bergen fand sich hier und dort ein wenig Wild und nahe der spärlichen Wasserstellen ausreichend Gras, um unsere Tiere vor dem Hungertod zu bewahren. Wenn wir so viel Glück hatten, keinen Indianern zu begegnen, konnten wir uns vielleicht durchschlagen. Doch nach einer Woche bestand der Zweck der Expedition nicht mehr darin, zu Reichtum zu kommen, sondern zu überleben. Wir waren zu weit vorgedrungen, um umzukehren, und was sich vor uns befand, konnte nicht schlimmer sein als das, was hinter uns lag. Und so setzten wir unseren Weg fort. Wir ritten bei Nacht, um Indianern und der unerträglichen Hitze zu entgehen, bei Tage versteckten wir uns, so gut es ging. Manchmal, wenn wir unsere Wildvorräte verzehrt und unsere Wasserflaschen geleert hatten, waren wir tagelang ohne Essen und Trinken. Dann ließ uns ein Wasserloch oder ein flacher Tümpel am Grunde eines ausgetrockneten Flussbettes wieder so weit zu Kräften und Verstand kommen, dass wir einige der wilden Tiere, die sich ebenfalls dort eingefunden hatten, schießen konnten. Manchmal war es ein Bär, manchmal ein Gabelbock, ein Kojote, ein Puma – so wie Gott es gefiel. Alles war für uns Nahrung.

Als wir eines Morgens an einer Gebirgskette entlangritten und einen gangbaren Pass suchten, wurden wir von einer Gruppe Apachen angegriffen, die unserer Spur eine Schlucht hinauf gefolgt waren – sie liegt nicht weit von hier. Da sie wussten, dass sie uns zehn zu eins überlegen waren, ergriffen sie keine ihrer üblichen feigen Vorsichtsmaßnahmen, sondern stürzten sich im Galopp schießend und schreiend auf uns. Kämpfen kam nicht in Frage. Wir trieben unsere geschwächten Tiere so weit die Schlucht hinauf, wie ihre Hufe noch Halt fanden, dann warfen wir uns aus den Sätteln, flohen zu dem Gesträuch an einem der Hänge und überließen unsere gesamte Ausrüstung dem Feind. Doch wir behielten unsere Gewehre, wir alle ... Ramon Gallegos, William Shaw, George W. Kent und Berry Davis.«

»Immer noch der gleiche Haufen«, sagte der Spaßvogel unserer Gruppe. Eine missbilligende Gebärde unseres Captains brachte ihn zum Schweigen und der Fremde fuhr mit seiner Erzählung fort:

»Auch die Wilden saßen ab und einige von ihnen rannten die Schlucht hinauf über die Stelle hinaus, an der wir sie verlassen hatten. Damit schnitten sie uns einen weiteren Rückzug in diese Richtung ab und trieben uns den Hang hinauf. Unglücklicherweise erstreckte sich das Gesträuch nur ein kurzes Stück bergan, und als wir das offene Gelände jenseits erreichten, empfing uns das Feuer von einem Dutzend Gewehren. Aber Apachen schießen in der Eile schlecht und Gott wollte, dass keiner von uns fiel. Zwanzig Meter weiter oben am Hang jenseits der Buschgrenze waren senkrechte Felsen, in denen sich direkt vor uns eine schmale Öffnung befand. Dort rannten wir hinein und fanden uns in einer Höhle wieder, die etwa die Größe eines normalen Zimmers hatte. Eine Zeit lang waren wir hier sicher. Ein einziger Mann mit einem Repetiergewehr hätte den Eingang gegen alle Apachen im Land verteidigen können. Doch gegen Hunger und Durst hatten wir keine Waffe. Mut hatten wir noch, doch Hoffnung war nur noch eine Erinnerung.

Danach sahen wir keinen Indianer mehr, aber durch den Rauch und den Schein ihrer Feuer in der Schlucht wussten wir, dass sie bei Tag und bei Nacht am Rande des Dickichts lauerten, die Gewehre bereit – wussten, dass wenn wir einen Ausfall wagten, keiner von uns lang genug leben würde, um nur drei Schritte im Freien zu machen. Drei Tage, in denen wir abwechselnd Wache hielten, harrten wir aus, bevor unsere Qualen unerträglich wurden. Dann – es war am Morgen des vierten Tages – sagte Ramon Gallegos:

›Señores, ich wissen nicht viel vom lieben Gott und was ihm gefallen. Ich ohne Religion gelebt und ich kenne eure nicht. Pardon, Señores, wenn ich euch schockieren, aber für mich ist Zeit gekommen, Apachen Spiel zu verderben.‹

Er kniete auf dem felsigen Boden der Höhle nieder und setzte sich die Pistole an die Schläfe. ›Madre de Dios‹, sagte er, ›jetzt kommen Seele von Ramon Gallegos.‹

Und so ging er von uns – William Shaw, George W. Kent und Berry Davis.

Ich war der Älteste. Es war an mir, etwas zu sagen.

›Er war ein tapferer Mann‹, meinte ich. ›Er wusste, wann zu sterben und wie. Es ist töricht, vor Durst den Verstand zu verlieren und durch Apachenkugeln umzukommen oder am lebendigen Leibe gehäutet zu werden … es ist stillos. Lasst es uns Ramon Gallegos gleich tun.‹

›Ganz recht‹, sagte William Shaw.

›Ganz recht‹, sagte George W. Kent.

Ich streckte Ramon Gallegos' Glieder aus und legte ein Taschentuch auf sein Gesicht. Dann sagte William Shaw: ›So möchte ich in einem Weilchen auch aussehen.‹

Und George W. Kent sagte, dass er ebenso empfand.

›So sei es‹, sagte ich. ›Die roten Teufel werden eine Woche lang warten. William Shaw und George W. Kent, zieht und kniet nieder.‹

Das taten sie und ich stand vor ihnen.

›Allmächtiger Gott, Vater im Himmel‹, sagte ich.

›Allmächtiger Gott, Vater im Himmel‹, sagte William Shaw.

›Allmächtiger Gott, Vater im Himmel‹, sagte George W. Kent.

›Vergib uns unsere Sünden‹, sagte ich.

›Vergib uns unsere Sünden‹, wiederholten sie.

›Und nimm unsere Seelen auf.‹

›Und nimm unsere Seelen auf.‹

›Amen!‹

›Amen!‹

Ich legte sie neben Ramon Gallegos und deckte ihre Gesichter zu.«

Auf der anderen Seite unseres Lagerfeuers entstand eine rasche Bewegung. Einer von unserer Gruppe war aufgesprungen, die Pistole in der Hand.

»Und du!«, schrie er. »Du wagtest es zu fliehen?... Du wagtest es weiterzuleben? Du feiger Hund, ich werde dich zu ihnen schicken, und wenn ich dafür hänge!«

Doch mit dem Satz eines Panters hatte sich der Captain auf ihn gestürzt und packte sein Handgelenk. »Halt ein, Sam Yountsey, halt ein!«

Wir waren mittlerweile alle aufgestanden – außer dem Fremden, der regungslos und offenbar geistesabwesend dasaß. Jemand packte Yountsey am anderen Arm.

»Captain«, sagte ich, »irgendetwas stimmt hier nicht. Dieser Bursche ist entweder ein Verrückter oder einfach ein Lügner – nichts als ein schlichter, gewöhnlicher Lügner, und Yountsey hat kein Recht ihn zu töten. Wenn dieser Mann zu jener Gruppe gehörte, bestand sie aus fünf Männern, von denen er einen – vermutlich sich selbst – nicht genannt hat.«

»Ja«, sagte der Captain und ließ den Aufrührer los, der sich setzte. »Irgendetwas ist ... ungewöhnlich. Vor Jahren wurden die Leichen von vier weißen Männern, skalpiert und schändlich verstümmelt, in der Nähe des Einganges jener Höhle gefunden. Sie liegen dort begraben. Ich habe die Gräber gesehen – wir werden sie morgen alle sehen.«

Der Fremde erhob sich und stand aufrecht im Licht des ersterbenden Feuers, das wir vernachlässigt hatten, während wir gebannt seiner Geschichte lauschten.

»Es waren vier«, sagte er. »Ramon Gallegos, William Shaw, George W. Kent und Berry Davis.«

Mit dieser nochmaligen Aufzählung der Namen der Toten ging er in die Dunkelheit und entschwand unseren Blicken.

In diesem Moment kam einer unserer Gruppe, der Wache gehalten hatte, mit großen Schritten zu uns, das Gewehr in der Hand. Er wirkte ein wenig erregt.

»Captain«, sagte er, »während der letzten halben Stunde haben drei Männer da draußen in der Prärie gestanden.« Er deutete in die Richtung, in die der Fremde gegangen war. »Ich konnte sie im Mondschein deutlich sehen, aber da sie keine Gewehre hatten und ich mit meinem auf sie zielte, dachte ich, sie seien am Zug. Sie rührten sich nicht, aber, verflucht, sie sind mir auf die Nerven gegangen!«

»Geh zurück auf deinen Posten und bleibe dort, bis du sie wieder siehst«, sagte der Captain. »Die anderen legen sich wieder hin, sonst werde ich euch alle ins Feuer werfen.«

Der Wachposten verzog sich unter Flüchen und ließ sich nicht wieder blicken. Während wir unsere Decken zurechtzogen, sagte der hitzköpfige Yountsey: »Entschuldigen Sie, Captain, aber wer zum Teufel sind diese Männer?«

»Ramon Gallegos, William Shaw und George W. Kent.«

»Aber was ist mit Berry Davis? Ich hätte ihn doch erschießen sollen.«

»Völlig unnötig. Du hättest ihn nicht noch toter machen können. Und jetzt schlaf!«

Die Geschichte der alten Kinderfrau

Elizabeth Gaskell (1810–1865)

Wie ihr wisst, meine Lieben, war eure Mutter eine Waise und ein Einzelkind. Ich darf wohl behaupten, ihr habt auch gehört, dass euer Großvater Geistlicher oben in Westmorland war, wo ich herstamme. Ich war noch ein Mädchen in der Dorfschule, da kam eines Tages eure Großmutter und fragte die Lehrerin, ob es eine Schülerin gäbe, die als Kindermädchen taugen würde. Und ich war mächtig stolz, kann ich euch sagen, als die Lehrerin mich aufrief und sagte, ich sei ein Mädchen, das geschickt mit der Nadel umgehen könne, ein ruhiges, rechtschaffenes Mädchen, dessen Eltern vielleicht arm, aber sehr ehrbar seien. Ich glaubte nichts lieber tun zu wollen, als der hübschen jungen Dame zu dienen, die ebenso tief errötete wie ich, wenn sie von dem künftigen Baby sprach und wie ich für es zu sorgen hätte. Doch ich sehe, dieser Teil meiner Geschichte interessiert euch nicht so wie der, den ihr danach erwartet, daher werde ich ihn euch sofort erzählen. Ich wurde in Dienst genommen und zog in dem Pfarrhaus ein, bevor Miss Rosamond (das Baby, das nun eure Mutter ist) geboren wurde. Als sie kam, hatte ich natürlich wenig Arbeit mit ihr, denn sie lag stets in den Armen ihrer Mutter und schlief die ganze Nacht bei ihr. Und ich war mächtig stolz, wenn die Herrin sie mir manchmal anvertraute.

Es hat niemals zuvor so ein Kind gegeben und auch nicht danach, obwohl ihr auf eure Art alle gut gewesen seid. Doch was ihr freundliches, einnehmendes Wesen betrifft, kommt keiner von euch eurer Mutter gleich. Sie glich ihrer Mutter, die eine wirkliche Dame war, eine Miss Furnivall, eine Enkelin Lord Furnivalls in Northumberland. Ich glaube, sie hatte keine Geschwister und wurde in der Familie meines Herrn aufgezogen, bis sie euren Großvater heiratete. Er war nur Hilfspfarrer, Sohn eines Krämers in Carlisle – indes ein denkbar kluger, vornehmer Herr –, und leistete in seiner Gemeinde, die sehr groß war und über die ganzen Westmorland Fells verstreut lag, harte Arbeit. Als eure Mutter, die kleine Miss Rosamond, vier oder fünf Jahre alt war, starben ihre beiden Eltern innerhalb von zwei Wochen – einer nach dem anderen. Ach! Es war eine traurige Zeit. Meine hübsche junge Herrin erwartete ein zweites Baby, als mein Herr von einer seiner langen Ritte durchnässt und müde nach Hause zurückkehrte und das Fieber bekam, an dem er starb. Danach hob sie nie mehr ihren Kopf, sondern lebte gerade noch lang genug, um ihr totes Baby zu sehen und es sich auf die Brust legen zu lassen, bevor sie ihr Leben aushauchte. Auf ihrem Totenbett hatte mich meine Herrin gebeten, Miss Rosamond niemals zu verlassen. Aber selbst wenn sie kein Wort gesagt hätte, wäre ich mit dem kleinen Kind bis ans Ende der Welt gegangen.

Noch ehe wir unsere Tränen getrocknet hatten, kamen der Testamentsvollstrecker und der Vormund, um die Angelegenheiten zu regeln – Lord Furnivall, der Vetter meiner armen jungen Herrin, und Mr. Esthwaite, der Bruder meines Herrn, ein Krämer aus Manchester, der damals nicht so wohlhabend war wie später und eine große Familie hatte. Nun! Ich weiß nicht, ob es ihre Verfügung war oder weil meine Herrin auf ihrem Totenbett einen Brief an ihren Vetter geschrieben hatte. Jedenfalls wurde vereinbart, dass Miss Rosamond und ich nach Furnivall Manor House in Northumberland gehen sollten, und so wie mein neuer Herr redete, hatte er keine Einwände dagegen, denn ein oder zwei Personen mehr würden in einem so großen Haushalt keine Rolle spielen. Obwohl ich mir die Aufnahme meines munteren, hübschen Lieblings – der der Sonnenschein jeder noch so vornehmen Familie gewesen wäre – herzlicher gewünscht hätte, gefiel es mir ungemein, wie die Leute im Tal mich anstarrten und bewunderten, als sie hörten, dass ich das Mädchen der jungen Dame in Furnivall Manor werden würde.

Aber es war ein Irrtum zu glauben, dass wir uns dorthin begeben würden, wo auch Lord Furnivall, mein neuer Herr, lebte. Wie sich herausstellte, hatte die Familie Furnivall schon vor mehr als fünfzig Jahren Manor House verlassen. Ich bedauerte dies, denn es hätte mir gefallen, wenn Miss Rosamond ihre Jugendzeit dort verlebt hätte, wo ihre Mutter in ihrer Jugend gewesen war.

Der Diener meines Herrn, dem ich so viele Fragen stellte, wie ich mich eben getraute, sagte, dass das Manor House am Fuße der Cumberland Fells läge und ein sehr vornehmes Haus wäre. Dass dort eine alte Miss Furnivall, eine Großtante meines Herrn, mit nur wenigen Bediensteten lebte. Indes sei die Gegend der Gesundheit sehr zuträglich und mein Herr glaube, dass sie Miss Rosamond einige Jahre gut tun würde und seine alte Tante an ihrer Gegenwart vielleicht Freude hätte.

Mein Herr befahl mir, Miss Rosamonds Sachen für einen festgesetzten Tag bereitzumachen. Er war ein strenger, stolzer Mann und es heißt, dass alle Lords Furnivall so waren. Und er sprach nie ein Wort mehr als notwendig. Die Leute sagten, er habe meine junge Herrin geliebt, aber diese hätte ihn nicht erhört, weil sie wusste, dass sein Vater Einwände erheben würde, aber ob das stimmt, weiß ich nicht. Er heiratete jedenfalls nie. Doch er schenkte Miss Rosamond kaum Beachtung, was ja eigentlich normal gewesen wäre, wenn er ihre tote Mutter gern gehabt hatte. Er schickte seinen Diener mit uns zum Manor House und trug Mr. Henry auf, noch am gleichen Abend zu ihm nach Newcastle zu kommen.

Mir scheint es, als sei es gestern gewesen, dass wir an einem Septembertag dorthin reisten. Wir hatten unser geliebtes Pfarrhaus frühmorgens verlassen und beide herzzerreißend geweint, obwohl wir in der Kutsche meines Herrn fuhren, die mir einmal so großartig erschienen war. Und nun war Mittag lange vorbei und wir hielten in einer kleinen, rußigen Stadt voller Bergarbeiter, um ein letztes Mal die Pferde zu wechseln. Miss Rosamond war eingeschlafen, aber Mr. Henry trug mir auf, sie zu wecken, damit sie bei unserer Ankunft den Park und das Manor House sehen würde. Ich hätte Miss Rosamond lieber schlafen lassen, aber ich tat, wie mir geheißen, da ich fürchtete, er könnte sich bei meinem Herrn über mich beschweren. Wir hatten jede Stadt und selbst jedes Dorf hinter uns gelassen und die Tore eines großen wilden Parks passiert. Er war anders als die Parks hier im Norden. In ihm befanden sich Felsen und knorrige Weißdornbäume und alte Eichen mit weißer, abblätternder Rinde und man vernahm die Geräusche fließenden Wassers.

Wir fuhren die Straße etwa zwei Meilen hinauf und dann sahen wir ein großes, vornehmes Haus, um das zahlreiche Bäume standen, so dicht, dass ihre Äste im Wind da und dort gegen die Mauern schlugen. Manche waren abgebrochen und hingen herunter, denn es schien sich niemand groß um das Anwesen zu kümmern, das Holz auszuschneiden oder den moosbewachsenen Fahrweg in Ordnung zu halten. Nur vor dem Haus war alles ordentlich. Auf der großen geschwungenen Auffahrt fand sich kein Unkraut und über die lange Front mit ihren vielen Fenstern durften weder Bäume noch Kletterpflanzen wachsen. Zu beiden Seiten ragten Flügel hervor. Das Haus machte, obwohl es vernachlässigt war, einen noch vornehmeren Eindruck, als ich erwartet hatte. Hinter ihm erhoben sich die Fells, die grenzenlos und karg erschienen. Zur Linken des Hauses lag, wie ich später herausfand, ein kleiner, altmodischer Blumengarten, in den vom Westflügel eine Tür hinausführte. Er war irgendwann einmal von einer alten Lady Furnivall dem dichten dunklen Wald abgerungen worden, doch die Zweige der großen Waldbäume waren längst nachgewachsen und überschatteten ihn wieder, sodass nur noch wenige Blumen in ihm wuchsen.

Als wir vor dem großen Vordereingang vorgefahren waren und in die Halle gingen, glaubte ich, dass wir uns in ihr verlaufen würden – so groß und prächtig war sie. Von der Mitte der Decke hing ein Kronleuchter herab, der vollkommen aus Bronze war, und da ich noch nie zuvor einen Kronleuchter gesehen hatte, blickte ich voller Staunen zu ihm empor. An einem Ende der Halle befand sich ein riesiger Kamin mit gewaltigen Feuerböcken, neben ihm standen schwere altmodische Sofas. Am anderen Ende der Halle war eine riesige Orgel in die Wand eingebaut worden, die fast die gesamte Westseite der Halle einnahm. Hinter ihr befand sich eine Tür. Auch gegenüber lagen, zu beiden Seiten des Kamins, Türen, die in den Ostflügel führten. Aber in all der Zeit, in der ich in dem Haus lebte, ging ich nie durch sie hindurch, daher kann ich euch nicht sagen, was sich hinter ihnen befand.

Es war früher Nachmittag und die Halle, in der kein Feuer brannte, wirkte dunkel und düster, aber wir verweilten dort nicht einen Augenblick. Der alte Diener, der die Tür geöffnet hatte, verbeugte sich vor Mr. Henry, dann führte er uns durch die Tür hinter der großen Orgel und durch mehrere kleinere Hallen und Korridore in den Salon des Westflügels, in dem, wie er sagte, Miss Furnivall saß. Die arme kleine Miss Rosamond schmiegte sich so eng an mich, als fühle sie sich in diesem riesigen Haus ängstlich und verloren, und was mich betraf, so erging es mir nicht viel besser. Der Salon des Westflügels wirkte mit seinem warmen Kaminfeuer und gemütlichen Mobiliar ungemein freundlich. Miss Furnivall war eine alte Dame von beinahe achtzig Jahren, würde ich meinen, aber ich weiß es nicht sicher. Sie war dünn und groß und hatte ein Gesicht voller feiner Runzeln, die mit einer Nadelspitze gezogen schienen. Ihre Augen waren sehr wachsam, vermutlich deshalb, weil sie so taub war, dass sie ein Hörrohr benutzen musste.

Bei ihr saß Mrs. Stark, ihre Zofe und ihre Gesellschafterin, die mit ihr an einem großen Gobelin arbeitete und fast ebenso alt war wie sie. Sie hatte schon bei Miss Furnivall gelebt, als die beiden noch jung gewesen waren, und schien eher eine Freundin zu sein als eine Bedienstete. Sie wirkte so kalt und grau und steinern, als habe sie niemals geliebt oder jemanden gern gehabt. Und ich nehme nicht an, dass sie je einem anderen Menschen zugetan gewesen war als ihrer Herrin, die sie auf Grund ihrer schweren Taubheit fast wie ein Kind behandelte. Mr. Henry überbrachte eine Botschaft meines Herrn und verabschiedete sich dann mit einer Verbeugung von uns allen. Er nahm keine Notiz von der ausgestreckten Hand meiner süßen kleinen Miss Rosamond und ließ uns einfach stehen, während uns die beiden alten Damen durch ihre Brillen musterten.

Ich war sehr froh, als sie nach dem alten Diener läuteten, der uns hereingeführt hatte, und ihm auftrugen, uns zu unseren Zimmern zu bringen. Und so verließen wir den großen Salon und gingen in ein weiteres Wohnzimmer und wieder hinaus und dann eine große Treppe hinauf und eine breite Galerie entlang – bei der es sich um eine Art Bibliothek handelte, denn auf einer Seite befanden sich lauter Bücher und auf der anderen lauter Fenster und Schreibtische –, bis wir zu unseren Zimmern kamen, und ich war erleichtert, als ich hörte, dass sie genau über den Küchen lagen, denn ich glaubte schon, mich in diesen endlosen Weiten des Hauses unweigerlich verirren zu müssen. Da gab es ein altes Kinderzimmer, das vor langer Zeit von all den kleinen Lords und Ladys benutzt worden war. In seinem Kamin brannte ein freundliches Feuer und der Teekessel kochte und das Teegeschirr stand auf dem Tisch bereit. Von diesem Raum ging ein Schlafzimmer ab mit einem kleinen Bett für Miss Rosamond, das dicht neben dem meinen stand. Der alte James rief Dorothy, seine Frau, hinauf, um uns willkommen zu heißen. Beide waren dermaßen freundlich und gütig, dass Miss Rosamond und ich langsam begannen, uns heimisch zu fühlen, und nach dem Tee kletterte Miss Rosamond auf Dorothys Knie und plapperte so schnell, wie ihre kleine Zunge es ihr erlaubte.

Ich fand bald heraus, dass Dorothy aus Westmorland stammte, was sie und mich gewissermaßen verband, und freundlicheren Menschen als dem alten James und seiner Frau war ich noch nie begegnet. James hatte fast sein ganzes Leben im Dienste der Familie meines Herrn gestanden und meinte, es gäbe keine vornehmeren Menschen. Er schaute sogar ein wenig auf seine Frau herab, denn bis er sie heiratete, hatte sie ihr ganzes Leben bei Bauern verbracht. Aber er hatte sie sehr gern und das war auch kein Wunder. Dann gab es Bessy, die Küchenmagd, sowie noch eine Magd, die all die groben Arbeiten verrichtete und Agnes hieß. Die beiden und ich und James und Dorothy bildeten mit Miss Furnivall und Mrs. Stark die Familie, natürlich meine süße kleine Miss Rosamond nicht zu vergessen. Ich fragte mich manchmal, was sie alle getan hatten, bevor Miss Rosamond kam, denn jetzt war sie ihr Ein und Alles. In der Küche verhielt es sich nicht anders als im Salon. Die alte, traurige Miss Furnivall und die kalte Mrs. Stark schauten erfreut, wenn sie wie ein Vogel hineinflatterte, spielte und hierhin und dorthin wanderte, während sie fröhlich plapperte. Ich bin sicher, dass sie es manches Mal bedauerten, wenn sie in die Küche huschte, doch verbot es ihnen ihr Stolz, sie zurückzuhalten, und sie waren ein wenig über Miss Rosamonds Vorlieben erstaunt, obwohl man sich, wie Mrs. Stark sagte, gewiss nicht wundern musste, wenn man bedachte, welcher Herkunft ihr Vater gewesen war.

Das große, alte, verwinkelte Haus war ein herrlicher Spielplatz für die kleine Miss Rosamond. Sie unternahm überallhin Entdeckungsreisen und ich folgte ihr auf den Fersen. Überallhin, nur nicht in den Ostflügel, der nie geöffnet wurde und in den zu gehen uns auch nie in den Sinn kam. Indes, im westlichen und nördlichen Teil gab es manches schöne Zimmer voller Dinge, die uns, die wir noch nicht viel gesehen hatten, mit Staunen erfüllten. Die Fenster wurden von den Ästen der Bäume, die sie streiften, und dem Efeu, der sie überwuchert hatte, verschattet, dennoch entdeckten wir in der grünen Düsternis alte Porzellanvasen, Kästen aus geschnitztem Elfenbein, große, schwere Bücher und vor allem die alten Gemälde.

Ich erinnere mich, dass mein Liebling eines Tages Dorothy überredete, uns zu begleiten und zu erzählen, wen sie darstellten, denn bei allen handelte es sich um Porträts irgendeines Familienmitglieds meines Lords, allerdings kannte auch Dorothy sie nicht alle. Wir waren schon durch die meisten Räume gegangen, als wir in das alte Prunkzimmer über der Halle gelangten und dort ein Gemälde von Miss Furnivall sahen, oder Miss Grace, wie man sie in jenen Tagen genannt hatte, da sie die jüngere Schwester gewesen war. Welch eine Schönheit war sie gewesen! Doch hatte sie einen solch unbeweglichen, stolzen Blick und einen solch verächtlichen Ausdruck in ihren hübschen Augen unter den leicht nach oben gezogenen Brauen, als würde sie sich fragen, wie jemand die Dreistigkeit besitzen könne, sie anzusehen, und ihre Lippen waren spöttisch geschürzt, während wir dort standen und sie anstarrten. Sie trug ein Kleid, wie ich nie zuvor eines gesehen hatte, das in ihrer Jugend jedoch große Mode gewesen war. Ihr Hut, der aus weichem weißem Wollstoff bestand, war in die Stirn gezogen, und um eine Seite legte sich schwungvoll ein wunderschönes Federbüschel. Ihr blaues Satinkleid stand vorn offen und ließ ein gestepptes weißes Mieder sichtbar werden.

Nachdem ich das Gemälde eingehend betrachtet hatte, sagte ich: »Gewiss, alles ist vergänglich, heißt es. Aber wer würde denken, dass Miss Furnivall einmal eine solche Schönheit gewesen ist, wenn man sie jetzt ansieht?«

»Ja«, sagte Dorothy. »Es ist schlimm, wie Menschen sich verändern. Doch wenn es stimmt, was der Vater meines Herrn zu sagen pflegte, war Miss Furnivall, die ältere Schwester, noch schöner als Grace. Ihr Gemälde steht hier irgendwo. Aber wenn ich es euch zeige, dürft ihr keinem Menschen verraten, dass ihr es gesehen habt, nicht einmal James. Denkst du, die kleine Dame kann ihren Mund halten?«, fragte sie mich.

Ich hatte Zweifel, denn sie war so ein kleines liebenswürdiges, keckes und freimütiges Kind, daher schickte ich sie fort, um sich zu verstecken, und dann half ich Dorothy, ein großes Gemälde umzudrehen, das umgekehrt an der Wand lehnte und nicht wie die anderen aufgehängt war. Tatsächlich lief es Miss Grace in Schönheit den Rang ab und ich glaube, auch was den verächtlichen Hochmut betraf, obwohl diesbezüglich die Entscheidung vielleicht schwer fiel. Ich hätte es stundenlang anschauen können, doch Dorothy schien beinahe ängstlich, weil sie es mir gezeigt hatte, und stellte es eilig wieder an seinen Platz. Dann trug sie mir auf, geschwind Miss Rosamond zu suchen, denn im Haus gäbe es manch gefährliche Plätze, die das Kind besser nicht aufsuchte. Ich war ein mutiges, munteres Mädchen und machte mir wenig aus dem, was die alte Frau sagte, denn ich spielte ebenso gerne Versteck wie meine Miss Rosamond und so rannte ich fort, um meine Kleine zu suchen.

Als der Winter kam und die Tage kürzer wurden, glaubte ich manchmal fast mit Gewissheit zu hören, dass jemand auf der großen Orgel in der Halle spielte. Ich hörte es nicht jeden Abend, aber doch sehr häufig. Meist, wenn ich Miss Rosamond zu Bett gebracht hatte und mucksmäuschenstill bei ihr im Schlafzimmer saß. Dann pflegte ich weit entfernt zu hören, wie die Musik anschwoll und wieder abebbte. Als ich eines Abends zum Abendessen hinunterging, fragte ich Dorothy, wer da musiziert habe, aber James erwiderte nur kurz angebunden, ich Dummkopf hätte wohl das Seufzen des Windes in den Bäumen für Musik gehalten. Aber ich sah, dass Dorothy ihm einen angstvollen Blick zuwarf, und Bessy, die Küchenmagd, etwas murmelte und erbleichte. Da ich merkte, dass ihnen meine Frage nicht gefiel, schwieg ich und nahm mir vor, Dorothy allein abzupassen, denn ich glaubte, dass ich von ihr eine Menge erfahren würde.

Und so wartete ich am nächsten Tag einen günstigen Zeitpunkt ab, beschwatzte sie und fragte, wer da Orgel gespielt habe. Denn ich wusste sehr wohl, dass es die Orgel gewesen war und nicht der Wind, obwohl ich vor James geschwiegen hatte. Aber ich möchte wetten, Dorothy hatte Vorhaltungen gemacht bekommen, denn ich brachte kein Wort aus ihr heraus. Daher versuchte ich es bei Bessy, und sie meinte, dass ich auf keinen Fall jemals etwas sagen dürfe. Indes, es wäre ein sehr merkwürdiges Geräusch und sie hätte es schon viele Male gehört, doch am häufigsten an Winterabenden und vor dem Aufkommen von Sturm. Und die Leute würden erzählen, es sei der alte Lord, der da auf der großen Orgel in der Halle spiele, so wie er es zu Lebzeiten zu tun pflegte. Doch wer der alte Lord war und warum er spielte und warum vor allem an stürmischen Winterabenden, konnte oder wollte sie mir nicht sagen. Nun ja! Ich habe euch erzählt, dass ich ein mutiges Mädel war. Und ich fand es recht schön, diese großartige Musik durch das Haus hallen zu hören, egal wer da spielte. Denn nun übertönte sie die heftigen Windböen, klagte und triumphierte wie ein lebendiges Wesen und schwächte sich dann zu vollkommener Sanftheit ab, aber es waren zweifellos Melodien, und niemand konnte ernstlich behaupten, es sei der Wind.

Anfangs dachte ich, es wäre vielleicht Miss Furnivall, die da spielte, ohne dass Bessy davon wusste. Doch als ich eines Tages allein in der Halle war, öffnete ich die Orgel und spähte hinein, wie ich es schon einmal bei der Orgel der Crosthwaite Church getan hatte, und da sah ich, dass, obwohl sie so prächtig und edel wirkte, ihr Inneres vollkommen zerstört war. Obwohl es Mittag war, überlief mich ein kalter Schauer und ich schloss sie und rannte rasch in mein helles Kinderzimmer zurück. Danach hörte ich die Musik eine Zeit lang ebenso ungern wie James und Dorothy.

Unterdessen gewann Miss Rosamond immer mehr Sympathien. Den alten Damen gefiel es, wenn sie ihnen bei ihrem zeitigen Mittagessen Gesellschaft leistete. Dann stand James die ganze Zeit hinter Miss Furnivalls Stuhl und ich hinter dem von Miss Rosamond und nach dem Essen spielte sie mucksmäuschenstill in einer Ecke des großen Salons, während Miss Furnivall ein Schläfchen machte und ich in der Küche mein Mittagessen einnahm. Aber dann war sie froh, wenn sie in das Kinderzimmer zurückkehren konnte, denn Miss Furnivall sei so traurig und Mrs. Stark furchtbar langweilig, sagte sie. Dennoch waren sie und ich fröhlich. Und irgendwann machte ich mir nichts mehr aus der seltsamen, wilden Musik, die niemandem schadete, auch wenn wir nicht wussten, woher sie kam.

Jener Winter war sehr kalt. Mitte Oktober setzte Frost ein, der viele lange Wochen anhielt. Ich erinnere mich, dass Miss Furnivall eines Tages beim Mittagessen ihre traurigen, ernsten Augen zu Mrs. Stark hob und in einem seltsam bedeutungsschwangeren Ton sagte: »Ich fürchte, wir werden einen schrecklichen Winter bekommen.« Doch Mrs. Stark tat, als höre sie nicht, und sprach mit lauter Stimme über andere Dinge. Meiner kleinen Dame und mir bereitete der Frost keinen Kummer. Nicht uns! Solange es trocken war, kletterten wir die steilen Hänge hinter dem Haus hinauf, begaben uns oben auf die Fells, die öde und nackt dalagen, und rannten in der frischen, schneidenden Luft um die Wette. Einmal gingen wir einen anderen Weg hinab, der uns an zwei alten knorrigen Stechpalmen vorbeiführte, die auf der Ostseite des Hauses etwa in halber Höhe des Hanges wuchsen.

Doch die Tage wurden kürzer und kürzer und der alte Lord – wenn er es war – spielte immer stürmischer und trauriger auf der großen Orgel. Eines Sonntagnachmittags – es muss gegen Ende November gewesen sein – bat ich Dorothy, auf das kleine Fräulein aufzupassen, wenn es nach Miss Furnivalls Schläfchen aus dem Salon kam. Ich wollte zur Kirche gehen, doch es war zu kalt, um Miss Rosamond mitzunehmen. Das versprach Dorothy mir nur zu gern, denn sie hatte das Kind sehr lieb und alles schien in bester Ordnung zu sein. Obwohl der Himmel schwer und schwarz über der weißen Erde hing, als wäre es niemals ganz Tag geworden, machten Bessy und ich uns frohgemut auf den Weg. Die Luft war still, aber kalt und schneidend.

»Wir werden Schnee bekommen«, sagte Bessy zu mir. Und wirklich, noch während wir in der Kirche waren, begann es in großen, dicken Flocken zu schneien, so dick, dass es die Fenster beinahe verdunkelte. Als wir herauskamen, hatte es aufgehört, doch als wir nach Hause stapften, lag der Schnee weich und dick unter unseren Füßen. Noch bevor wir das Haus erreicht hatten, war der Mond aufgegangen und ich glaube, durch den Mond und den blendend weißen Schnee war es jetzt heller als zwischen zwei und drei Uhr, als wir zur Kirche gegangen waren. Ich habe euch nicht erzählt, dass Miss Furnivall und Mrs. Stark nie zur Kirche gingen. Sie pflegten in ihrer ruhigen, schwermütigen Art die Andacht gemeinsam zu lesen. Ohne die Beschäftigung mit ihrer Gobelinarbeit schien ihnen der Sonntag immer sehr lang zu werden.

Als ich zu Dorothy in die Küche ging, um Miss Rosamond

zu holen und mit mir nach oben zu nehmen, wunderte es mich daher nicht sehr, dass mir die alte Frau sagte, die Damen hätten das Kind bei sich behalten und es sei nicht in die Küche gekommen, wie ich es ihr aufgetragen hatte, falls sie es müde war, sich im Salon gut zu benehmen. Ich legte meinen Mantel ab und machte mich auf, sie zu suchen und zum Abendessen in das Kinderzimmer zu bringen. Doch als ich den Salon betrat, saßen die beiden alten Damen dort ganz ruhig und still und sprachen nur gelegentlich ein Wort, aber sie machten den Eindruck, als habe sich nie ein so heiteres, fröhliches Ding wie Miss Rosamond in ihrer Nähe aufgehalten. Noch immer glaubte ich, dass sie sich vielleicht vor mir versteckte – dies gehörte zu ihren hübschen Angewohnheiten – und dass sie die Damen überredet hatte, so zu tun, als wüssten sie von nichts. Also schlich ich auf Zehenspitzen umher, schaute unter dieses Sofa und hinter jenen Stuhl und tat, als sei ich in großer Sorge.

»Was ist los, Hester?«, fragte Mrs. Stark scharf. Ich weiß nicht, ob Miss Furnivall mich gesehen hatte, denn wie ich euch erzählte, war sie schwerhörig. Sie saß still und untätig da und starrte mit ihrem hoffnungslosen Gesicht ins Feuer.

»Ich suche nur mein kleines, süßes Schätzchen«, erwiderte ich, während ich immer noch glaubte, das Kind sei ganz in meiner Nähe, auch wenn ich es nicht sah.

»Rosamond ist nicht hier«, sagte Mrs. Stark. »Sie ist vor mehr als einer Stunde fortgegangen, um Dorothy zu suchen.« Und sie wandte sich um und schaute wieder in das Feuer.

Bei diesen Worten sank mir das Herz und ich begann zu wünschen, ich hätte meinen Liebling nie verlassen. Ich ging zu Dorothy zurück und erstattete ihr Bericht. James war an diesem Tag außer Haus, doch sie und ich und Bessy nahmen Lampen und gingen zuerst hinauf in das Kinderzimmer. Dann streiften wir durch das riesige Haus, riefen und flehten Miss Rosamond an, aus ihrem Versteck zu kommen und uns nicht auf diese Weise zu Tode zu erschrecken. Aber es kam keine Antwort, kein Laut.

»Oh!«, sagte ich schließlich. »Wäre es möglich, dass sie in den Ostflügel gegangen ist und sich dort versteckt hat?«

Aber Dorothy sagte, das sei ausgeschlossen, denn selbst sie sei noch nie dort gewesen. Die Türen seien stets abgesperrt und der Haushalter meines Herrn habe die Schlüssel, wie sie glaube. Jedenfalls hätten weder sie noch James sie jemals gesehen. Darauf sagte ich, ich wolle zurückgehen und nachschauen, ob sie sich nicht doch unbemerkt von den alten Damen in dem Salon versteckt habe. Und wenn ich sie dort fände, würde ich ihr Schläge geben, da sie mir einen solchen Schrecken eingejagt habe. Natürlich hatte ich das nicht wirklich vor. Als ich in den Salon des Westflügels zurückkehrte, berichtete ich Mrs. Stark, dass wir Rosamond nirgendwo finden könnten, und bat um Erlaubnis, alle Möbel untersuchen zu dürfen, denn jetzt glaubte ich, dass sie vielleicht in irgendeinem warmen Eckchen eingeschlafen war. Aber nein! Wir suchten und sogar Miss Furnivall erhob sich und beteiligte sich am ganzen Leibe zitternd an der Suche, aber Rosamond war nirgends. Alle im Haus machten sich erneut auf die Suche. Wir schauten an jedem Platz, an dem wir bereits gewesen waren, aber wir fanden sie nicht. Miss Furnivall zitterte so sehr, dass Mrs. Stark sie in den warmen Salon zurückführte, doch erst nachdem sie mir das Versprechen abgenommen hatte, Rosamond zu ihr zu bringen, sobald sie gefunden war. O weh! Ich begann zu glauben, dass wir sie niemals finden würden, als es mir in den Sinn kam, in den großen Vorhof hinauszuschauen, der unter einer Schneedecke lag.

Ich befand mich im Obergeschoss, als ich hinausschaute. Indes schien der Mond so hell, dass ich ganz deutlich die Abdrücke zweier kleiner Füße sehen konnte, die von der Tür der Halle um die Ecke des Ostflügels führten. Ich weiß nicht, wie ich nach unten gelangte, doch schon riss ich die große, schwere Tür der Halle auf, warf mir den Rock meines Kleides wie einen Umhang über den Kopf und rannte hinaus. Ich lief um die Ostecke des Hauses, wo ein schwarzer Schatten auf den Schnee fiel. Doch als ich wieder ins Mondlicht trat, sah ich die kleinen Fußspuren, die hinaufführten – hinauf zu den Fells. Es war bitterkalt. So kalt, dass mir die Luft beinahe die Haut vom Gesicht zu schneiden schien, aber ich rannte weiter und weinte, als ich daran dachte, wie erschöpft und verängstigt mein kleiner Liebling sein musste. Ich war in Sichtweite der großen Stechpalmen, als ich einen Schäfer den Hang hinabkommen sah. In seinen Armen trug er etwas, das in seinen wollenen Überwurf gewickelt war. Er rief mir zu, ob ich ein Kind suchen würde, und da ich so sehr weinte, dass ich keine Worte fand, kam er zu mir herüber und da sah ich mein kleines Mädchen bleich und steif in seinen Armen liegen, wie tot. Er erzählte mir, dass er auf die Fells gegangen sei, um seine Schafe vor Einbruch der tiefen, kalten Nacht zusammenzutreiben, und dort unter den großen Stechpalmen meine kleine Dame, meinen Liebling steif und kalt aufgefunden habe, in dem schrecklichen Schlaf, den die Kälte bringt.

Ach! Die Wonne, die Tränen, sie wieder in meinen Armen zu halten! Denn ich ließ nicht zu, dass er sie trug, sondern nahm sie in den Überwurf gehüllt in meine Arme und drückte sie an meine warme Brust und bald spürte ich, wie sich allmählich das Leben in ihre kleinen zarten Glieder zurückstahl. Doch als wir das Haus erreichten, war sie noch immer besinnungslos und ich so außer Atem, dass ich kaum zu sprechen vermochte. Wir gingen zur Küchentür hinein.

»Bringt die Wärmpfanne«, sagte ich. Ich trug sie nach oben und begann sie beim Feuer, das Bessy geschürt hatte, auszukleiden. Ich gab meinem kleinen Lämmchen sämtliche Kosenamen, die mir in den Sinn kamen – die Augen noch blind vor Tränen. Und endlich … endlich schlug sie ihre großen blauen Augen auf. Ich legte sie in ihr warmes Bettchen und schickte Dorothy hinunter, um Miss Furnivall auszurichten, dass alles gut sei. Ich beschloss, die ganze lange Nacht am Bett meines Lieblings zu wachen. Kaum lag ihr hübscher Kopf auf dem Kissen, sank sie in einen sanften Schlummer und ich saß bis zum Morgengrauen bei ihr. Als sie aufwachte, war sie munter und aufgeräumt – so dachte ich wenigstens im ersten Moment – und, meine Lieben, so denke ich heute noch.

Sie sagte, sie habe zu Dorothy gehen wollen, denn die beiden alten Damen seien eingeschlafen und es sei schrecklich langweilig im Salon gewesen. Und als sie durch die Halle des Westflügels gelaufen sei, habe sie durch das hohe Fenster sanft und stetig den Schnee fallen sehen. Dann habe sie schauen wollen, wie er hübsch und weiß die Erde bedeckte, und so sei sie in die große Halle gegangen und habe ihn vom Fenster aus funkelnd und weich auf der Auffahrt liegen sehen. Aber während sie noch dort oben gestanden habe, habe sie ein kleines Mädchen gesehen, nicht so alt wie sie selbst, »aber so hübsch«, sagte mein Liebling, »und dieses kleine Mädchen winkte mir herauszukommen. Und ach! Sie war so hübsch und so süß, dass ich einfach gehen musste.« Und dann habe dieses andere kleine Mädchen sie an der Hand genommen und Seite an Seite seien sie um die Ostecke gegangen.

»Du bist ein ungezogenes kleines Mädchen, mir solche Geschichten zu erzählen«, sagte ich. »Was würde deine liebe Mama im Himmel sagen, wenn sie ihre kleine Rosamond solche Märchen erzählen hört – und ich glaube wohl, dass sie es hört!«

»Wirklich, Hester«, schluchzte meine Kleine. »Ich sage die Wahrheit. Wirklich.«

»Erzähl mir keinen Unsinn!«, sagte ich streng. »Ich bin deinen Fußspuren im Schnee gefolgt. Da waren nur deine zu sehen. Und wenn du mit einem kleinen Mädchen Hand in Hand den Hügel hinaufgelaufen wärest, glaubst du nicht, dass seine Fußspuren neben den deinen gewesen sein müssten?«

»Ich kann nichts dafür, wenn keine da waren, liebe, liebe Hester«, erwiderte sie weinend. »Ich habe nicht auf ihre Füße geschaut, aber sie hielt meine Hand ganz fest in ihrer kleinen Hand und die war schrecklich kalt. Sie führte mich den Weg hinauf zum Fell bis zu den Stechpalmen. Und dort sah ich eine Dame, die schluchzte und weinte. Doch als sie mich erblickte, hörte sie auf zu weinen und lächelte stolz. Sie nahm mich auf den Schoß und begann mir ein Schlaflied zu singen. Das ist alles Hester ... aber es ist wahr und meine liebe Mama weiß es«, sagte sie weinend. Ich glaubte, die Kleine hätte Fieber, und tat, als würde ich ihr glauben, während sie ihre Geschichte immer und immer wieder erzählte – und stets mit den gleichen Worten. Endlich klopfte Dorothy an die Tür, brachte Miss Rosamonds Frühstück und sagte mir, die alten Damen wünschten mich unten im Speisezimmer zu sprechen. Sie waren am Vorabend beide im Kinderschlafzimmer gewesen, als Miss Rosamond bereits schlief. Daher hatten sie sie nur angeschaut und mir keine Fragen gestellt.

Jetzt werde ich Schelte bekommen, dachte ich bei mir, während ich die Nordgalerie entlangging. Dennoch, dachte ich bei mir und nahm meinen Mut zusammen, ich ließ sie in ihrer Obhut zurück und es ist ihre Schuld, dass sie sich unbemerkt und ungesehen fortstehlen konnte. Und so trat ich tapfer ein und erzählte meine Geschichte. Ich schrie sie Miss Furnivall in das Ohr, doch als ich das andere kleine Mädchen draußen im Schnee erwähnte, das sie hinaus und zu der vornehmen, schönen Dame bei den Stechpalmen gelockt hatte, warf sie ihre Arme empor – ihre alten, welken Arme – und rief laut: »Oh! Himmel, vergib! Hab Erbarmen!«

Mrs. Stark packte sie, ziemlich grob, wie ich fand, aber sie wurde ihrer nicht Herr, und Miss Furnivall richtete eine Art erregte, eindringliche Warnung an mich.

»Hester, halt sie von diesem Kind fern! Es wird sie in den Tod locken! Dieses schlimme Kind! Sag ihr, es sei ein gottloses, böses Kind.« Dann scheuchte mich Mrs. Stark aus dem Zimmer und ich war wahrhaftig froh darum. Doch Miss Furnivall schrie immer wieder: »O Gott! Hab Erbarmen! Wirst du niemals verzeihen! Es ist so viele lange Jahre her ...«

Nach diesem Vorfall war ich aufs höchste beunruhigt. Weder bei Tag noch bei Nacht wagte ich Miss Rosamond aus den Augen zu lassen, aus Angst, sie könnte sich wieder davonstehlen und irgendeinem Phantom hinterherlaufen, umso mehr, als ich in Miss Furnivalls seltsamem Verhalten Wahnsinn zu erkennen glaubte. Ich fürchtete, dass meinem Liebling ähnliches Unheil (das vielleicht in der Familie lag, versteht ihr) drohte. Der heftige Frost ließ nicht nach. Und wann immer die Nacht stürmischer war als sonst, hörten wir durch das Pfeifen und Jammern des Windes hindurch den alten Lord auf der großen Orgel spielen. Aber Lord hin oder her, wo immer Miss Rosamond hinging, folgte ich ihr. Meine Liebe zu ihr, dem hübschen, hilflosen Waisenkind, war stärker als meine Furcht vor der grandiosen und schrecklichen Musik. Zudem oblag es meiner Pflicht, dass sie munter und vergnügt blieb, wie es sich für ihr Alter geziemte. Und so spielten wir zusammen, gingen gemeinsam hier- und dort- und überallhin, denn ich wagte es nicht, sie in dem großen, weitläufigen Haus noch einmal aus den Augen zu verlieren. Und so geschah es, dass wir eines Nachmittags, nicht lange vor Heiligabend, gemeinsam am Billardtisch in der großen Halle spielten (die Spielregeln kannten wir nicht, aber Miss Rosamond rollte gern die glatten Elfenbeinkugeln mit ihren hübschen Händen und ich tat alles, was ihr gefiel) und es, ohne dass wir es merkten, im Haus langsam dunkel wurde, obwohl draußen noch heller Tag war. Ich dachte schon daran, Miss Rosamond ins Kinderzimmer zurückzubringen, als sie plötzlich rief: »Schau, Hester, schau! Dort draußen im Schnee steht mein armes, kleines Mädchen!«

Ich wandte mich zu den langen, schmalen Fenstern um, und tatsächlich sah ich dort ein kleines Mädchen, kleiner als meine Miss Rosamond – für einen so bitterkalten Abend im Freien völlig untauglich gekleidet –, das weinte und gegen die Fensterscheiben schlug, als ob es Einlass begehre. Es schien zu schluchzen und zu wimmern, bis Miss Rosamond es nicht mehr ertrug und zur Tür stürzte, um sie zu öffnen, als völlig unvermutet dicht neben uns die große Orgel ertönte, so laut und dröhnend, dass ich am ganzen Leibe erbebte. Dies umso mehr, weil ich in der Stille zuvor das Trommeln der kleinen Hände an der Fensterscheibe nicht gehört hatte, obwohl das Phantomkind mit aller Kraft dagegen zu schlagen schien, und obwohl ich es klagen und weinen gesehen hatte, war nicht der leiseste Laut an mein Ohr gedrungen.

Ob ich mir just in diesem Moment all dessen wirklich bewusst war, weiß ich nicht. Der Klang der großen Orgel hatte mich vor Angst gelähmt. Aber dies weiß ich: Ich hatte Miss Rosamond hochgehoben, bevor sie die Tür der Halle öffnen konnte. Ich umklammerte sie und trug sie, während sie schrie und um sich trat, fort in die große, helle Küche, wo Dorothy und Agnes mit dem Backen von Pastetchen beschäftigt waren.

»Was hat denn meine Süße?«, rief Dorothy, als ich Miss Rosamond hereintrug, die schluchzte, als würde ihr das Herz zerreißen.

»Sie lässt mich die Tür nicht öffnen, um mein kleines Mädchen hereinzulassen. Und es wird sterben, wenn es die ganze Nacht draußen auf den Fells bleibt. Grausame, böse Hester«, sagte sie und schlug auf mich ein. Aber sie hätte härter zuschlagen können, denn ich sah auf Dorothys Gesicht einen Ausdruck grausigen Entsetzens, der mir das Blut in den Adern gefrieren ließ.

»Schließ die Hintertür der Küche fest und verriegle sie gut«, sagte sie zu Agnes. Mehr sagte sie nicht. Sie gab mir Rosinen und Mandeln, um Miss Rosamond zu besänftigen, aber diese redete nur schluchzend von dem kleinen Mädchen im Schnee und rührte keinen der Leckerbissen an. Ich war dankbar, als sie sich im Bett in den Schlaf geweint hatte. Dann stahl ich mich in die Küche hinunter und berichtete Dorothy, dass ich einen Entschluss gefasst hätte. Ich würde meinen Liebling zurück in das Haus meines Vaters bringen. Dort in Applethwaite würden wir vielleicht ärmlich leben, aber in Frieden. Ich sagte, der Orgel spielende alte Lord hätte mir schon genug Angst eingejagt, aber nun hätte ich dieses kleine wehklagende Kind mit eigenen Augen gesehen, kostbar gekleidet wie keines der Kinder in der Nachbarschaft, das Einlass begehrt und gegen das Fenster geschlagen und getrommelt habe, ohne das geringste Geräusch zu verursachen: Und es habe eine dunkle Wunde an seiner rechten Schulter gehabt. Und dass Miss Rosamond in ihr das Phantom wieder erkannt habe, von dem sie beinahe in den Tod gelockt worden war. Das könne ich nicht länger ertragen. Ich sah, dass Dorothy ein- oder zweimal die Farbe wechselte. Als ich geendet hatte, sagte sie, sie glaube nicht, dass ich Miss Rosamond mit mir nehmen könne, denn sie sei das Mündel Lord Furnivalls, und ich hätte kein Anrecht auf sie. Und sie fragte mich, ob ich das Kind, das ich so sehr liebte, verlassen wolle, nur wegen Dingen, die ich zwar gesehen und gehört hätte, die mir aber keinen Schaden zuzufügen vermochten. Und hätten sie sich nicht alle daran gewöhnt? Ich befand mich in einem Zustand großer Erregung und sagte, sie hätte gut reden, denn sie wüsste, was diese Erscheinungen und Geräusche bedeuteten und vielleicht habe sie ja etwas mit dem Geisterkind zu schaffen gehabt, als es noch lebte. Ich machte ihr solche Vorwürfe, dass sie mir schließlich alles, was sie wusste, erzählte. Und dann wünschte ich, sie hätte es mir nie erzählt, denn es machte meine Angst nur noch größer.

Sie sagte, sie habe die alte Geschichte von Nachbarn gehört, die in den ersten Jahren ihrer Ehe noch gelebt hätten. Damals seien manchmal noch Menschen ins Haus gekommen, ehe es in der Gegend völlig in Verruf geriet. Was sie gehört habe, mochte wahr sein oder auch nicht.

Der alte Lord war der Vater von Miss Furnivall, oder Miss Grace, wie Dorothy sie nannte, denn Miss Maude war die Ältere und damit von Rechts wegen Miss Furnivall. Der alte Lord war ein vom Hochmut verzehrter Mann. Von unvergleichlichem Hochmut und seine Töchter schlugen ihm nach. Keiner war ihnen als Ehemann gut genug, obwohl sie genügend Auswahl gehabt hätten. Denn sie waren zu ihrer Zeit große Schönheiten gewesen, wie ich ja selbst auf ihren Porträts im Prunkzimmer gesehen hätte. Aber wie das alte Sprichwort besagt: »Hochmut kommt vor dem Fall«. Diese beiden hochmütigen Schönheiten verliebten sich in denselben Mann und dieser war nichts als ein ausländischer Musiker, den ihr Vater aus London geholt hatte, um mit ihm im Manor House zu musizieren. Denn neben seinem Hochmut liebte der alte Lord vor allem die Musik. Er beherrschte fast jedes erdenkliche Instrument und es war schon seltsam, dass ihn die Musik nicht erweichte. Denn er war ein grimmiger, mürrischer alter Mann, der durch seine Grausamkeit das Herz seiner armen Frau gebrochen hatte, wie es hieß. Er war besessen von der Musik und bereit, jede Summe für sie zu bezahlen. Und so ließ er jenen Ausländer kommen, der so wunderbar musizierte, dass selbst die Vögel in den Bäumen zu singen aufhörten und lauschten, wie man sagte. Mit der Zeit gewann dieser Fremde eine solche Macht über den alten Lord, dass er jedes Jahr wiederkommen musste. Er war es auch, der die große Orgel aus Holland herbeischaffen und in der Halle aufstellen ließ, dort, wo sie jetzt stand. Dann lehrte er den alten Lord, auf ihr zu spielen, und während Lord Furnivall an nichts anderes als seine großartige Orgel und seine noch großartigere Musik dachte, ging der geheimnisvolle Fremde mit einer der jungen Damen draußen in den Wäldern spazieren, mal mit Miss Maude, mal mit Miss Grace.

Miss Maude trug den Sieg davon – wenn es denn einer war. Die beiden wurden heimlich getraut, und noch ehe ihr Mann im folgenden Jahr seinen Besuch machte, hatte sie in einem Bauernhaus im Moor ein kleines Mädchen zur Welt gebracht, während ihr Vater und Miss Grace glaubten, sie weile beim Pferderennen in Doncaster. Doch obwohl sie nun Ehefrau und Mutter war, wurde sie kein bisschen weicher, sondern blieb so hochmütig und temperamentvoll wie eh und je. Vielleicht noch mehr, denn sie war auf Miss Grace eifersüchtig, der ihr Mann den Hof machte – um sie zu täuschen, wie er seiner Frau sagte. Aber Miss Grace triumphierte über Miss Maude und Miss Maude wurde immer wütender auf ihren Mann und ihre Schwester. Ersterer – der Unangenehmes leicht abschütteln und sich in fremde Länder flüchten konnte – ging in diesem Sommer einen Monat vor der üblichen Zeit fort und drohte niemals zurückzukehren.

In der Zwischenzeit lebte das kleine Mädchen in dem Bauernhaus und ihre Mutter pflegte mindestens einmal in der Woche ihr Pferd satteln zu lassen und im wilden Galopp über die Hügel zu reiten, um die Kleine zu besuchen – denn wenn sie liebte, dann liebte sie, und wenn sie hasste, dann hasste sie. Und der alte Lord spielte weiter – spielte auf seiner Orgel. Schon glaubten die Diener, die süße Musik, die er spielte, habe sein schreckliches Temperament besänftigt, von dem sich (wie Dorothy sagte) manch entsetzliche Geschichte erzählen ließ. Zudem wurde er gebrechlich und musste an einer Krücke gehen. Sein Sohn – der Vater des jetzigen Lords Furnivall – war mit der Armee in Amerika und der andere Sohn fuhr zur See. So konnte Miss Maude fast alles tun, was ihr beliebte, und sie und Miss Grace wurden mit jedem Tag kälter und bitterer zueinander, bis sie endlich kaum noch sprachen, außer in Gegenwart des alten Lords. Der fremde Musiker kehrte im folgenden Sommer zurück, doch es war das letzte Mal. Sie machten ihm mit ihrer Eifersucht und ihrer Leidenschaft das Leben derart zur Hölle, dass er es leid wurde und fortging, und danach hörte man nie wieder etwas von ihm. Miss Maude, deren Absicht es stets gewesen war, nach dem Tod des Vaters ihre Heirat anerkennen zu lassen, war nun eine verlassene Frau, um deren Ehe niemand wusste, mit einem Kind, zu dem sich zu bekennen sie nicht wagte, obwohl sie es abgöttisch liebte. Und sie lebte mit einem Vater, den sie fürchtete, und einer Schwester, die sie hasste.

Als der nächste Sommer verging und der geheimnisvolle Fremde nicht zurückkehrte, überfielen Miss Maude und Miss Grace Trübsinn und Traurigkeit. Sie wirkten verhärmt, auch wenn sie schön waren wie eh und je. Doch Miss Maudes Stimmung heiterte mit der Zeit wieder auf, denn ihr Vater wurde immer gebrechlicher und verfiel immer mehr seiner Musik. Sie und Miss Grace lebten fast vollkommen für sich. Sie bewohnten getrennte Räumlichkeiten, Miss Grace den Westflügel, Miss Maude den Ostflügel – eben jene Zimmer, die nun verschlossen waren. Und so glaubte sie, ihr kleines Mädchen zu sich nehmen zu können, ohne dass jemand davon erfuhr, außer jenen, die nicht darüber zu sprechen wagten oder glauben mussten, dass es ein Bauernkind sei, an dem sie Gefallen gefunden habe, wie sie sagte. All dies war, so Dorothy, recht bekannt, doch was danach geschah, wusste niemand außer Miss Grace und Mrs. Stark, die schon damals ihre Zofe gewesen war und ihr eine weit bessere Freundin als je die eigene Schwester. Doch auf Grund von Bemerkungen, die hier und dort gefallen waren, vermutete die Dienerschaft, dass Miss Maude ihrer Schwester triumphierend erzählt hatte, der geheimnisvolle Fremde sei während all der Zeit, in der er Miss Grace vermeintliche Liebe vorgegaukelt habe, ihr Ehemann gewesen. Von diesem Tag an war für immer die Farbe aus Miss Graces Wangen und Lippen gewichen und viele Male hörte man sie sagen, dass sie früher oder später Rache nehmen würde. Und Mrs. Stark spionierte immer wieder in den Räumen des Ostflügels herum.

In einer schrecklichen Nacht, kurz nach Neujahr, als der Schnee dick und tief lag und immer noch Flocken fielen – rasch genug, um jeden, der sich im Freien aufhielt, blind zu machen –, ertönte auf einmal ein gewaltiger Lärm und über alles hinweg die Stimme des alten Lords, der gar fürchterlich fluchte; und das Weinen eines kleinen Kindes und der stolze Trotz einer leidenschaftlichen Frau und das Geräusch eines Schlages, dann Totenstille, und Klagen und Weinen, das sich am Hang verlor! Dann rief der alte Lord seine Diener zusammen und verkündete ihnen unter schrecklichen Flüchen und mit noch schrecklicheren Worten, dass seine Tochter Schande über sich gebracht und er sie aus dem Haus gejagt habe – sie und ihr Kind –, und wenn sie den beiden je irgendwie Hilfe zuteil werden ließen, würde er dafür beten, dass sie niemals in den Himmel kämen. Und die ganze Zeit stand Miss Grace neben ihm, bleich und regungslos wie ein Stein, doch als er geendet hatte, stieß sie einen tiefen Seufzer aus, als sei ihr Werk vollbracht und ihr Ziel erreicht. Aber der alte Lord tastete seine Orgel nie wieder an und binnen eines Jahres war er tot. Kein Wunder! Denn am Morgen nach jener grausigen Nacht fanden die Schäfer, die den Hang hinunterkamen, Miss Maude unter den großen Stechpalmen sitzen, dem Wahnsinn verfallen, lächelnd, ihr totes Kind in den Armen, welches ein schreckliches Mal auf der rechten Schulter trug. »Aber das war nicht der Grund, weshalb es starb«, sagte Dorothy. »Es waren der Frost und die Kälte. Jedes wilde Geschöpf hatte sich in seinem Schlupfloch verkrochen, jedes

Tier in seinem Bau, während das Kind und seine Mutter auf die Fells hinausgejagt worden waren! Und jetzt weißt du alles und ich frage dich, hast du jetzt weniger Angst?«

Ich hatte mehr Angst als jemals zuvor, indes, ich gestand es nicht ein. Ich wünschte Miss Rosamond und mich für alle Zeit weit fort aus diesem schrecklichen Haus. Ich wollte sie nicht verlassen und wagte es nicht, sie fortzubringen. Doch wie ich sie beobachtete und bewachte. Lieber verriegelten wir Türen und Fensterläden mehr als eine Stunde vor Einbruch der Dunkelheit, als sie nur fünf Minuten zu lang offen zu lassen. Dennoch hörte meine kleine Dame das unheimliche Kind weinen und wehklagen. Und nichts, das wir sagten oder taten, konnte sie davon abbringen, ihm öffnen zu wollen. Während all dieser Zeit versuchte ich Miss Furnivall und Mrs. Stark aus dem Weg zu gehen. Ich fürchtete mich vor ihnen – ich wusste, dass nichts Gutes in ihnen stecken konnte, ihnen, mit ihren grauen, harten Gesichtern und ihren verträumten Augen, die auf die schaurigen Jahre der Vergangenheit zurückblickten. Doch ungeachtet meiner Furcht empfand ich irgendwie auch Mitleid – zumindest für Miss Furnivall. Selbst jene, die in die Hölle fahren, können kaum einen hoffnungsloseren Geischtsausdruck haben, als sie ihn trug. Am Ende tat sie mir so sehr Leid, dass ich für sie betete. Und ich lehrte Miss Rosamond, wie man für jemanden betet, der eine Todsünde begangen hat. Doch wenn sie eben diese Worte sprechen wollte, dann lauschte sie oft plötzlich und sprang von ihren Knien auf und sagte: »Ach! Ich höre mein kleines Mädchen so traurig weinen und klagen ... Ach! Lass sie herein, sonst wird sie sterben!«

Eines Nachts – kurz nach dem Neujahrstag, der endlich gekommen war – hörte ich es im Salon des Westflügels dreimal klingeln. Das war das Zeichen für mich. Obwohl Miss Rosamond bereits schlief, wollte ich sie nicht allein lassen, denn der alte Lord spielte jetzt wilder denn je und ich fürchtete, mein Liebling könnte davon erwachen und das Geisterkind hören. Sehen konnte sie es nicht, denn ich hatte die Fenster verriegelt. Und so hob ich sie aus ihrem Bett, wickelte sie in eine Decke und trug sie in den Salon hinunter, wo die alten Damen wie üblich an ihrer Gobelinarbeit saßen. Als ich eintrat, schauten sie auf und Mrs. Stark fragte völlig verwundert, warum ich Miss Rosamond aus ihrem warmen Bettchen gerissen und mitgebracht hätte. »Weil ich fürchtete, in meiner Abwesenheit könnte das wilde Kind sie nach draußen in den Schnee locken«, begann ich zu flüstern, aber sie unterbrach mich (mit einem Blick auf Miss Furnivall) und sagte, Miss Furnivall habe bei ihrer Arbeit einen Fehler gemacht und wünsche, dass ich dieses Stück auftrenne, da sie beide nicht gut genug sehen würden, um es selbst zu tun. So legte ich meinen hübschen Liebling auf das Sofa und setzte mich zu ihnen auf einen Hocker, während ich hörte, dass Wind aufkam und zu heulen begann.

Obwohl der Wind heftig blies, schlief Miss Rosamond tief. Miss Furnivall sprach kein Wort und schaute nicht einmal auf, als die Böen an den Fenstern rüttelten. Doch plötzlich sprang sie hoch, richtete sich zu voller Größe auf und hob die Hand, als wolle sie uns bedeuten zu lauschen.

»Ich höre Stimmen!«, sagte sie. »Ich höre schreckliche Schreie … ich höre meines Vaters Stimme!«

Just in diesem Moment schreckte mein Liebling aus dem Schlaf. »Mein kleines Mädchen weint, ach, wie sehr es weint!« Und sie wollte schon aufstehen, um zu ihm zu laufen, doch ihre Füße verfingen sich in der Decke und ich hob sie auf. Mir lief ein kalter Schauer den Rücken herunter, denn die Laute, die die beiden hörten, vernahmen wir anderen nicht. Indes wurden die Geräusche rasch lauter. Auch Mrs. Stark und ich hörten nun Stimmen und Schreie und nicht mehr den Winterwind, der draußen tobte. Sie schaute mich an und ich sie, aber wir wagten nicht zu sprechen. Mit einem

Mal ging Miss Furnivall zur Tür, durch das Vestibül und durch den Korridor und öffnete die Tür zu der großen Halle. Mrs. Stark folgte ihr und ich wagte nicht zurückzubleiben, obwohl mein Herz vor Angst beinahe aussetzte. Ich schlang meine Arme fest um meinen Liebling und trug ihn hinaus. In der Halle waren die Schreie noch deutlicher zu hören. Sie schienen aus dem Ostflügel zu kommen ... bewegten sich näher und näher ... bis dicht hinter die verschlossenen Türen. Ich wurde gewahr, dass der große Kronleuchter zu strahlen schien, obgleich die Halle düster war, und in dem riesigen Kamin ein Feuer brannte, das keine Wärme verbreitete. Ich erschauerte vor Entsetzen und umklammerte meinen Liebling noch fester. Aber als ich dies tat, erbebte die Tür des Ostflügels, und plötzlich versuchte Miss Rosamond sich aus meinem Griff zu befreien und rief: »Hester, ich muss fort! Dort ist mein kleines Mädchen. Sie kommt! Hester, ich muss fort!«

Ich bot meine ganze Kraft auf, um sie festzuhalten, umklammerte sie mit eisernem Willen. Selbst wenn ich gestorben wäre, meine Hände hätten sie weiter gehalten. Miss Furnivall lauschte regungslos und nahm keine Notiz von meinem kleinen Liebling, der jetzt auf dem Boden stand, während ich kniend mit beiden Armen seinen Hals umschlang. Und immer noch weinte die Kleine und versuchte sich loszureißen.

Unvermittelt gab die Tür des Ostflügels mit Donnergetöse nach, wie in wilder Leidenschaft aufgerissen, und dann trat die Gestalt eines hoch gewachsenen alten Mannes mit grauem Haar und funkelnden Augen in das helle, geheimnisvolle Licht. Mit wilden, unbarmherzigen Gebärden des Abscheus trieb er eine ernste, wunderschöne Frau vor sich her, an deren Kleid sich ein kleines Kind klammerte.

»Oh, Hester! Hester!«, rief Miss Rosamond. »Das ist die Dame! Die Dame unter den großen Stechpalmen! Und mein kleines Mädchen ist bei ihr. Hester! Hester! Lass mich zu ihr gehen. Sie ziehen mich zu sich hin. Ich spüre es, ich spüre es. Ich muss fort!«

Und wieder versuchte sie sich mit aller Kraft zu befreien. Indes, ich verstärkte meinen Griff, bis ich fürchtete ihr wehzutun. Aber lieber das, als sie zu diesen schrecklichen Phantomen gehen zu lassen. Sie bewegten sich auf die große Tür der Halle zu, vor der der Wind heulte und nach seiner Beute lechzte. Noch bevor sie sie erreicht hatten, wandte die Dame sich um und ich sah, dass sie dem alten Mann mit grimmigem, stolzen Trotz Widerstand leistete. Doch dann verzagte sie und riss, wild und Mitleid erregend, ihre Arme empor ... um ihr Kind vor dem Schlag seiner erhobenen Krücke zu schützen.

Miss Rosamond wurde von einer Kraft gepackt, die noch stärker war als die meine, und sie wand sich in meinen Armen und schluchzte.

»Sie wollen, dass ich mit ihnen auf die Fells gehe ... sie ziehen mich mit sich fort. Ach, mein kleines Mädchen! Ich würde mit dir kommen, aber die grausame, böse Hester hält mich so fest.« Doch als sie die erhobene Krücke sah, sank sie in Ohnmacht und dafür dankte ich Gott. Just in dem Moment, als der hoch gewachsene alte Mann auf das kleine zurückweichende Kind einschlagen wollte, rief Miss Furnivall, die alte Frau an meiner Seite: »Oh, Vater! Vater! Verschone das unschuldige kleine Kind!« Aber dann sah ich – sahen wir alle –, wie sich aus dem blauen, dunstigen Licht, das die Halle erfüllte, ein weiteres Phantom formte und Gestalt annahm. Es war eine zweite Dame, die nun neben dem alten Mann stand und auf deren Gesicht ein Ausdruck unbarmherzigen Hasses und triumphierenden Hohns lag. Die Gestalt war wunderschön anzuschauen. Sie trug einen weichen, weißen Hut, der über die stolzen Brauen gezogen war, und ein offenes Kleid aus blauem Satin. Ich hatte diese Gestalt schon einmal gesehen – auf dem Porträt Miss Furnivalls in Jugendjahren. Ungeachtet des Flehens der alten Miss Furnivall bewegten sich die Phantome weiter – die erhobene Krücke sauste auf die rechte Schulter des kleinen Kindes nieder und die jüngere Schwester schaute versteinert und grausam gelassen zu. Aber in diesem Moment verschwanden die Lichter und das Feuer, das keine Hitze erzeugte, und Miss Furnivall lag vom Schlag getroffen am Boden.

Sie wurde an jenem Abend in ihr Bett getragen und sie sollte sich nie wieder von ihm erheben. Sie hatte das Gesicht zur Wand gedreht und murmelte immer wieder: »O weh! O weh! Die Taten der Jugend lassen sich im Alter nicht ungeschehen machen! Die Taten der Jugend lassen sich im Alter nicht ungeschehen machen!«

John Charringtons Hochzeit

Evelyn Nesbit (Lebensdaten unbekannt)

Niemand hätte je gedacht, dass May Forster John Charrington heiraten würde. Aber er dachte anders darüber, und was John Charrington sich vornahm, trat auf seltsame Weise ein. Ehe er nach Oxford ging, bat er sie, seine Frau zu werden. Sie lachte und wies ihn ab. Als er das nächste Mal nach Hause zurückkehrte, fragte er sie erneut. Wieder lachte sie, warf ihren anmutigen blonden Kopf zurück und wieder gab sie ihm einen Korb. Er fragte sie ein drittes Mal. Sie sagte, es würde langsam zu einer schlechten Angewohnheit werden, und lachte mehr denn je.

John war nicht der Einzige, der sie gern geheiratet hätte. Sie war die Schönste im Dorf und wir alle waren mehr oder weniger in sie verliebt. Es war eine Art Mode wie purpurne Krawatten oder Mäntel mit abnehmbarem Cape. Daher waren wir ebenso ärgerlich wie überrascht, als John Charrington in unseren kleinen örtlichen Club spazierte – wir trafen uns auf einem Speicher über der Sattlerei, erinnere ich mich – und uns alle zu seiner Hochzeit einlud.

»Deine Hochzeit?«

»Das ist nicht dein Ernst!«

»Wann wird sie stattfinden? Wer ist denn die Glückliche?«

John Charrington stopfte seine Pfeife und steckte sie an, ehe er antwortete. Dann sagte er: »Es tut mir Leid, dass ich euch Burschen eures einzigen Spaßes berauben muss … aber Miss Forster und ich werden im September heiraten.«

»Das ist nicht dein Ernst!«

»Er hat wieder einen Korb bekommen und jetzt ist er übergeschnappt.«

»Nein«, sagte ich und erhob mich. »Ich sehe, es stimmt. »Leiht mir jemand eine Pistole ... oder das Fahrgeld für einen Erste-Klasse-Fahrschein zum anderen Ende von Nirgendwo? Charrington hat das einzige hübsche Mädchen im Umkreis von zwanzig Meilen verhext. War es Hypnose oder ein Liebestrank, John?«

»Keines von beidem, mein Lieber, sondern eine Gabe, die du nie haben wirst – Ausdauer – und mehr Glück, als je ein Mann auf dieser Welt gehabt hat.«

Etwas in seiner Stimme brachte mich zum Schweigen und auch die Neckereien der anderen Burschen konnten nicht mehr aus ihm herauslocken.

Das Seltsame war, dass Miss Forster, als wir gratulierten, errötete und lächelte und Grübchen bekam, als sei sie schrecklich in ihn verliebt und schon immer in ihn verliebt gewesen. Auf mein Wort, ich denke, sie war es wirklich. Frauen sind merkwürdige Geschöpfe.

Wir wurden alle zur Hochzeit eingeladen. In Brixham kannte jeder, der jemand war, jeden, der jemand war. Meine Schwestern waren, so glaube ich offen gestanden, wohl mehr an der Aussteuer interessiert als an der Braut, und ich sollte Trauzeuge sein. Die bevorstehende Hochzeit wurde an den nachmittäglichen Teetischen und in unserem kleinen Club über der Sattlerei eingehend erörtert und ständig kam die Frage: »Ob sie ihn wohl tatsächlich liebt?«

In der ersten Zeit ihrer Verlobung pflegte ich mir diese Frage selber zu stellen, aber nach einem gewissen Abend im August stellte ich sie nie wieder. Ich war auf dem Heimweg vom Club und kam über den Friedhof. Unsere Kirche liegt auf einem thymianüberwucherten Hügel und die Grasnarbe dort ist so dick und weich, dass man Schritte nicht hört.

Ich verursachte kein Geräusch, als ich über die niedrige, mit Flechten bewachsene Mauer sprang und mir meinen Weg durch die Grabsteine hindurch suchte. Im gleichen Augenblick, als ich John Charringtons Stimme vernahm, sah ich auch May. Sie saß auf einem niedrigen, flachen Grabstein, das Gesicht der prachtvollen untergehenden Sonne zugewandt. Der Ausdruck, der auf ihm lag, beseitigte ein für allemal jeglichen Zweifel, ob sie ihn liebte. Er war zu einer solchen Schönheit verklärt, die ich selbst auf diesem wunderhübschen kleinen Gesicht nicht für möglich gehalten hätte.

John lag ihr zu Füßen und es war seine Stimme, die die Stille des goldenen Augustabends unterbrach.

»Liebling, mein Liebling, ich glaube, dass ich sogar von den Toten zurückkehren würde, wenn du mich wolltest!«

Unverzüglich hüstelte ich, um auf meine Gegenwart aufmerksam zu machen, und ging, gänzlich aufgeklärt, in die Dämmerung hinein.

Die Hochzeit sollte Anfang September stattfinden. Zwei Tage vor dem festgesetzten Termin zwangen mich geschäftliche Angelegenheiten, in die Stadt zu fahren. Natürlich hatte der Zug Verspätung, denn wir liegen an der South-Eastern-Line, und als ich murrend mit meiner Uhr in der Hand dastand, wen sah ich da – John Charrington und May Forster. Sie gingen Arm in Arm am verlassenen Ende des Bahnsteigs auf und ab, schauten einander in die Augen, und scherten sich nicht um das wohlmeinende Interesse der Gepäckträger.

Natürlich war ich so klug, mich unverzüglich in die Schalterhalle zurückzuziehen, und erst als der Zug am Bahnsteig hielt, ging ich mit meiner Reisetasche demonstrativ an dem Paar vorbei und setzte mich in der ersten Klasse in die Ecke eines Raucherabteils. Ich gab mir redliche Mühe, so zu tun, als würde ich sie nicht sehen. Ich bin stolz auf meine Diskretion, aber falls John allein reiste, hätte ich gern seine Gesellschaft gehabt. Ich bekam sie.

»Hallo, alter Junge«, ertönte seine fröhliche Stimme, während er seine Tasche in mein Abteil warf. »Das nenne ich Glück. Ich hatte mich schon auf eine langweilige Reise eingestellt!«

»Wohin fährst du?«, fragte ich. Ich wandte noch immer diskret die Augen ab, obwohl ich auch ohne Hinschauen sah, dass die ihren gerötet waren.

»Zum alten Branbridge«, erwiderte er, schloss die Tür und lehnte sich auf ein letztes Wort mit seinem Schatz hinaus.

»Oh, ich wünschte, du würdest nicht gehen, John«, sagte sie mit leiser, ernster Stimme. »Ich bin sicher, dass etwas geschehen wird.«

»Glaubst du, ich ließe etwas geschehen, das mich aufhält, wenn übermorgen unsere Hochzeit stattfindet?«

»Geh nicht«, erwiderte sie mit einem flehentlichen Eifer, der meine Reisetasche auf den Bahnsteig befördert hätte und mich hinterher. Aber sie sprach nicht mit mir. John Charrington war aus anderem Holz. Er änderte selten seine Meinung und seine Entschlüsse nie.

Er streichelte nur die kleinen unbehandschuhten Hände, die auf der Tür des Abteils ruhten.

»Ich muss, May. Der alte Knabe ist überaus gut zu mir gewesen und nun, da er stirbt, muss ich zu ihm gehen, aber ich werde rechtzeitig wieder hier sein zur …« Der Rest des Abschiedes ging in Geflüster und dem Rattern des anfahrenden Zuges unter.

»Und du kommst ganz gewiss?«, fragte sie, als der Zug sich in Bewegung setzte.

»Nichts wird mich davon abhalten können«, antwortete er und dann dampften wir los. Als er die kleine Gestalt auf dem Bahnsteig nicht mehr sah, lehnte er sich in seine Ecke zurück und schwieg eine kleine Weile.

Als er wieder den Mund aufmachte, erklärte er mir, dass sein Pate, dessen Erbe er war, in Peasmarsh Place, etwa fünfzig Meilen entfernt, im Sterben lag. Er hatte nach John geschickt und John fühlte sich verpflichtet, zu ihm zu fahren.

»Gewiss werde ich morgen zurück sein«, sagte er, »und falls nicht, dann übermorgen, zur rechten Zeit. Dem Himmel sei Dank, dass man heute nicht mehr mitten in der Nacht aufstehen muss, um zu heiraten!«

»Aber was, wenn Mr. Branbridge stirbt?«

»Ob lebendig oder tot, ich werde am Donnerstag heiraten!«, erwiderte John, zündete sich eine Zigarre an und faltete die *Times* auseinander.

Im Bahnhof von Peasmarsh nahmen wir Abschied voneinander, er stieg aus und ich sah ihn davonreiten. Ich fuhr nach London weiter, wo ich übernachtete.

Als ich am folgenden Nachmittag, der übrigens sehr nass war, nach Hause zurückkehrte, begrüßte mich meine Schwester mit den Worten: »Wo ist Mr. Charrington?«

»Weiß der Himmel«, antwortete ich gereizt.

»Ich dachte, du hättest vielleicht von ihm gehört«, fuhr sie fort, »wo du doch morgen sein Trauzeuge bist.«

»Ist er nicht zurück?«, fragte ich, denn ich war überzeugt gewesen, ihn zu Hause vorzufinden.

»Nein, Geoffrey.« Meine Schwester Fanny hat die Angewohnheit voreilige Schlüsse zu ziehen, vor allem wenn diese Schlüsse ihren Mitmenschen wenig zum Vorteil gereichen ... »Er ist nicht zurückgekommen und das wird er auch nicht, darauf kannst du dich verlassen. Merk dir meine Worte. Es wird morgen keine Hochzeit geben.«

Meine Schwester Fanny besitzt wie kein anderer Mensch die Fähigkeit, mich zu verärgern.

»Merk du dir *meine* Worte«, entgegnete ich scharf. »Du solltest besser aufhören, dich zum Vollidioten zu machen. Morgen wird es mehr Hochzeit geben, als du je selbst haben wirst.« Eine Prophezeiung, die sich übrigens bewahrheitete …

Doch obwohl ich meine Schwester selbstsicher zurechtwies, war mir nicht ganz wohl zu Mute, als ich am späten Abend auf Johns Türschwelle stand und hörte, dass er nicht zurückgekehrt war. Bekümmert ging ich durch den Regen nach Hause.

Der nächste Morgen brach mit einem leuchtend blauen Himmel, einer goldenen Sonne und all der Milde der Luft und Schönheit der Wolken an, die zu einem vollkommenen Tag gehören. Ich erwachte mit dem vagen Gefühl, bang zu Bett gegangen zu sein, und mit dem Widerstreben, mich im Lichte völligen Wachseins mit diesem bangen Gefühl auseinander zu setzen.

Aber mit meinem Rasierwasser kam eine Nachricht von John, die mich leichten Herzens zu den Forsters aufbrechen ließ.

May befand sich im Garten. Ich sah durch die Stockrosen hindurch ihr blaues Kleid, als das Tor beim Pförtnerhaus hinter mir zufiel. Daher ging ich nicht zum Haus hinauf, sondern den Grasweg hinunter.

»Er hat dir ebenfalls geschrieben«, sagte sie, ohne sich mit einer Begrüßung aufzuhalten, als ich sie erreichte.

»Ja, ich soll ihn um drei Uhr am Bahnhof abholen und dann direkt zur Kirche fahren.«

Ihr Gesicht war blass, doch ein Leuchten in ihren Augen und ein zartes Beben um ihren Mund verrieten, dass sie wieder glücklich war.

»Mr. Branbridge bat ihn inständig, noch eine weitere Nacht zu bleiben, und er brachte es nicht übers Herz, ihm die Bitte auszuschlagen«, fuhr sie fort. »Er ist so gütig, doch ich wünschte, er wäre nicht geblieben.«

Ich fand mich um halb drei am Bahnhof ein. Ich war recht verärgert über John. Es schien wie eine Art Geringschätzung des wunderschönen Mädchens, das ihn liebte, dass er gewissermaßen außer Atem und mit Reisestaub bedeckt kam, um ihre Hand zu nehmen, für die mancher von uns die besten Jahre seines Lebens gegeben hätte.

Aber als der Drei-Uhr-Zug einfuhr und wieder hinaus, ohne Fahrgäste zu unserem kleinen Bahnhof zu bringen, war ich mehr als verärgert. Der nächste Zug kam erst in fünfunddreißig Minuten. Ich glaubte, dass wir, wenn wir uns sehr beeilten, die Kirche vielleicht gerade noch rechtzeitig zur Zeremonie erreichen würden. Doch ach, was war er doch für ein Narr, den ersten Zug zu verpassen. Welcher andere Mann hätte das getan?

Jene fünfunddreißig Minuten schienen wie ein Jahr, während ich im Bahnhof umherwanderte, die Reklamen und die Fahrpläne und die Bestimmungen der Gesellschaft las und immer wütender auf John Charrington wurde. Sein Vertrauen in sein Vermögen, alles sofort zu bekommen, wenn er es wollte, hatte zu weit geführt. Ich hasse es, warten zu müssen. Das geht jedem so, aber ich glaube, ich hasse es mehr als sonst irgendwer. Der Zug um fünfzehn Uhr fünfunddreißig hatte natürlich Verspätung.

Ich kaute, knirschte auf meiner Pfeife und stampfte ungeduldig auf, während ich die Signale beobachtete. Klick. Das Signal ging nach unten. Fünf Minuten später warf ich mich in die Kutsche, die ich für John mitgebracht hatte.

»Fahren Sie zur Kirche!«, sagte ich, während jemand die Tür schloss. »Mr. Charrington ist nicht mit diesem Zug gekommen.«

Der Zorn wich nun Angst. Was war mit dem Mann geschehen? War er vielleicht plötzlich erkrankt? Ich hatte ihn nicht einen Tag seines Lebens krank erlebt. Und selbst dann hätte er ein Telegramm schicken können. Ihm musste irgendein schrecklicher Unfall passiert sein. Der Gedanke, dass er ein falsches Spiel mit ihr gespielt hatte, kam mir keinen Moment in den Sinn. Ja, ihm war etwas Schreckliches zugestoßen und auf mir lastete die Pflicht, es seiner Braut beizubringen. Fast wünschte ich, dass die Kutsche umstürzen und meinen Kopf zertrümmern würde, damit es ihr ein anderer sagen musste, nicht ich, der – aber das hat nichts mit dieser Geschichte zu tun.

Es war fünf Minuten vor vier, als wir vor dem Tor des Kirchhofes hielten. Eine Doppelreihe ungeduldiger Zuschauer säumte den Weg vom Tor zum Kirchenportal. Ich sprang aus der Kutsche und lief zwischen ihnen den Weg hinauf. Unser Gärtner hatte einen guten Vorderplatz dicht bei der Tür. Ich blieb stehen.

»Warten sie immer noch, Byles?«, fragte ich, einfach um Zeit zu gewinnen, denn natürlich verriet mir das aufmerksame Verhalten der wartenden Menge, dass es so war.

»Warten, Sir? Nein, nein, Sir. Nun, mittlerweile muss alles vorbei sein.«

»Vorbei! Dann ist Mr. Charrington also gekommen?«

»Auf die Minute, Sir. Muss Sie irgendwie verpasst haben. Und soll ich Ihnen was sagen, Sir«, er senkte die Stimme, »so habe ich Mr. John noch nie gesehen, aber meine Meinung ist, dass er eine Menge getrunken hat. Seine Kleider waren ganz staubig und sein Gesicht wie ein Laken. Ich sage Ihnen, es gefiel mir überhaupt nicht, wie er aussah, und die Leute da drin munkeln alles Mögliche. Verstehen Sie, mit Mr. John ist irgendwas ganz und gar nicht in Ordnung und er hat es mit Schnaps versucht. Er sah wie ein Geist aus und er ging rein, die Augen starr nach vorn gerichtet, ohne einen Blick oder ein Wort für einen von uns, und er war immer so ein feiner Herr!«

Ich hatte Byles noch nie so lange reden hören. Die Leute im Kirchhof flüsterten miteinander und holten Reis und Schühchen heraus, um Braut und Bräutigam zu bewerfen. Die Glöckner hatten die Hände bereits auf die Seile gelegt, um das fröhliche Geläut erschallen zu lassen, wenn Braut und Bräutigam herauskamen.

Ein Gemurmel in der Kirche kündigte ihr Kommen an. Und da traten sie heraus. Byles hatte Recht gehabt. John Charrington sah nicht aus wie er selbst. Seine Jacke war staubig, sein Haar zerzaust. Er schien an irgendeiner Rauferei beteiligt gewesen zu sein, denn über seiner Augenbraue befand sich ein schwarzes Mal. Er war totenbleich. Doch seine Blässe war nicht größer als die der Braut, die aus Elfenbein hätte geschnitzt sein können – Kleid, Schleier, Orangenblüten, Gesicht und alles andere auch.

Als sie hinaustraten, beugten sich die Glöckner – es waren sechs an der Zahl – und dann drang an die Ohren, die das fröhliche Hochzeitsgeläut erwartet hatten, das langsame Läuten der Totenglocke.

Ein Schauer des Entsetzens überlief uns alle ob des dummen Scherzes der Glöckner. Die Glöckner aber ließen die Seile los und flohen wie Karnickel hinaus ins Sonnenlicht. Die Braut erschauerte und graue Schatten umwölkten ihren Mund, doch der Bräutigam führte sie den Weg hinunter, wo die Leute standen, die Hände voller Reis. Indes, der Reis wurde nie geworfen und die Hochzeitsglocken läuteten nie. Vergeblich wurden die Glöckner gedrängt, ihren Fehler wieder gutzumachen. Sie protestierten unter zahlreichen geflüsterten Flüchen und sagten, dass sie lieber sterben würden.

In einer Stille, die der Stille einer Totenkammer glich, ging das Brautpaar zu seiner Kutsche und die Tür schlug hinter ihnen zu.

Dann lösten sich die Zungen. Ein Wirrwarr aus Zorn, Verwunderung und Mutmaßungen seitens der Gäste und Zuschauer.

»Wenn ich seinen Zustand früher gesehen hätte«, sagte der alte Forster zu mir, als wir losfuhren, »hätte ich ihn auf dem Boden der Kirche niedergestreckt, Sir, bei Gott, das hätte ich getan, bevor ich ihm meine Tochter zur Frau gegeben hätte.«

Dann streckte er den Kopf aus dem Fenster.

»Fahr wie der Teufel«, rief er dem Kutscher zu. »Schone die Pferde nicht.«

Der Kutscher gehorchte. Wir fuhren an der Brautkutsche vorbei. Ich vermied es hinzuschauen, auch der alte Forster wandte den Kopf ab und fluchte. Wir kamen vor der Brautkutsche zu Hause an und warteten in der glühenden Nachmittagssonne an der Tür. Nach etwa einer halben Minute hörten wir Räder auf dem Kies knirschen. Als die Kutsche vor der Treppe anhielt, rannten der alte Forster und ich hinunter.

»Großer Gott, die Kutsche ist leer! Und doch …«

Im Handumdrehen hatte ich die Tür aufgerissen und dann sah ich dies …

Keine Spur von John Charrington, und von May, seiner Frau, nur ein wirrer Haufen weißen Satins, der halb auf dem Boden der Kutsche und halb auf dem Sitz lag.

»Ich bin direkt hierher gefahren, Sir«, sagte der Kutscher, als der Brautvater sie heraushob. »Und ich schwöre, dass niemand aus der Kutsche gestiegen ist.«

Wir trugen sie in ihrem Brautkleid ins Haus und schlugen den Schleier zurück. Ich sah ihr Gesicht. Werde ich es jemals vergessen? Bleich, bleich und von Pein und Grauen verzerrt, mit einem Ausdruck so voller Entsetzen, wie ich ihn seitdem nur noch in Träumen gesehen habe. Und ihr Haar, leuchtendes blondes Haar, es war weiß wie Schnee.

Während wir noch dastanden, ihr Vater und ich, angesichts des Grauens und der Unerklärlichkeit halb wahnsinnig, kam ein Junge die Straße entlang … ein Telegrammbote. Man reichte mir den orangefarbenen Umschlag. Ich riss ihn auf.

Mr. Charrington wurde um halb zwei auf dem Weg zum Bahnhof aus seiner Kutsche geschleudert. Er war auf der Stelle tot!

Und um halb vier wurde er mit May Forster in unserer Gemeindekirche in Gegenwart der halben Gemeinde getraut.

»*Ich werde heiraten, tot oder lebendig!*«

Was geschah auf dem Heimweg in jener Kutsche? Niemand weiß es … niemand wird es je wissen. Ach, May! Ach, meine Liebe!

Ehe eine Woche vergangen war, betteten wir sie auf unserem kleinen Friedhof auf dem thymianüberwucherten Hügel neben ihren Gemahl – auf dem Friedhof, auf dem sie sich zum Stelldichein getroffen hatten.

So fand John Charringtons Hochzeit statt.

Eine Gespenstergeschichte

Mark Twain (1835–1910)

Ich bezog ein großes Apartment hoch über dem New Yorker Broadway, in einem riesigen Gebäude, dessen obere Geschosse vor meinem Einzug jahrelang vollkommen unbewohnt gewesen waren. Die Zimmer waren Staub und Spinnweben, Einsamkeit und Stille überlassen worden. In jener ersten Nacht, in der ich zu meinem Quartier emporstieg, schien ich zwischen Gräbern herumzutappen und die Ruhe der Toten zu stören. Zum ersten Mal in meinem Leben überfiel mich abergläubische Furcht. Und als ich um eine dunkle Ecke der Treppe bog und das zarte Gespinst einer unsichtbaren Spinne mir in das Gesicht schwang und dort kleben blieb, erschauerte ich wie einer, der einem Gespenst begegnet ist.

Ich war wahrhaftig froh, als ich meine Wohnung erreichte und Moder und Dunkelheit aussperrte. Im Kamin brannte ein munteres Feuer und mit einem behaglichen Gefühl der Erleichterung ließ ich mich dort nieder. Zwei Stunden saß ich da und dachte an vergangene Zeiten, erinnerte mich an alte Szenen, holte halb vergessene Gesichter aus dem Nebel der Vergangenheit, lauschte in der Phantasie Stimmen, die vor langem für immer verstummt waren, und einstmals beliebten Liedern, die nun niemand mehr sang. Und während meine Träumereien immer traurigerer Wehmut wichen, schwächte sich draußen das Heulen des Windes zu einem Jammern ab, das wütende Trommeln des Regens an den Scheiben verebbte zu einem friedlichen Pladdern und nach und nach verklangen die Geräusche der Straße, bis die eiligen Schritte des letzten verspäteten Bummlers in der Ferne erstarben und kein Laut mehr zu hören war.

Das Feuer war niedergebrannt. Mich beschlich ein Gefühl der Einsamkeit. Ich stand auf und entkleidete mich, ging auf Zehenspitzen durch den Raum, bewegte mich verstohlen, als sei ich von schlafenden Feinden umgeben, deren Schlummer zu stören, verhängnisvoll gewesen wäre. Ich deckte mich zu und lag da, während ich auf Regen und Wind und das leise Knarren ferner Fensterläden lauschte, bis die Geräusche mich in den Schlaf lullten.

Ich schlief tief, doch wie lange, weiß ich nicht. Mit einem Mal war ich wieder wach und von schaudernder Erwartung erfüllt. Alles war still. Alles, bis auf mein eigenes Herz – ich konnte es klopfen hören. Kurze Zeit später begann die Bettdecke langsam zum Fußende des Bettes zu rutschen, als ob jemand an ihr ziehen würde! Ich vermochte mich nicht zu rühren. Meine Stimme versagte mir den Dienst. Immer noch glitt die Decke sachte fort, bis meine Brust entblößt war. Dann griff ich unter großen Mühen danach und zog sie mir über den Kopf. Ich wartete, lauschte, wartete. Abermals begann das beharrliche Ziehen und abermals lag ich eine scheinbar endlose Zeit da, bis mein Oberkörper wieder aufgedeckt war. Endlich nahm ich all meine Kraft zusammen, zerrte die Decke an ihren Platz zurück und hielt sie fest umklammert. Ich wartete. Alsbald spürte ich ein schwaches Zupfen und packte noch fester zu. Das Zupfen steigerte sich zu einem beharrlichen Ziehen und wurde stärker und stärker. Mein Griff lockerte sich und die Decke glitt ein drittes Mal fort. Ich stöhnte. Wie als Antwort ertönte vom Fußende des Bettes ein Stöhnen! Schweißperlen standen mir auf der Stirn. Ich schien mehr tot als lebendig zu sein. Kurz darauf vernahm ich im Zimmer schwere Schritte … die Schritte eines Elefanten, wie mir schien … sie hatten nichts Menschliches an sich. Indes, sie bewegten sich von mir fort … das war ein gewisser Trost. Ich hörte, wie sie sich der Tür näherten … hinausgingen, ohne Riegel oder Schloss zu bewegen … sich durch die düsteren Gänge entfernten, während Böden und Balken sich unter ihnen bogen, bis sie abermals knarrten … und dann herrschte wieder Stille.

Als sich meine Erregung gelegt hatte, sagte ich zu mir: »Das war ein Traum – nichts als ein schrecklicher Traum.« Und so lag ich da und dachte nach, bis ich mich selbst überzeugt hatte, dass es tatsächlich ein Traum gewesen war. Darauf kam ein tröstliches Lachen über meine Lippen und ich war wieder guter Dinge. Ich stand auf, entzündete ein Licht, und als ich feststellte, dass Schlösser und Riegel sich just im gleichen Zustand befanden, in dem ich sie verlassen hatte, stieg noch einmal ein tröstliches Lachen aus meinem Herzen empor und entfloh meinem Mund. Ich nahm meine Pfeife, steckte sie an und ließ mich eben vor dem Feuer nieder, als – die Pfeife mir aus den kraftlosen Fingern glitt, das Blut mir aus den Wangen wich und mein ruhiger Atem jäh zu einem Keuchen geriet! In der Asche beim Kamin befand sich neben dem Abdruck meines eigenen nackten Fußes ein weiterer, so gewaltig, dass meiner im Vergleich nur wie der eines kleinen Kindes wirkte! Ich hatte also doch einen Besucher gehabt und es gab eine Erklärung für die Elefantenschritte.

Ich löschte das Licht und begab mich vor Angst wie gelähmt ins Bett zurück. Lange Zeit lag ich da, spähte in die Dunkelheit und lauschte. Dann hörte ich über mir ein schleifendes Geräusch, als würde ein schwerer Körper über den Boden gezerrt, dann schien er fallen gelassen zu werden und die Erschütterung ließ meine Fenster klirren. In fernen Gebäudeteilen vernahm ich das gedämpfte Schlagen von Türen. Von Zeit zu Zeit hörte ich verstohlene Schritte durch die Gänge und die Treppen hinaufschleichen. Zuweilen näherten sich diese Geräusche meiner Tür, zauderten und entfernten sich wieder. In abgelegenen Korridoren hörte ich schwaches Kettengerassel und lauschte, wie sich das Rasseln näherte ... mühsam die Stufen erklomm, jede Bewegung von dem Geräusch des losen Kettenendes begleitet, die mit dem Näherkommen des Gespenstes, das sie trug, laut und vernehmlich gegen eine Stufe nach der anderen schepperte. Ich hörte gemurmelte Sätze, erstickte Schreie, die gewaltsam unterdrückt zu werden schienen, das Rascheln unsichtbarer Gewänder, das Schwirren unsichtbarer Flügel. Dann wurde ich mir gewahr, dass etwas in mein Zimmer eingedrungen war – dass ich mich nicht länger allein befand. Um mein Bett herum hörte ich Seufzer und Atemzüge und geheimnisvolles Flüstern. An der Decke, just über meinem Kopf, erschienen drei kleine Kugeln aus weichem phosphoreszierendem Licht, blieben einen Moment leuchtend dort haften und fielen dann herab ... zwei von ihnen auf mein Gesicht und eine auf das Kissen. Es spritzte nass und fühlte sich warm an. Meine Eingebung sagte mir, dass die Kugeln sich im Fallen in Blutstropfen verwandelt hatten ... Ich bedurfte keines Lichtes, um mir dessen gewiss zu sein. Dann sah ich bleiche, schwach leuchtende Gesichter und weiße erhobene Hände, die einen Moment lang körperlos in der Luft schwebten und dann verschwanden. Das Flüstern und die Stimmen und die Geräusche verstummten und eine feierliche Stille folgte. Ich wartete und horchte. Ich glaubte ohne Licht sterben zu müssen. Mir war schwach vor Angst. Ich setzte mich langsam auf und da berührte eine klamme Hand mein Gesicht! Alle Kraft schien von mir zu weichen und ich sank wie ein dahinsiechender Kranker zurück. Dann hörte ich das Rascheln eines Gewandes ... es schien sich zur Tür zu bewegen und hinauszugehen.

Als alles wieder still war, kroch ich schwach und elend aus dem Bett und entzündete die Gaslampe. Meine Hand zitterte, als sei sie um hundert Jahre gealtert. Das Licht gab mir ein wenig Mut. Ich setzte mich und versank in eine träumerische Betrachtung jenes großen Fußabdruckes in der Asche. Allmählich begannen seine Konturen zu flimmern und zu verschwimmen. Ich blickte auf und da sank die breite Gasflamme langsam in sich zusammen. Just in diesem Moment vernahm ich wieder jene Elefantenschritte. Ich hörte, wie sie durch die modrigen Korridore näher und näher kamen, und sah, wie das Licht schwächer und schwächer wurde. Die Schritte erreichten meine Tür und hielten inne – das Licht war zu einem kränklichen Blau verblasst und alles um mich herum lag in gespenstischem Zwielicht.

Obwohl sich die Tür nicht öffnete, spürte ich einen schwachen Lufthauch auf meiner Wange und kurz darauf wurde ich mir einer riesigen wolkigen Erscheinung, die vor mir stand, gewahr. Fasziniert beobachtete ich sie. Ein schwaches Leuchten stahl sich über das Wesen. Allmählich nahm seine wolkige Form Gestalt an: Ein Arm erschien, dann Beine, darauf ein Körper und endlich schaute ein großes trauriges Gesicht aus dem Dunst. Seiner Schleierhüllen beraubt, ragte nackt, kräftig und wohlgestalt jener versteinerte vorgeschichtliche Mensch, der so genannte Riese von Cardiff, über mir auf!

Meine Furcht war wie weggeblasen – denn schließlich weiß jedes Kind, dass von diesem gütigen Antlitz kein Leid ausgehen kann. Auf der Stelle kehrte meine gute Laune zurück und teilnahmsvoll flackerte die Gaslampe wieder hell auf. Nie war ein einsamer Ausgestoßener so froh über angenehme Gesellschaft wie ich über die des freundlichen Riesen. Ich sagte: »Ach, Sie sind es bloß? Wissen Sie eigentlich, dass ich mich während der letzten zwei, drei Stunden beinahe zu Tode gefürchtet habe? Ich freue mich ehrlich, Sie zu sehen. Ich wollte, ich hätte einen Stuhl … he, he, setzen Sie sich nicht auf dieses Ding!«

Aber es war zu spät. Ehe ich ihn aufhalten konnte, setzte

er sich und ging zu Boden … ich hatte noch nie in meinem Leben einen dermaßen kaputten Stuhl gesehen.

»Halt, halt, Sie ruinieren noch al…«

Wieder zu spät. Es ertönte ein Krachen und ein weiterer Stuhl wurde in seine ursprünglichen Bestandteile zerlegt.

»Verflixt, sind Sie denn völlig von Sinnen? Wollen Sie hier das gesamte Mobiliar ruinieren? He, he, Sie versteinerter Dummkopf…«

Indes, es war zwecklos. Bevor ich ihn daran hindern konnte, hatte er sich auf das Bett gesetzt und schon war es ein trauriger Trümmerhaufen.

»Was ist das für ein Benehmen? Erst poltern Sie durch das Haus und bringen eine Unmenge umherschleichender Kobolde mit, um mich zu Tode zu erschrecken, und wenn ich einmal über Ihren ungebührlichen Aufzug hinwegsehe, der von gebildeten Menschen bestenfalls in einem respektablen Theater geduldet würde und nicht einmal dort, was die Blöße Ihres Geschlechtes betrifft, so danken Sie mir alles, indem Sie sämtliche Möbel zertrümmern, die eine Sitzgelegenheit bieten. Warum tun Sie das? Sie fügen sich selbst ebenso viel Schaden zu wie mir. Sie haben sich das Steißbein abgebrochen und über den ganzen Boden liegen Splitter Ihrer Unterschenkel verstreut, sodass es hier wie in einem Steinbruch aussieht. Sie sollten sich wirklich schämen … Sie sind alt genug, sich nicht so dumm zu benehmen.«

»Gut, gut, ich will keine Möbel mehr zertrümmern. Doch was soll ich tun? Seit einem Jahrhundert hatte ich keine Gelegenheit mehr, mich zu setzen.« Tränen traten ihm in die Augen.

»Sie armer Teufel«, sagte ich. »Ich hätte nicht so grob zu Ihnen sein dürfen. So nehmen Sie doch hier auf dem Fußboden Platz – etwas anderes hält Ihrem Gewicht nicht stand –, überdies können wir nicht ungezwungen plaudern, wenn Sie so hoch über mir stehen. Kommen Sie doch hier herunter, dann kann ich mich auf den hohen Bürostuhl dort setzen und Ihnen beim Schwatzen in das Gesicht blicken.«

Und so ließ er sich auf dem Boden nieder und steckte sich die Pfeife an, die ich ihm reichte. Dann warf er sich eine meiner roten Decken über die Schultern, setzte sich meine Sitzbadewanne umgedreht wie einen Helm auf den Kopf und machte es sich gemütlich und bequem. Er schlug die Beine übereinander, und während ich das Feuer schürte, streckte er die flachen, durchlöcherten Sohlen seiner gewaltigen Füße in die wohltuende Wärme.

»Was ist mit Ihren Fußsohlen und den Rückseiten Ihrer Beine geschehen? Wo kommen die ganzen Löcher her?«

»Teuflische Frostbeulen – ich habe sie mir fast bis hinauf zum Hinterkopf geholt, als ich unter Newell's Farm schlief, wo sie mich ausgruben. Aber ich liebe diesen Ort. Ich liebe ihn so, wie man seine alte Heimat liebt. Nirgends empfinde ich solchen Frieden wie dort.«

Wir plauderten eine halbe Stunde, dann fiel mir auf, dass er müde wirkte, und ich sprach ihn darauf an.

»Müde?«, sagte er. »Das will ich meinen. Und nun werde ich Ihnen alles von mir erzählen, denn Sie waren so nett zu mir. Ich bin der Geist des versteinerten Mannes, der in dem Museum auf der anderen Straßenseite liegt. Ich bin der Geist des Riesen von Cardiff. Ich werde weder Ruhe noch Frieden finden, bis sie diesen armen Leichnam wieder bestattet haben. War es also für mich nicht vollkommen nahe liegend, Menschen dazu zu bewegen, mir diesen Wunsch zu erfüllen? Indem ich sie erschreckte, an dem Ort spukte, an dem der Leichnam lag? Und so spukte ich Nacht für Nacht im Museum und holte selbst andere Geister zu Hilfe. Aber es nutzte nichts, denn um Mitternacht kam niemals eine Menschenseele in das Museum. Dann hatte ich die Idee, herüberzukommen und ein wenig in diesem Haus zu spuken. Ich glaubte, wenn ich Gehör fände, sei mir Erfolg beschieden, denn ich hatte die tüchtigsten Gefährten, die die Hölle aufbieten konnte. Nacht für Nacht sind wir durch die modrigen Korridore gegeistert, schleiften Ketten herum, stöhnten und flüsterten, stampften Treppen hinauf und hinunter – doch um Ihnen die Wahrheit zu sagen, ich bin ziemlich am Ende. Indes, als ich heute Abend ein Licht in Ihrem Zimmer sah, riss ich mich abermals zusammen und machte mich fast mit altem Schwung ans Werk. Aber ich bin furchtbar müde – vollkommen erschöpft. Ich flehe Sie an, machen Sie mir ein wenig Hoffnung!«

In plötzlicher Erregung sprang ich von meinem hohen Sitz und rief: »Das übertrifft wirklich alles. Das hat es noch nie gegeben. Ach, Sie armer tapsiger Alter, Sie haben all die Mühe völlig umsonst auf sich genommen ... Sie sind der Geist einer Gipsnachbildung ... der echte Riese von Cardiff befindet sich in Albany! Verflixt, kennen Sie denn Ihre eigenen sterblichen Überreste nicht?«

Das war nun mal eine Tatsache. Die originelle Fälschung war in betrügerischer Absicht kopiert und in New York als der »einzig wahre« Riese von Cardiff ausgestellt worden (zur unsäglichen Empörung der tatsächlichen Besitzer des echten Riesen), just zur gleichen Zeit, als letzterer die Massen in ein Museum in Albany gelockt hatte.

Während ich all dies erklärte, sah ich einen solch beredten Ausdruck von Scham und jämmerlicher Demütigung auf seinem Gesicht, wie ich ihn noch nie gesehen hatte.

Der versteinerte Mann erhob sich langsam und fragte: »Ist das wirklich wahr?«

»So wahr ich hier sitze.«

Er nahm die Pfeife aus seinem Mund und legte sie auf das Kaminsims. Dann stand er einen Moment lang unentschlossen da und ließ sein Kinn auf die Brust sinken und endlich sagte er: »Tja ... ich bin mir noch niemals so lächerlich vorgekommen. Der versteinerte Mann hat alle zum Narren gehalten und nun ist auch noch sein eigener Geist auf den schäbigen Schwindel hereingefallen! Mein Sohn, wenn Sie in Ihrem Herzen noch Barmherzigkeit für einen armen, einsamen Geist wie mich empfinden, dann lassen Sie das nicht bekannt werden. Denken Sie nur, wie Sie sich fühlen würden, wenn Sie sich so blamiert hätten.«

Ich hörte, wie seine würdevollen, schweren Schritte verhallten, Stufe für Stufe die Treppe hinunter und hinaus auf die verlassene Straße, und es tat mir Leid, dass der arme Knabe fort war – umso mehr, als er meine rote Decke und meine Sitzbadewanne mitgenommen hatte.

Das purpurrote Faltrouleau

Henrietta D. Everett (1851–1923)

I

Ronald McEwan war sechzehn Jahre, als er zu einem zweiwöchigen Ferienaufenthalt in das Pfarrhaus seines Onkels eingeladen wurde. Vielleicht hatten verspätete Gewissensbisse Pfarrer Sylvanus Applegarth zu dieser Gastfreundschaft bewegt, denn er wusste wohl, dass er sich in der Vergangenheit zu wenig um den Sohn seiner verstorbenen Schwester gekümmert hatte. Auch hinsichtlich der Zukunft mochte es für den Neffen von Vorteil sein, die Bekanntschaft seiner zwei Vettern zu machen, die Privatschulen besuchten und nun ebenfalls Ferien hatten.

Mr. Applegarth war ein feiner Herr und Gelehrter, der Muße und ein ruhiges Haus über alles schätzte. Er hatte mit eigenen Mitteln einen Hilfsgeistlichen eingestellt, der die Angelegenheiten der Gemeinde in Swanmere regelte, um sich selbst seinen Büchern widmen zu können. Die dreimal im Jahr stattfindenden Ferien waren stets eine Zeit der Prüfung für ihn, denn dann trampelten zwei tollpatschige Burschen im Haus herum und polterten mit schweren Stiefeln die Treppen hinauf und hinab, doch da dies ohnehin unvermeidlich war, machte ein Dritter die Sache wohl auch nicht viel schlimmer.

Nun waren die jungen Applegarths keine bösartigen Burschen, doch neigten sie dazu, den schüchternen schottischen Vetter, der altersmäßig zwischen ihnen lag und eine andere Erziehung und Ausbildung genossen hatte, zur Zielscheibe ihrer Späße zu machen. Ronald seinerseits hielt es für ratsam, viel zuzuhören und wenig zu reden und tat seine Meinung nur kund, wenn man ihn ausdrücklich dazu aufforderte. In einer Sache indes war er freimütig, wenngleich er später inbrünstig wünschte, er hätte den Mund gehalten. Die Rede kam auf Spukerscheinungen, und wie sich – sehr zur Schadenfreude der verbündeten Brüder – herausstellte, glaubte Ronald an Geister, wie er sie respektvoll zu nennen bevorzugte, und auch an wundersame Phänomene wie Todesahnungen, Erscheinungen Sterbender und das zweite Gesicht.

»Das liegt daran, dass du Hochländer bist«, sagte Jack, der Ältere. »Aberglaube ist eine Eigenschaft, die man im Blut hat, die angeboren ist. Aber ich gehe jede Wette ein, dass du keinen wirklichen Grund hast an Geister zu glauben. Selbst die überzeugendsten Beweise sind nur aus zweiter Hand, die meisten aus dritter oder vierter, wenn überhaupt. Du hast doch selber bestimmt noch nie einen Geist gesehen, oder?«

»Nein«, räumte Ronald ein wenig bekümmert ein, da die beiden ihm schon mehr als genug zugesetzt hatten. »Aber ich habe mit Leuten gesprochen, die es taten.«

»Würdest du gern einen Geist sehen? Nun antworte wenigstens einmal ehrlich«, sagte Jack, während er seinem Bruder zuzwinkerte.

»Es würde mir nichts ausmachen«, erwiderte Ronald und fügte dann tapferer hinzu: »Ja, das würde ich gern – wenn sich die Gelegenheit dazu böte.«

»Ich denke, wir können dir die Gelegenheit verschaffen, etwas zu sehen, wenn vielleicht auch nicht unbedingt einen Geist. Wir haben hier keine Burgen wie im Hochland anzubieten, doch in Swanmere gibt es ein Haus, in dem es angeblich spukt. Genau das Richtige für eine Untersuchung, wo du doch gerade hier bist. Was meinst du dazu?«

Es wäre verhängnisvoll gewesen, den Vorschlag abzulehnen und den Vettern so die Möglichkeit zu geben, ihn als Feigling hinzustellen. Und abermals bestätigte Ronald zähneknirschend, dass »es ihm nichts ausmachen würde«. Da Sonntag war, beschlossen die Burschen, nach der Kirche mit Ronald bei dem Haus vorbeizuschauen, damit er jenes Fenster, das in Verruf stand, in Augenschein nehmen konnte. Und falls ihm der Sinn danach stand, eine Nacht in dem Haus zu verbringen, wollten sie herauszufinden versuchen, in wessen Obhut sich die Schlüssel befanden.

»Da ihr zwei nicht daran glaubt, habt ihr gewiss keine Angst dort zu schlafen, nehme ich an?«, sagte Ronald an die Brüder gewandt.

»Selbstverständlich nicht.« Zumindest was Worte betraf, war Jack mutig. »Unserer Meinung nach steckt nichts als Schwindel dahinter, wie immer bei solchen Geschichten.«

Alfred, der Jüngere, widersprach seinem Bruder nicht, verhielt sich jedoch auffällig still.

»Dann werde ich tun, was ihr tut«, entschied Ronald. »Wenn ihr zwei in dem Spukhaus schlafen wollt, bin ich dabei.«

Am Ende trieben die Applegarths es jedoch nicht so weit, die Schlüssel beim Hausverwalter auszuleihen und in Decken gewickelt auf dem nackten Fußboden zu kampieren – wie Jack sich das Abenteuer für Ronald zunächst ausgemalt hatte. Nach dem Morgengottesdienst verließen die drei Burschen das Dorf und gingen etwa eine halbe Meile in Richtung des Meeres, wo nur noch vereinzelte Häuser standen. Zwei oder drei Villen befanden sich im Rohbau, und dahinter liegende Grundstücke wurden auf Plakaten zum Verkauf angeboten. Swanmere war im »Kommen« – mit anderen Worten: Es stand im Begriff, verschandelt zu werden. Versteckt zwischen zwei dieser Grundstücke befand sich ein leer stehendes Haus, das zu vermieten war. Es war schön gelegen, da es ein Stück von der Straße entfernt stand, und wurde vorn von einer dichten Hecke und auf der Rückseite von einem Gürtel aus Waldbäumen geschützt.

Auf den ersten Blick hätte man vermutet, dass es sich hier angenehm leben ließ, doch vielleicht änderte man bei näherer Bekanntschaft diese Meinung. Die Eisentore vor der Auffahrt waren mit Vorhängeschloss und Kette zugesperrt worden und die Jungen verschafften sich Einlass, indem sie über den Lattenzaun an der Seite sprangen. Überall bewiesen unbändig wuchernde Pflanzen lange Vernachlässigung: Unkräuter standen kniehoch und Zweige ragten in die Wege, lediglich die Kutschenauffahrt war freigehalten worden. Der Haupteingang lag auf der Seite und vorn erstreckten sich über zwei Stockwerke hinweg Erkerfenster, die innen fest mit Läden veschlossen und außen von Schmutz bedeckt waren.

Die Jungen bahnten sich ihren Weg zur Rückseite des Hauses, wo sich Wirtschaftsräume und ein Hof befanden. In der Mitte zwischen dem hübscheren und dem hässlicheren Teil des Hauses lag im ersten Stockwerk ein Fenster, das Blumengarten und Strauchwerk überschaute. Es besaß keine Läden, doch war ein breites Faltrouleau aus verschossenem rotem Stoff bis zum Fensterbrett herabgezogen worden. Auf dieses Fenster deutete Jack.

»Dort erscheint der Geist ... nicht jede Nacht, doch gelegentlich. Vielleicht muss man eine ganze Woche lang Wache halten, bevor es etwas zu sehen gibt. Doch wenn an dem Gerede etwas dran ist, wird man am Ende belohnt – welcher Art die Erscheinung auch sein mag.«

Ronald glaubte zu sehen, wie sich die beiden Brüder zuzwinkerten. Er war sich sicher, dass die beiden ihn auf irgendeine Weise zum Narren halten wollten.

»Ich bin dabei, wenn wir alle gehen. Du, Alfred und ich. Wenn es ein echtes Gespenst zu sehen gibt, solltet ihr euch das nicht entgehen lassen. Wie sieht es denn angeblich aus?«

»Es heißt, dass hinter dem Rouleau ein rotes Licht erscheint, und manche Leute sehen in dem Raum eine Gestalt oder auch ihren Schatten. Vielleicht liegt es daran, wie empfänglich man ist, dass einige mehr und andere weniger sehen. Da du als Hochländer geboren und groß geworden bist, wirst du vielleicht besonders viel sehen. Also gut, wenn du es zur Bedingung machst, werden wir alle gemeinsam gehen.«

»Heute Nacht?«

»Heute Nacht besser nicht. Heute ist Abendmesse und anschließend werden wir essen und der alte Herr hat vielleicht etwas dagegen, wenn wir am Sonntag verschwinden. Lass uns morgen gehen. Für dich ist das doch einerlei.«

Ronald dachte, dass sich der Schabernack, welcher Art er auch sein mochte, bis zum Abend nicht mehr bewerkstelligen ließ. An die Sache mit dem roten Faltrouleau und dem Licht glaubte er jedenfalls nicht, doch sein Entschluss stand fest. Wenn ihm eine Gespenstererscheinung aufgetischt werden sollte, dann nur in Begleitung der Vettern. Es war ihm gleichgültig, in welcher Nacht der Ausflug stattfand, und so vereinbarten die drei, Montag um Mitternacht aufzubrechen, wenn alle ehrbaren Bewohner Swanmeres in ihren Betten lagen.

Montagnacht war der Himmel klar und sternenhell, wenngleich der Mond nicht schien. Doch Jack hatte eine Taschenlampe eingesteckt. Als es Zeit zum Aufbruch war, stellte sich heraus, dass nur Jack mitgehen würde. Er sagte, Alfred habe Halsschmerzen bekommen und Mrs. Dawson, die Haushälterin, würde ihm einen Umschlag machen, weshalb er Bettruhe halten müsse.

Hieraus zog Ronald sofort den Schluss, dass der jüngere Applegarth ausgewählt worden war, das Gespenst zu spielen. Er glaubte weder an die Geschichte mit dem Umschlag noch daran, dass Mrs. Dawson ihn auflegte, obwohl es so war, dass Alfred im Laufe des Tages immer wieder einmal über Halsschmerzen geklagt hatte.

Als die Jungen aufbrachen, sprachen sie wenig miteinander. Ronald ärgerte sich im Grunde seines Herzens und Jack schien irgendwelchen heimlichen Gedanken nachzuhängen, die ihn belustigten, denn er lächelte in der Dunkelheit vor sich hin. In der Porthsmouth Road angekommen, kletterten die beiden an derselben Stelle wie zuvor über den Zaun, und während sie sich ihren Weg durch den verwilderten Garten bahnten zu der ausgewählten Stelle, die die beste Sicht auf das Fenster mit dem purpurroten Faltrouleau zu bieten schien, erwies sich Jacks Taschenlampe als nützlich. Doch weder Rouleau noch Fenster waren zu erkennen. Das Haus ragte vor ihnen als Silhouette auf, schwärzer noch als die dunkle Nacht.

»Wir können dort auf der Bank warten«, sagte der junge Applegarth, während er den Lichtstrahl seiner Lampe auf ein rustikales Sitzmöbel schwenkte, das unter ausladenden Bäumen stand. »Ich schlage vor, dass wir uns eine Frist setzen und eine Stunde lang Wache halten. Falls du dann noch nichts gesehen hast, kommen wir in einer anderen Nacht noch einmal wieder. Ich werde wohl ohnehin nichts sehen, weil ich zu skeptisch bin.«

Er hätte kaum skeptischer sein können als Ronald in diesem Moment, der immer noch überzeugt davon war, dass ihm ein Streich gespielt werden sollte. Seit dem Augenblick, in dem sie die Straße verlassen hatten, befanden sich alle seine Sinne in Alarmbereitschaft, und als sie sich durch das wuchernde Strauchwerk gezwängt hatten, war er sicher gewesen, dass ihnen Schritte folgten. Zwar weigerte er sich nicht, auf der Bank Platz zu nehmen, doch sorgte er dafür, dass sich der Baumstamm genau in seinem Rücken befand und Schutz vor Angriffen von hinten bot.

Fünf oder sechs Minuten mochten verstrichen sein, in denen er dem Haus wenig Aufmerksamkeit geschenkt hatte, dafür umso mehr gewissen raschelnden Geräuschen im Gesträuch hinter ihnen, als Jack Applegarth mit veränderter Stimme rief: »Donnerwetter, da ist ja tatsächlich ein Licht!«, und Ronald sah, dass die parallelen Linien des breiten Fensters hinter dem purpurroten Faltrouleau jetzt schwach erleuchtet waren, doch genug, um seine Form und Größe wie auch die Farbe des Rouleaus erkennen zu lassen. War es Alfred irgendwie gelungen, sich Zutritt zu dem Haus zu verschaffen und eine brennende Kerze in dem Raum aufzustellen? Allerdings schien es Ronald zweifelhaft, dass sich der Junge ohne Rückendeckung seines Bruders allein in das Geisterhaus gewagt hatte. Ronald hatte einen Schabernack anderer Art erwartet.

Während die Jungen noch dasaßen und schauten, wurde das Licht heller. In dem Zimmer musste eine Lampe mit zahlreichen Kerzen brennen. Dann wurde ein Schatten sichtbar, als ob sich ein Mensch vor dem Licht hin und her bewegte. Zunächst war er schwach, doch alsbald wurde er immer deutlicher und dann kam er dicht an das Fenster, zog den Vorhang zur Seite und schaute hinaus.

All das wirkte so normal, dass nichts daran übernatürliche Geschehnisse vermuten ließ. Doch einen Moment später schien der gesamte Fensterrahmen nachzugeben und mit dem Krachen berstenden Glases herauszufallen. Nun war die Gestalt deutlich zu erkennen. Sie stand auf dem Fenstersims, die rote Beleuchtung im Hintergrund. Indes, sie hielt nur Sekunden inne, ehe sie zu Boden sprang und auf die Jungen zustürzte. Die Gestalt sah insofern gespenstisch aus, als sie weiß gekleidet war. Dem Splittern des Glases folgten andere Geräusche – ein Pistolenschuss und ein Schrei –, doch von der fliehenden Gestalt selbst ging nicht der geringste Laut aus. Als sie dicht bei der Bank vorbeirannte, auf der die Jungen saßen, packte der junge Applegarth Ronalds Arm mit einem Entsetzen, das er, falls es nicht echt war, ausgezeichnet spielte.

»Komm«, sagte er heiser. »Ich habe genug. Lass uns von hier verschwinden.«

Das Licht hinter dem Rouleau erlosch und wenig später war das Fenster wieder in Dunkelheit gehüllt, aber dies warteten die Beobachter nicht ab.

Während Jack Applegarth Ronald zur Straße zurückzerrte, stürzte sein jüngerer Bruder aus dem Gebüsch hervor und schloss sich ihnen schluchzend an. Er hielt ein weißes Bündel in den Armen und schien tatsächlich vor Angst zu schlottern. Sie kletterten über den Lattenzaun, rannten weiter, und erst als sie den halben Heimweg hinter sich gebracht hatten, brach einer von ihnen das Schweigen. Es war Ronald, der sagte: »Wahrhaftig, Alfred, ich dachte, du seist im Bett. Ich hoffe, dein Hals wird nicht darunter leiden, dass du aufgestanden bist, um mich als falscher Geist zum Narren zu halten. Ich wusste die ganze Zeit, was Jack und du im Schilde führen.«

Alfred presste das Bündel, das er trug, noch fester an sich. Fürchtete er, dass Ronald es ihm entriss und ihn entlarvte? Sah es doch verdächtig nach einem weißen Bettlaken aus.

»Mit diesem Ding hatte ich nichts zu tun«, stieß er hervor, wobei seine Zähne aufeinanderschlugen. »Ich weiß weder, was es war noch, wo es herkam. Aber ich schwöre, dass ich nie wieder in die Nähe dieses verfluchten Hauses gehen werde, weder bei Nacht noch bei Tag!«

II

Ronald sollte nie erfahren, ob es für diese Geschehnisse eine natürliche Erklärung gab. Sein Besuch bei den Verwandten Applegarth näherte sich seinem Ende und wenig später starb der alte Pfarrer unerwartet während des Gottesdienstes in der Kirche. Der Haushalt wurde aufgelöst und die beiden Vettern mussten sich, noch im Schuljungenalter, fortan allein in der

Welt zurechtfinden und wie gut oder schlecht sie dies meisterten, spielt für diese Geschichte keine Rolle mehr.

Zwanzig Jahre gingen ins Land. Ronald hatte es zu etwas gebracht. Aus ihm war ein kluger, nüchterner Geschäftsmann geworden, der sein Privatleben sehr vernachlässigt hatte, da er sich sagte, dass sich dafür später noch genügend Zeit finden würde. Aber nun war er sechsunddreißig Jahre und alles sollte sich ändern. Er konnte es sich leisten, einer Frau alle Bequemlichkeiten zu bieten, und so schien es ihm an der Zeit, eine Wahl zu treffen.

Nun ist dies keine Liebesgeschichte, daher sei nur kurz berichtet, dass diese Angelegenheit Ronald abermals nach Swanmere führte. Wie es der Zufall wollte, war er bei der Hochzeit seines Freundes Parkinson Trauzeuge gewesen und eine der Brautjungfern hatte ungemein anziehend auf ihn gewirkt. Sie war nicht nur hübsch, sondern schien ein glückliches Mädchen zu sein, das offenbar die Gabe besaß, auch andere glücklich zu machen. Vermutlich hatte er beiläufig zu verstehen gegeben, Lilian gern wieder sehen zu wollen, jedenfalls wurde er von den Jungvermählten zu einem Besuch eingeladen an einem Wochenende, an dem man auch Lilian erwartete. Und wie das Leben so spielt, hatten sich die Parkinsons in Swanmere niedergelassen.

»Waren Sie jemals in dieser Stadt?«, erkundigte sich Mrs. Parkinson, als sie Ronald mit der kleinen Pferdekutsche, die sie voller Stolz lenkte, vom Bahnhof abholte.

»Vor vielen Jahren einmal«, erwiderte Ronald. »Ich ging damals noch zur Schule und besuchte einen alten Onkel, der zu jener Zeit Gemeindepfarrer war. Wenn meine Erinnerung mich nicht trügt, scheint Swanmere ordentlich gewachsen zu sein.«

»O ja, es ist gewachsen. Das ist der Gang der Dinge, nicht wahr? Vor dem Krieg wurde hier viel gebaut… Landhäuser und dergleichen, wissen Sie. Doch 1914 kam dann alles zum

Erliegen. Peregrine und ich hatten das Glück ein älteres Haus mit einem entzückend angelegten Garten zu finden. O nein, nicht so alt, dass es keine Bequemlichkeiten bieten würde, und überdies wurde es für uns modernisiert. Wir können uns ganz gewiss glücklich schätzen, dass wir es bekamen. Heutzutage ist es so schwer, ein Haus vernünftiger Größe zu finden. Kaum steht eines leer, ist es auch schon vergeben. Die Nachfrage übersteigt das Angebot bei weitem.«

Ronald erkannte nicht, welche Richtung sie einschlugen, selbst nicht, als das Pony bereitwillig in zwei geöffnete Eisentore bog, die er zuletzt mit Kette und Vorhängeschloss gesehen hatte – und wenn es nicht diese Tore gewesen waren, so zumindest ihre Vorgänger. Jenseits von ihnen war alles in Ordnung gebracht, geschnitten, gekehrt und gekiest worden und der Garten ein buntes Meer aus Sommerblumen. Doch als er die Front des Hauses mit ihren bis zum ersten Stock reichenden Erkerfenstern sah, keimte in ihm eine Erinnerung auf. »Ist das möglich?«, sagte er zu sich, aber dann verneinte er die Frage selbst. »Nein, völlig ausgeschlossen. Das wäre ein zu merkwürdiger Zufall.« Und damit verbannte er den Gedanken aus seinem Kopf.

Er kehrte nicht einmal wieder, als Ronald am Abend zum Umkleiden die Treppe zu dem ihm zugewiesenen Zimmer emporstieg, das geräumig war und komfortabel ausgestattet. Sein Handkoffer war bereits ausgepackt worden und seine Kleider lagen ausgebreitet da. Nach dem Abendessen sorgte schöne Musik für Unterhaltung. Mrs. Parkinson spielte und Lilian sang. Und so hatte Ronald das zwanzig Jahre zurückliegende Erlebnis in Swanmere völlig vergessen, als er sich zum Schlafengehen zurückzog. Heitere Gedanken hatten es in den Hintergrund gedrängt, doch als er die Vorhänge zur Seite zog, das Fenster öffnete und dessen ungewöhnliche quadratische Form bemerkte, die in drei Flügel unterteilt war, kehrten zuletzt doch noch vage Erinnerungen zurück.

Es war das einzige Fenster im Zimmer, aber so breit, dass es beinahe die gesamte Wand einnahm. Ohne Zweifel erinnerte seine Form an jenes Fenster mit dem purpurroten Faltrouleau von vor zwanzig Jahren und seine nächtliche Wache mit Jack Applegarth. Vermutlich würde er jene Nacht niemals vergessen, wenngleich er sich immer noch nicht sicher war, ob es sich tatsächlich um ein Gespenst gehandelt hatte oder um einen Schabernack der jungen Applegarths, mit dem man ihn aus der Fassung bringen wollte. Wahrscheinlich, so überlegte er nun, waren diese Vorstadtvillen alle nach dem gleichen Plan erbaut worden und ein älteres Gebäude hatte als Vorbild für die späteren gedient. Da er niemals den Namen oder die Hausnummer noch die genaue Lage des Spukhauses gekannt hatte und lediglich wusste, dass es von der Porthsmouth Road erreichbar gewesen war, fand er keine Möglichkeit festzustellen, ob es sich um eben jenes Haus handelte. Und wieder verbannte er diesen Gedanken und begab sich zu Bett.

Weder jene Erinnerung noch sein Verliebtsein vermochten es, ihn wach zu halten. In den ersten Stunden der Nacht schlief er fest, und als er wieder erwachte, begann es im Osten bereits zu dämmern. Doch als er die Augen aufschlug und das Gesicht dem Licht zuwandte, sah er zu seinem Erstaunen, dass vor dem Fenster ein purpurrotes Faltrouleau hing, das bis zum Fensterbrett herabgezogen war.

Er hätte einen Eid darauf geleistet, dass es in der Nacht nicht dort gewesen war. Die zurückgezogenen Vorhänge hatten eine gewöhnliche grüne Jalousie sichtbar werden lassen, die er hinaufgezogen hatte, bis sie oben mit einem Klicken eingeschnappt war. Allem Anschein nach handelte es sich hier um ein Stoffrouleau, das sich im Luftzug des geöffneten Fensterflügels bewegte und nichts als das Licht der sommerlichen Morgendämmerung durchließ. Und doch, während er dalag und es anstarrte, waren seine Nerven aufs Äußerste angespannt und sein Puls pochte dumpf in Hals und Ohren. Etwas in ihm erinnerte sich an jene Erscheinung und versetzte ihn in Erregung. Draußen hörte man Vogelgezwitscher und auf der Straße ratterten Räder vorbei. Die alltägliche Welt war erwacht. Er wollte aufstehen, um sich davon zu überzeugen, dass das Rouleau irdischer, greifbarer Natur war. Zweifellos hatte es eine lockere Kordel in der Nacht heruntergleiten lassen, sodass es nun vor der anderen Jalousie hing.

Doch dann musste er entdecken, dass seine Glieder kraftlos waren. Es schien, als würden ihn unsichtbare Fesseln halten. Vergeblich versuchte er, sich zu befreien und zuletzt fiel er ungeachtet des Hämmerns seines angsterfüllten Herzens in eine plötzliche Bewusstlosigkeit oder einen Schlaf.

Ronald erwachte wieder, als der Diener an die Tür klopfte und mit dem Tee auch Wasser für die Rasur brachte, während durch das offene Fenster heiter und ungehindert die Sommerluft drang. Und so kam er zu dem Schluss, dass er einen Albtraum gehabt haben musste.

Dennoch inspizierte er unverzüglich das Fenster, aber er konnte kein rotes Faltrouleau entdecken. Da waren nur die grüne Jalousie und die Vorhänge an ihrer Stange. Nun war er endgültig davon überzeugt, dass er die ganze Sache geträumt und ihm die Erinnerung an seinen Besuch als Schuljunge vor langen Jahren einen Streich gespielt hatte.

Ungeachtet der Überzeugung, dass alles Einbildung gewesen war, musste er sich dies doch immer wieder bewusst machen, was noch notwendiger wurde, als er im Laufe des Vormittags hinaus in den Garten ging und die Wege entlang durch das Strauchwerk schlenderte. Obwohl die wuchernden Pflanzen längst vergangener Zeiten zurückgeschnitten und manche Veränderungen vorgenommen worden waren, fand er mühelos jene Stelle wieder, an der er und Jack Applegarth einst Wache gehalten hatten – zumindest glaubte er dies. Da stand immer noch eine rustikale Holzbank unter den

Bäumen, von der man direkt auf das quadratische Fenster seines Raumes blickte, auch wenn vor ihm kein purpurrotes Faltrouleau hing. Er setzte sich und steckte sich eine Zigarette an. Bald darauf erschien sein Gastgeber, die Pfeife im Mund, und ließ sich neben ihm auf der schattigen Bank nieder.

»Da hast du ein schönes Plätzchen«, sagte Ronald, um ein Gespräch anzuknüpfen.

»So ist es«, pflichtete Parkinson ihm bei. »Cecilia und mir gefällt es hier und es entspricht in jeder Hinsicht unseren Wünschen. Für das Geschäft hat es eine günstige Lage und für Jungverheiratete ist es nicht zu anspruchsvoll. Wir haben uns beide auf den ersten Blick in das Haus verliebt.« Nachdenklich stocherte er mit seinem Messer in der Pfeife. »Aber neulich ist mir etwas zu Ohren gekommen, was mich ein wenig beunruhigt hat. Nicht, dass ich etwas auf solche Sachen gebe, verstehst du. Dafür bin ich nicht der Typ. Ich hoffe bloß, dass nicht irgendein Wichtigtuer es für seine Pflicht hält, Cecilia davon zu erzählen.«

»Was hast du gehört?«

»Nun, ein Dummkopf behauptete, früher habe es in dem Haus gespukt und dies sei der Grund dafür, weshalb es so lange leer stand und baufällig wurde. Solche Geschichten werden immer erfunden, wenn zufällig niemand Gefallen an einem Haus findet, ob der wirkliche Grund nun Ratten oder Abflussrohre sein mögen oder ob jemand ein Interesse daran hat, dass es unbewohnt bleibt. Du weißt schon, was ich meine. In diesem Fall glaube ich, dass Letzteres zutrifft. Denn der Mann, der mir die Sache erzählte, sagte, es sei Licht gesehen worden, obwohl das Haus leer stand und zugesperrt war. Zweifellos diente es Dieben als Lager. Oder auch Falschmünzern«, sagte Parkinson, während er seine Pfeife paffte.

Schließlich fügte er hinzu: »Ich möchte nicht, dass Cecilia

davon erfährt. Sie liebt das Haus und es gefiele mir nicht, wenn sie nervös wird oder sich aufregt.«

»Kannst du dem Mann nicht ins Gewissen reden?«

»Genau das habe ich getan. Aber auch andere Männer kennen die Geschichte und, schlimmer noch, Frauen. Du weißt, wie schwatzhaft Frauen sind. Besonders wenn sie glauben, etwas Interessantes zu wissen. Oder etwas, das einen anderen beunruhigt!«

»Warum erzählst du die Sache deiner Frau nicht einfach selber und vertraust auf ihre Vernunft? Besser, sie erfährt es auf diese Weise als durch zufällige Bemerkungen eines Fremden. Sie wird es dir übel nehmen, wenn sie glaubt, dass du es wusstest, es ihr aber verschwiegen hast.«

Doch Parkinson schüttelte den Kopf. Er mochte seine Cecilia sehr lieben, doch vielleicht war sein Glaube an ihre Vernunft auf Grund der Erfahrungen während der vier oder fünf Monate ihrer Ehe noch nicht gefestigt. Und Ronald unterdrückte die plötzliche Regung, die Geschichte seines einstigen Erlebnisses zu erzählen oder jenen seltsamen Traum, der ihn in der vergangenen Nacht heimgesucht hatte – wenn es ein Traum gewesen war. Eines aber stand für ihn jetzt vollkommen außer Zweifel: Bei der elegant hergerichteten Villa mit ihren modernen Neuerungen handelte es sich um ebenjenes Haus aus längst vergangenen Zeiten.

Es war Samstag. Man hatte ihn über das Wochenende eingeladen und er würde noch zwei weitere Nächte in der Villa verbringen. Diese Vorstellung behagte ihm nicht, wenngleich ein wenig Unbehagen ein geringer Preis für die dazwischenliegenden Tage mit Lilian schien. Und was konnte ihm schon ein Gespenst anhaben und was spielte es für eine Rolle, ob vor dem Fenster ein purpurrotes Faltrouleau oder ein weißes oder grünes hing?

Bei Tage betrachtet spielte es kaum eine Rolle, doch in den stillen Stunden der Nacht erscheinen solche Dinge in einem anderen Licht, obwohl Ronald McEwan kein Feigling war. In der zweiten Nacht erwachte er zeitiger, erwachte und wurde einer schwachen Beleuchtung im Zimmer gewahr und – wie er später meinte, obwohl er es in diesem Moment kaum begriff – des flüchtigen Schattens einer Gestalt, die sich von einer Wand zur anderen bewegte. Eines indes sah er deutlich: Vor dem Fenster hing abermals ... das purpurrote Faltrouleau! Dann, nach einem halben Dutzend Herzschlägen, erlosch das schwache Licht und das Zimmer lag erneut in Dunkelheit.

Dieses Mal trat das lähmende Gefühl der vergangenen Nacht nicht wieder ein. Vorsichtshalber hatte Ronald in Reichweite des Bettes alles zurechtgelegt, um ein Licht anstecken zu können, und bald sah er im Schein seiner Kerze das offene Fenster und die verriegelte Tür, so wie er sie beim Schlafengehen zurückgelassen hatte. Statt die Kerze zu löschen, ließ er sie herunterbrennen, doch er wurde nicht wieder gestört.

Im Laufe des Sonntags stellte er sich immer wieder die Frage, ob er Parkinson ins Vertrauen ziehen sollte. Vielleicht quartierte man nach ihm einen Gast in dem Zimmer ein, der vor Entsetzen über eine solche Erscheinung körperlichen oder seelischen Schaden nahm. Und doch hing, wie er vermutete, alles davon ab, ob der Betreffende die Gabe der Hellsichtigkeit besaß (oder sollen wir sagen, mit ihr geschlagen war?). Er war dankbar, dass man ihn dort untergebracht hatte und nicht Lilian. Endlich kam er zu dem Schluss, dass Parkinson gewarnt werden musste, doch erst vor Ronalds Abreise ... erst, nachdem er eine dritte Nacht – gestört oder nicht – in dem Spukzimmer verbracht hatte. Indes, was hatte er überhaupt vorzubringen? Konnte ein Raum von dem Geist eines purpurroten Faltrouleaus heimgesucht werden?

Am Sonnabend hatte den ganzen Tag über herrliches Wetter geherrscht, doch der Sonntag brach unbeständig an und vom nahe gelegenen Meer zogen Sturm und Regen heran. An jenem Abend begab er sich mit dem festen Entschluss zu Bett, in den Stunden der Dunkelheit ein Licht brennen zu lassen, indes machte der Sturm das Schließen des Fensters notwendig. Er versuchte sich unbekümmert zu geben und machte sich für den Nachtschlaf bereit, der ihn unerwartet rasch überfiel und eine Zeit lang tief war. Doch irgendwann zwischen zwei und drei Uhr schreckte er plötzlich auf. Er war auf der Stelle hellwach, in dem Bewusstsein, dass irgendetwas nicht stimmte.

Das Zimmer wurde jetzt nicht mehr von dem sanften Licht der Kerze erhellt, sondern von dem wilden Leuchten lodernder Flammen, wenngleich er nicht sehen konnte, woher sie kamen. Vor dem Fenster hing wieder das rote Rouleau, aber dem maß er in diesem Moment keine Wichtigkeit bei. Offenbar hatte er durch irgendeinen Leichtsinn das Haus der Parkinsons in Brand gesetzt und musste sie warnen. Doch als er sich mühsam im Bett aufrichtete, stellte er fest, dass er nicht allein war. Am Fußende des Bettes stand ein Mann – ein Fremder, der im grellen Schein des Feuers deutlich zu erkennen war – und starrte ihn an. Ein Mann mit abgehärmtem Gesicht und dem Blick einer verzweifelten Seele, der weiß oder hell gekleidet war, möglicherweise in einem Schlafanzug.

Später glaubte Ronald einen Versuch unternommen zu haben, den Mann anzureden, zu fragen, wer er sei und was er dort tue, doch wusste er nicht mehr zu sagen, ob er tatsächlich verständliche Worte herausgebracht hatte. Eine kleine Weile, vielleicht eine Minute, starrten die beiden sich an, der Mann aus Fleisch und Blut und jener, der nicht mehr von dieser Welt war. Dann stürzte Letzterer zum Fenster, sprang auf das niedrige Fensterbrett und riss das purpurrote Rouleau zur Seite. Dann ertönten wie damals vor langen Jahren das laute Klirren berstenden Glases, ein Schrei aus dem

Garten und ein Knall wie von einem Pistolenschuss. Die Gestalt war durch die zerborstene Scheibe gesprungen und verschwunden. Dann war alles still und der Raum lag in Dunkelheit. Das wilde Feuer war plötzlich erloschen und die Kerze ausgegangen.

Ronald tastete nach den Streichhölzern und entzündete ein Licht. Das purpurrote Faltrouleau am Fenster war fort und die Scheibe unversehrt. Alles befand sich im gleichen Zustand wie am Abend zuvor.

Kein anderer Hausbewohner hatte in der Nacht jenen Schuss und Schrei gehört. Nach dem Frühstück zog Ronald Parkinson ins Vertrauen, der der Geschichte düster und mit merklichem Unbehagen lauschte, wenngleich unwillig, ihr Glauben zu schenken.

»Du hast Recht daran getan, mir alles zu erzählen, mein lieber Freund, und gewiss meinst du, all diese unglaublichen Dinge erlebt zu haben«, sagte er. »Doch betrachte die Sache einmal nüchtern. Die jungen Applegarths hielten dich vor langen Jahren zum Narren, und als du entdecktest, dass es sich um ebenjenes Haus handelte, wurden jene dunklen Erinnerungen wieder wach. So simpel ist die Erklärung für deine Sinnestäuschungen und jeder Arzt würde dir dies bestätigen. Was mein Verhalten betrifft, so bin ich mir nicht im Klaren darüber. Die Sache ist wirklich unangenehm und wir haben eine Menge Geld in das Haus gesteckt. Cecilia mag es und es entspricht ihren Wünschen. Solange sie nicht erfährt …«

»Hör zu, Parkinson. Da ist eine Sache, um die ich dich bitte – die ich zumindest vorschlagen möchte. Du besitzt noch ein anderes Gästezimmer. Bring keinen weiteren Gast in dem Raum unter, in dem ich geschlafen habe. Kannst du ihn nicht zu einem Abstellraum machen – zu einer Rumpelkammer oder dergleichen, die nachts nicht benutzt wird?«

Parkinson schaute immer noch zweifelnd und schüttelte den Kopf. »Ich wäre Cecilia eine Erklärung schuldig. Wie es so geht, hat sie wegen des großen Fensters eine besondere Vorliebe für dieses Zimmer. Es ist reiner Zufall, dass sie dich und nicht Lilian dort einquartiert hat – und falls hier einmal ein Kinderzimmer gebraucht werden sollte, so wird ihre Wahl auf diesen Raum fallen. Sie wäre niemals bereit, es ohne triftigen Grund – ohne wirklich triftigen Grund – in eine Rumpelkammer oder einen Abstellraum zu verwandeln.«

Mehr konnte Ronald nicht tun. Er hatte seinen Freund gewarnt und die Verantwortung lag nicht mehr bei ihm. Immerhin war es ihm ein gewisser Trost, dass Lilian in zwei Tagen abreisen würde und das unheilvolle Haus offenbar bisher keine nachteilige Wirkung auf sie gehabt hatte.

Zwei Monate verstrichen, in denen Ronald nichts von den Parkinsons hörte, und er selbst sprach mit keiner Menschenseele über seine Erlebnisse in Swanmere. Vielleicht war es wirklich so, dass ihn sein Hochländerblut für unheimliche Einflüsse offen machte, wie Jack Applegarth vor langem gesagt hatte, während die Parkinsons und ihre Freunde aus dem Süden vollkommen unempfänglich waren. Doch nach Ablauf von zwei Monaten erhielt er den folgenden Brief:

Mein lieber alter Freund,
wir haben hier alles aufgegeben und ich denke, du möchtest wissen, wie es dazu kam. Ich bemühe mich derzeit darum, Ashcroft weiterzuvermieten, und hoffe jemanden zu finden, der dumm genug ist, es zu nehmen. Ich habe nichts an dem Haus auszusetzen – keiner von uns hat je etwas gesehen oder gehört – und das Ganze scheint wirklich absurd. Doch wie es so geht, hörten die Bediensteten zufällig irgendwelche Gerüchte über den Spuk und dann erschrak sich eines der Mädchen – ich nehme an, vor ihrem eigenen Schatten – und wurde sofort hysterisch. Darauf begaben

sich alle drei gemeinsam zu Cecilia und sagten, sie wollten auf ihren Lohn verzichten und es täte ihnen Leid, uns Unannehmlichkeiten zu bereiten, doch nicht einmal für hundert Pfund würden sie eine Minute länger in einem Spukhaus verweilen. Mir blieb nichts anderes übrig, als Cecilia alles zu erzählen, und sie war nicht gerade erfreut, dass ich sie in Unkenntnis gelassen hatte. Sie sagt, ich hätte sie hintergangen – doch wenn dies so ist, war es nur zu ihrem Besten, und als wir das Haus mieteten, hatte ich nicht die leiseste Ahnung. Natürlich konnte sie dort nicht bleiben, nachdem die Bediensteten fort waren – und ich ebenfalls nicht. Sie ist zu ihrer Mutter gezogen und ich wohne im Hotel – jeder stellt Fragen und ich kann dir versichern, das ist nicht angenehm. Ich werde mich sehr in Acht nehmen, um nicht ein zweites Mal auf ein Haus hereinzufallen, in dem Geister frei herumlaufen.

Da ist noch eine Sache, die dich vielleicht interessieren wird, da sie Licht auf dein Erlebnis zu werfen scheint. Das Haus wurde von einem Arzt erbaut, der geisteskranke Patienten bei sich aufnahm – sie sollen harmlos gewesen sein – und der auch über die notwendigen Qualifikationen und dergleichen verfügte. Soweit ich weiß, ging alles mit rechten Dingen zu. Dann wurde ein Mann, der als leichterer Fall gegolten hatte, plötzlich gewalttätig. Er schloss sich in seinem Zimmer ein und legte Feuer, dann schlug er ein Fenster ein – ich glaube, es war ebenjenes Fenster – und sprang hinaus. Obwohl es nur ein Sprung aus dem ersten Stock war, verletzte er sich so schwer, dass er starb. Sie konnten von Glück reden, dass sie ihn los waren, würde ich sagen. Über ein rotes Faltrouleau oder einen Pistolenschuss weiß ich jedoch nichts. Offenbar wurde die Geschichte später mit diesen Dingen ausgeschmückt. Aber ich muss zugeben, es ist ein merkwürdiger Zufall.

Wir haben uns gefreut, von deiner Verlobung mit Lilian

zu erfahren, und ich möchte euch meine Gratulation und besten Wünsche übermitteln, denen sich Cecilia gewiss anschließen würde, wäre sie hier. Ich vermute, damit wird dein langes Junggesellendasein bald ein Ende haben.

Dein
Peregrine Parkinson

Ein Bericht über die seltsamen Vorkommnisse in der Aungier Street

J. Sheridan Le Fanu (1814 – 1873)

Meine Geschichte ist es im Grunde nicht wert, erzählt oder gar niedergeschrieben zu werden. Indes, wann immer ich sie – wie zuweilen geschehen – im Kreise verständnisvoller, gespannter Gesichter erzählte, die sich an einem Winterabend nach dem Mahl im Schein eines prasselnden Feuers versammelt hatten, während draußen heulend ein kalter Wind aufkam und es im Haus wohlig und behaglich war, kam sie – auch wenn ich's nicht sagen sollte – stets recht gut an. Gleichwohl ist es ein Wagnis, eurem Wunsche zu entsprechen. Schreibfeder, Tinte und Papier sind gar zu gefühllose Mittler des Unfassbaren und Leser zweifellos tadelsüchtiger als Zuhörer. Doch solltet ihr eure Freunde bewegen können, sie nach Einbruch der Dunkelheit zu lesen, nachdem am Feuer bereits schauerliche Geschichten gestaltlosen Grauens zum Besten gegeben wurden, so will ich mich gern ans Werk machen und leichten Herzens zu Papier bringen, was ich zu erzählen habe. Nun denn! Solcherlei Bedingungen vorausgesetzt will ich keine weiteren Worte verschwenden, sondern einfach berichten, was damals geschah.

Mein Vetter Tom Ludlow und ich hatten gemeinsam das Studium der Medizin aufgenommen. Ich glaube, Tom wäre ein vortrefflicher Arzt geworden, allein, der arme Kerl gab schließlich der Theologie den Vorzug und verschied viel zu früh an einer ansteckenden Krankheit, die er sich in der noblen Ausübung seiner Pflichten zugezogen hatte. In diesem

Zusammenhang reicht es zur Beschreibung seines Charakters aus, wenn ich erwähne, dass er stets ungemein auf die Wahrheit bedacht und ein ruhiger, wiewohl offener und fröhlicher Mensch war und keineswegs so leicht erregbar und nervös wie ich.

Während unserer Studienzeit erwarb mein Onkel Ludlow – Toms Vater – drei oder vier alte Häuser in der Aungier Street, von denen eines unbewohnt war. Er selbst lebte auf dem Lande und so schlug Tom vor, unser Domizil in dem leer stehenden Haus aufzuschlagen, solange es noch nicht vermietet war. Er meinte, der Umzug sei von zweifachem Vorteil, denn zum einen würden wir in größerer Nähe unserer Vorlesungssäle und Freizeitvergnügungen wohnen und zum anderen die wöchentliche Miete für unser Quartier sparen.

Wir besaßen nur wenige Möbel – ja, unser Hausrat war insgesamt sehr bescheiden, kurzum, unsere Einrichtung war beinahe so einfach wie die eines Feldlagers. Und so setzten wir unseren Plan fast ebenso rasch in die Tat um, wie er gefasst worden war. Den Salon, der zur Straße lag, machten wir zu unserem Wohnzimmer und ich richtete mich in dem darüber befindlichen Schlafzimmer ein, während Tom auf dem gleichen Stockwerk das hintere Schlafzimmer nahm – mich hätte nichts bewegt, dieses Zimmer zu beziehen.

Doch beginnen wir mit dem Haus. Es war sehr alt und hatte, wie ich glaube, fünfzig Jahre zuvor eine neue Fassade erhalten, doch davon abgesehen waren keine modernen Veränderungen an ihm vorgenommen worden. Von dem Makler, der es für meinen Onkel erworben und die Eigentumsurkunden geprüft hatte, erfuhr ich, dass es zusammen mit etlichen anderen Hinterlassenschaften in Chichester House veräußert worden war, wenn ich mich recht erinnere, im Jahre 1702. Einst hatte es Sir Thomas Hacket gehört, der zur Zeit James' II. Bürgermeister von Dublin gewesen war. Wie alt es damals bereits gewesen war, vermag ich nicht zu sagen, allein, es hatte genug der Jahre und Veränderungen erlebt, um jene geheimnisvolle düstere Atmosphäre anzunehmen, die den meisten alten Wohnhäusern zu Eigen und die gleichermaßen aufregend wie deprimierend ist.

Man hatte sehr wenig zu seiner Modernisierung unternommen und vielleicht war dies auch besser so, denn selbst den Decken und Wänden, der Form der Türen, den sonderbar schrägen Kaminsimsen sowie den Balken und den wuchtigen Mauerbrüstungen wohnte ein seltsamer Charakter längst vergangener Zeiten inne, ganz zu schweigen von der außergewöhnlichen Solidität des Holzwerks, das – vom Treppengeländer bis zu den Fensterrahmen – hoffnungslos jeglicher Tarnung trotzte und sein Alter durch alle erdenklichen Neuerungen und Anstriche hindurch hinausposaunt hätte.

Allerdings war dergestalt ein Versuch unternommen worden, dass man das Wohnzimmer tapeziert hatte, wiewohl die Tapete derb und unharmonisch wirkte. Die alte Frau, die den kleinen schäbigen Laden in unserer Straße betrieb und deren Tochter – eine Frau von zweiundfünfzig Jahren – unsere einzige Dienstmagd war, die bei Sonnenaufgang kam und sich bescheiden zurückzog, sobald sie in unserem Prunkzimmer alles für unseren Tee vorbereitet hatte –, diese Frau erinnerte sich noch an die Zeit, als der alte Richter Horrocks dort wohnte (er stand in dem Ruf eines schrecklichen »Henker-Richters« und hatte sich zum Schluss – wie die Leichenschaukommission später feststellte – in plötzlicher Geistesverwirrung mit einem Springseil an dem massiven alten Treppengeländer erhängt). In jenen geruhsamen Tagen waren die Wände der Wohnzimmer noch mit goldverziertem Leder bespannt gewesen und ich glaube wohl, dass sie etwas hermachten, denn sie waren wirklich geräumig.

Die Schlafzimmer waren getäfelt, gleichwohl wirkte das vordere keineswegs düster und die altmodische Gemütlichkeit bezwang schwermütige Gedanken, die sich vielleicht einstellen mochten. Das hintere Schlafzimmer hingegen besaß zwei seltsam platzierte, traurige Fenster, die ausdruckslos auf das Fußende des Bettes starrten, und jene dunkle Nische, welche sich in den meisten alten Häusern Dublins findet. Sie wirkte ein wenig wie ein großer gespenstischer Wandschrank, der sich auf Grund der bestehenden Geistesverwandtschaft mit dem Schlafzimmer vereinigt und die Trennung aufgehoben hatte. Bei Nacht erschien mir dieser Alkoven, wie unsere Magd ihn zu nennen pflegte, besonders unheimlich und bedeutungsschwanger. Toms einsame schwache Kerze suchte vergebens, die dortige Finsternis zu erhellen, die ihn unablässig zu beobachten schien und doch selbst unergründlich war. Gleichwohl war dies nur ein Teil der Wirkung, die dieser Raum auf mich hatte. Ich weiß nicht warum, doch das ganze Zimmer war mir von Anbeginn widerwärtig. Ich vermute, schon in seinen Proportionen und Grundzügen lag ein verborgener Missklang – ein geheimnisvolles, nicht greifbares Verhältnis, das auf unergründliche Weise mit meinem Sinn für Sorgfalt und Sicherheit im Widerspruch stand und unbestimmte Ahnungen und Befürchtungen in mir weckte. Wie ich schon eingangs sagte, hätte mich jedenfalls nichts bewegen können, dort eine Nacht allein zu verbringen.

Ich hatte nie versucht, meine abergläubischen Neigungen vor dem armen Tom zu verbergen. Er seinerseits machte sich völlig ungerührt über meine Ängste lustig. Doch wie ihr noch hören werdet, sollte dem Zweifler bald eine Lektion erteilt werden.

Wir bewohnten unsere beiden Schlafgemächer noch nicht lang, da begann ich über unruhige Nächte und Schlafstörungen zu klagen. Vermutlich erboste mich dieser Umstand umso mehr, als ich sonst einen gesunden Schlaf habe und in keiner Weise zu Albträumen neige. Gleichwohl schien es nun mein Los zu sein, statt in gewohnter Nachtruhe zu schwelgen, mich Nacht für Nacht »an Grauen satt zu essen«. Nach einem Vorspiel widerwärtiger, Furcht erregender Träume nahmen die Störungen konkrete Gestalt an. Mindestens jede zweite Nacht in der Woche suchte mich nun dasselbe Traumbild heim, das sich nie in einer merklichen Einzelheit unterschied.

Nun, dieser Traum, dieser Alb, dieses teuflische Trugbild – nennt es, wie ihr wollt –, dessen unglückliches Opfer ich wurde, spielte sich folgendermaßen ab:

Ich sah – so glaubte ich wenigstens – mit abscheulichster Klarheit jedes Möbelstück und jedes zufällige Arrangement in meinem Zimmer, obwohl es in vollkommener Dunkelheit lag. Nun gehört dies, wie ihr wisst, zum Wesen jedes gewöhnlichen Albtraums. Während ich mich also in diesem hellsichtigen Zustand befand, der nichts als die Beleuchtung der Bühne schien, auf der das gleichförmige Schauspiel des Grauens aufgeführt werden sollte, welches mir meine Nächte unerträglich machte, wurde meine Aufmerksamkeit – ich weiß nicht, warum – stets auf die Fenster gegenüber dem Fußende meines Bettes gelenkt. Und stets ergriff mit derselben Gleichförmigkeit eine schreckliche Vorahnung von mir Besitz. Aus unerklärlichem Grunde ward mir bewusst, dass an einem unbekannten Ort und von einer unbekannten Kraft etwas namenlos Schreckliches zu meiner Tortur vorbereitet wurde. Und nach einer Weile, die mir stets die gleiche Länge zu haben schien, glitt plötzlich ein Bild zum Fenster empor, wo es wie durch magnetische Anziehung hängen blieb. Dann begann meine Heimsuchung durch jenes Grauen, das Stunden währen mochte. Das Gemälde, das auf so geheimnisvolle Weise an den Fensterscheiben haftete, war das Porträt eines alten Mannes in einem purpurn geblümten Seidenmantel, dessen Faltenwurf ich noch heute beschreiben könnte. In seinen Gesichtszügen kam eine seltsame Mischung aus Klugheit, Wollust und Machtbesessenheit zum

Ausdruck, und obendrein waren sie bedrohlich und voll unheilschwangerer Vorbedeutungen. Seine Hakennase glich dem Schnabel eines Geiers und in seinen großen grauen Augen, die weit hervortraten, leuchtete unmenschliche Grausamkeit und Kälte. Über diesem Gesicht thronte eine purpurfarbene Samtkappe, unter der Haare hervorschauten, welche vom Alter weiß gefärbt worden waren, während die Augenbrauen ihre ursprüngliche schwarze Farbe bewahrt hatten. Wie gut entsinne ich mich jeder Runzel, jeder Farbnuance, jedes Schattens in diesem steinernen Gesicht – und kein Wunder: Der starre Blick dieses teuflischen Antlitzes war auf mich geheftet und ich erwiderte ihn mit der unerklärlichen Faszination eines Albtraums durch stundenlange Marterqualen hindurch, wie mir schien. Endlich schließlich verschwand der Unhold, der mich durch schreckliche Nachtstunden hindurch in seinen Bann gezogen hatte, und gerädert und fahrig erhob ich mich, um an mein Tagwerk zu gehen.

Ich empfand – ich weiß nicht genau warum, doch mag es an den Marterqualen und dem schauerlichen Grauen gelegen haben, die dieses seltsame Trugbild begleiteten – eine unüberwindliche Abneigung, meinem Freund und Gefährten die eigentliche Natur meiner nächtlichen Leiden zu schildern. Gleichwohl erzählte ich ihm, dass mich schreckliche Träume plagten, und ganz im Einklang mit der nüchternen Vorgehensweise der ärztlichen Kunst entschlossen wir uns, mein Grauen nicht etwa durch eine Geisterbeschwörung, sondern vielmehr mit einem Stärkungsmittel zu vertreiben.

Ich will diesem Trank Gerechtigkeit widerfahren lassen und freimütig bekennen, dass die Besuche des verfluchten Porträts nach seiner Einnahme seltener wurden. Allein, was besagt das schon? War diese im Wesen wie im Grauen so einzigartige Erscheinung ein Geschöpf meiner Phantasie oder die Erfindung meines armen Magens? Kurzum, war sie (um das heutige Modewort zu gebrauchen) subjektiv, also allein für mich wahrnehmbar, und handelte es sich tatsächlich nicht um einen offenkundigen Übergriff, dessen Urheber von außen kam? Dies, liebe Freunde, lässt sich keineswegs daraus folgern, wie wir wohl alle zugeben müssen. Der böse Geist, der in Gestalt jenes Porträts meinen Verstand bedrohte, mochte sich, auch wenn ich ihn nicht sah, mit derselben Tatkraft und Heimtücke immer noch in meiner Umgebung aufhalten.

Doch wiewohl ich zu diesem Zeitpunkt nichts davon ahnte, litt auch mein vermeintlich skeptischer Hausgenosse unter Störungen. Indes fand ich dies erst später heraus. Eines Nachts – wie durch ein Wunder hatte ich endlich einmal fest geschlafen – wurde ich durch Schritte im Korridor vor meinem Zimmer geweckt, von einem Messingleuchter, den der arme Tom Ludlow mit aller Kraft über das Treppengeländer geschleudert hatte und der nun mit Getöse die Treppe hinunterpolterte. Fast im gleichen Moment riss Tom meine Tür auf und stürzte im Zustand heftigster Erregung rückwärts in mein Zimmer.

Ich war aus dem Bett gesprungen und hatte ihn am Arm gepackt, noch bevor ich selbst wusste, wie mir geschah. Und dann standen wir in unseren Hemden an der offenen Tür und starrten über das wuchtige alte Treppengeländer zum Fenster im Flur, durch das das bleiche Licht eines umwölkten Mondes schimmerte.

»Was ist passiert, Tom? Was ist mit dir los? Was, zum Teufel, geht hier vor, Tom?«, bedrängte ich ihn und schüttelte ihn voller Ungeduld und Erregung.

Er holte tief Luft, dann gab er mir eine Antwort, die indes nicht sehr verständlich war.

»Nichts ... gar nichts ... Hab ich geredet? Was habe ich gesagt? Wo ist die Kerze, Richard? Es ist so dunkel. Ich ... ich hatte doch eine Kerze!«

»Ja, es ist verflixt dunkel«, erwiderte ich. »Aber was ist bloß los? Was hast du denn? Weshalb sagst du nichts, Tom? Hast du den Verstand verloren? Was ist passiert?«

»Passiert? Oh, es ist schon vorbei. Es muss ein Traum gewesen sein … nichts als ein Traum … denkst du nicht auch? Es kann nur ein Traum gewesen sein.«

»Gewiss«, erwiderte ich, doch ich war heftig erregt. »Es war nichts als ein Traum.«

»Ich vermeinte«, so fuhr er fort, »einen Mann in meinem Zimmer zu sehen und … sprang aus dem Bett. Und … und … wo ist die Kerze?«

»Höchstwahrscheinlich in deinem Zimmer«, sagte ich. »Soll ich sie holen?«

»Nein. Bleib hier … geh nicht. Es ist nicht wichtig … nein … ich sage dir, es war alles nur ein Traum. Verriegle die Tür, Dick. Ich werde bei dir bleiben … mir sind die Nerven durchgegangen. Sei so gut, Dick, steck deine Kerze an und öffne das Fenster … ich fühle mich ganz entsetzlich.«

Ich tat, worum er mich gebeten hatte, während er sich in eine meiner Decken wickelte und dicht neben mein Bett setzte.

Jedermann weiß, wie ansteckend Angst sein kann und gerade jene Angst, die den armen Tom in diesem Augenblick quälte. Ich hätte um nichts in der Welt die Einzelheiten jener schrecklichen Halluzination, die ihn dermaßen verstört hatte, hören mögen, und ich glaube, er hätte sie mir in diesem Moment auch nicht erzählt.

»Ich will lieber nichts von deinem absurden Traum wissen, Tom«, sagte ich und stellte Gleichmut zur Schau, wiewohl ich tatsächlich von Entsetzen erfüllt war. »Lass uns von anderen Dingen sprechen. Indes ist unübersehbar, dass dieses schmutzige alte Haus uns beiden nicht bekommt, und der Teufel soll mich holen, wenn ich hier noch länger bleibe, um mich von Magenverstimmungen und schlaflosen Nächten plagen zu lassen. Wir sollten uns möglichst rasch nach einem neuen Quartier umsehen – meinst du nicht auch?«

Tom war sofort einverstanden und nach einer Pause fügte er hinzu: »Ich habe nachgedacht, Richard. Es ist schon lange her, seit ich meinen Vater sah, und daher habe ich mich entschlossen, morgen für ein paar Tage zu ihm zu fahren. Du kannst uns inzwischen eine neue Bleibe besorgen.«

Ich hatte geglaubt, dass dieser Entschluss, der offenkundig durch die Halluzination, welche ihn so tief erschüttert hatte, zu Stande gekommen war, am Morgen gemeinsam mit den Schwaden und Schatten der Nacht dahinschwinden würde. Allein, ich befand mich im Irrtum. Bei Tagesanbruch machte sich Tom auf und fuhr auf das Land, nachdem wir übereingekommen waren, dass ich ihn durch einen Brief von dem Besuch bei meinem Onkel Ludlow zurückrufen würde, sobald ich eine geeignete Unterkunft gefunden hatte.

Indes, so erpicht ich auch war, mein Quartier zu wechseln, ließen doch eine Reihe kleiner Verzögerungen und zufälliger Ereignisse nahezu eine Woche ins Land gehen, ehe mein Handel abgeschlossen war und sich mein Brief, der Tom zurückrief, auf dem Weg befand. Gleichwohl hatte ich inzwischen ein paar kleine Abenteuer erlebt, die, so absurd sie aus heutiger Sicht erscheinen mögen, zu jener Zeit mein Bedürfnis nach einem Umzug noch schürten.

Ein oder zwei Abende nach der Abreise meines Gefährten saß ich in meinem Schlafzimmer am Kamin, die Tür verriegelt und die Zutaten für ein Glas heißen Punsches auf dem Beistelltisch zu meiner Seite. Ich hatte es mir gemäß dem weisen Ratschlag meiner Ahnen zur Gewohnheit gemacht, meine Lebensgeister mit geistigen Getränken aufzumuntern, um die Geister um mich herum zu vertreiben. Mein Anatomiebuch hatte ich in die Ecke geworfen und eben stärkte ich mich mit einigen Seiten einer Zeitschrift, ehe ich mich Punsch und

Bett zuwenden wollte, als ich auf der Treppe, die vom Dachboden hinunterführte, Schritte vernahm. Es war zwei Uhr morgens und in den Straßen herrschte Grabesstille, sodass die Geräusche ganz deutlich zu hören waren. Da kamen langsame schwere Schritte mit der Bestimmtheit und Bedächtigkeit des Alters die schmale Stiege herunter. Sie klangen umso merkwürdiger, als die Füße offenkundig nackt waren und auf ihrem Weg abwärts einen klatschenden oder stampfenden Laut erzeugten, der höchst widerwärtig klang.

Ich wusste sehr wohl, dass unsere Dienstmagd vor langen Stunden fortgegangen war und außer mir niemand etwas im Haus verloren hatte. Gleichwohl war offenkundig, dass derjenige, der da die Treppe herunterstieg, keinerlei Anstalten machte, sein Kommen zu verheimlichen. Vielmehr schien er die Absicht zu hegen, möglichst viel Lärm zu verbreiten und noch lauter aufzutreten, als notwendig gewesen wäre. Als die Schritte den Treppenabsatz vor meinem Zimmer erreichten, hielten sie inne. Ich erwartete jeden Moment, dass sich meine Tür öffnen und dem Modell meines verhassten Porträts Zutritt gewähren würde. Nach einigen Sekunden hörte ich jedoch zu meiner Erleichterung, dass die Schritte ihren Weg fortsetzten und in genau derselben Manier die Treppe zu den Wohnzimmern hinuntergingen und, nach einer neuerlichen Pause, weiter zur Halle, bis ich sie nicht mehr hörte.

Ich befand mich nun in einem Grad der Erregung, der in höchstem Maße unangenehm war. Ich horchte, doch nichts regte sich. Dann raffte ich all meinen Mut zusammen, um ein entschlossenes Experiment durchzuführen – ich öffnete die Tür und schrie mit lauter Stimme über das Geländer: »Ist da wer?« Doch ich erhielt keine Antwort. In dem leeren alten Haus war nichts als der Widerhall meiner eigenen Stimme zu hören, die vergeblich und widerwärtig ernüchternd in die Einsamkeit rief. Ich fühlte mich mehr denn je allein und böse Ahnungen stiegen in mir auf, als ich sah, dass die Tür hinter mir, die ich ganz gewiss offen gelassen hatte, nunmehr geschlossen war. Mit einer vagen Furcht, der Rückzug könnte mir abgeschnitten sein, begab ich mich schleunigst wieder in mein Zimmer, wo ich mich voller Unbehagen bis zum Morgen in einem Zustand imaginärer Blockade befand.

In der nächsten Nacht blieb mein barfüßiger Hausgenosse aus, doch als ich am darauf folgenden Abend im Finstern in meinen Kissen lag, hörte ich den alten Knaben wohl etwa zur gleichen Stunde abermals von den Dachkammern hinuntersteigen.

Dieses Mal hatte ich meinen Punsch getrunken und demzufolge war meine Kampfmoral vortrefflich. Ich sprang aus dem Bett, packte den Schürhaken neben dem Feuer und war im nächsten Augenblick draußen auf dem Korridor. Das Geräusch war mittlerweile verstummt. Dunkelheit und Kälte raubten mir den Mut. Und man stelle sich mein Entsetzen vor, als ich plötzlich ein schwarzes Ungeheuer sah – ob von der Gestalt eines Mannes oder eines Bären vermochte ich nicht zu sagen –, das mit dem Rücken zur Wand mir gegenüber im Korridor stand, mit zwei großen, grünlichen Augen, die schwach leuchteten. Nun muss ich freilich offen gestehen, dass just an dieser Stelle die Anrichte stand, in der sich unsere Teller und Tassen befanden, allein, in diesem Moment war mir dies völlig entfallen. Doch auf mein Wort! Selbst wenn ich meiner überhitzten Phantasie Rechnung trage, kann ich mich bis heute nicht zu der Überzeugung durchringen, dass ich damals das Opfer meiner Einbildung wurde. Denn nachdem diese Erscheinung ein, zwei Mal begonnen hatte ihre Form zu verändern, als beabsichtige sie, sich zu verwandeln, schien sie es sich anders zu überlegen und kam in ihrer ursprünglichen Gestalt auf mich zu. Mehr aus instinktiver Angst denn aus Mut schleuderte ich den Schürhaken mit aller Kraft nach ihrem Kopf. Und während ein entsetzliches Krachen ertönte, rannte ich in mein Zimmer zurück und schob beide Riegel vor die Tür. Kurz darauf hörte ich die grässlichen nackten Füße weiter die Treppe hinuntergehen, bis das Geräusch wie beim vorherigen Mal in der Halle erstarb.

Doch mochte die Erscheinung der vergangenen Nacht auch eine optische Täuschung gewesen sein, zu der meine Phantasie die dunklen Umrisse der Anrichte mutieren ließ, und das schauerliche Augenpaar nichts anderes als zwei umgestülpte Teetassen, so blieb mir am nächsten Morgen immerhin die Genugtuung, dass ich den Schürhaken mit bewundernwertem Erfolg geschleudert hatte, wie die bunten Scherben meines Teeservices bewiesen. Ich gab mir redliche Mühe, Trost und Mut aus diesen Beweisen zu schöpfen, allein, es gelang mir nicht. Und was sollte ich von den grässlichen nackten Füßen halten und dem stetigen Stampfen, mit dem sie in der Einsamkeit meines Spukhauses die gesamte Treppe hinuntergeschritten waren, zu einer Stunde, in der keine guten Mächte am Werk sein konnten? Verflucht, die ganze Sache war zutiefst widerwärtig. Ich war niedergeschlagen und sah mit Grauen der kommenden Nacht entgegen.

Sie kam, brach unheilschwanger herein mit Blitz und Donner und heftigen Regenschauern, die auf mein Gemüt drückten. Zeitiger als sonst wurde es still in den Straßen und um zwölf war nichts mehr zu hören als das trostlose Trommeln des Regens.

Ich versuchte mich möglichst behaglich einzurichten, steckte statt der üblichen einen zwei Kerzen an, entsagte dem Bett und machte mich auf einen Angriff gefasst, eine Kerze immer in Reichweite. Ich war um jeden Preis entschlossen, das Wesen *anzusehen*, welches in meinem Haus die Ruhe störte, sofern es denn sichtbar war. Ich war unruhig und nervös und versuchte vergebens in meinen Büchern zu lesen. Ich ging im Zimmer auf und ab, pfiff einmal Marschmusik, einmal heitere Weisen und horchte immer wieder auf den gefürchteten Laut. Dann setzte ich mich hin und stierte auf das quadratische Etikett der würdevolle Zurückhaltung ausstrahlenden schwarzen Flasche, bis »FLANAGAN & CO.'S BEST OLD MALT WHISKEY« zu einer Art schmückendem Beiwerk all der phantastischen grausigen Spekulationen wurde, die durch mein Gehirn jagten.

Die Stille war jetzt noch stiller und die Dunkelheit noch dunkler, während ich vergebens auf das Rumpeln einer Kutsche oder das undeutliche Geschrei von Streithähnen in der Ferne lauschte. Doch ich hörte nichts als das Heulen des auffrischenden Windes, der sich erhoben hatte, nachdem das Gewitter über die Dubliner Berge abgezogen war. Inmitten dieser großen Stadt glaubte ich mich nun mutterseelenallein mit der Natur. Mein Mut begann dahinzuschwinden. Der Punsch indes, der so viele zu Bestien werden lässt, machte mich wieder zum Mann – gerade noch zur rechten Zeit, um mit leidlicher Selbstbeherrschung und Entschlossenheit zu hören, wie die massigen, schlaffen, nackten Füße abermals die Treppe heruntergingen.

Ich nahm die Kerze, doch meine Hand zitterte. Und während ich durch das Zimmer ging, versuchte ich ein Gebet zu sprechen, doch ich brachte es nicht zu Ende, denn ich hielt inne und lauschte auf die stetigen Schritte. Ich bekenne frei, dass ich an der Tür einige Sekunden zauderte, ehe ich mir ein Herz fasste und sie öffnete. Dann spähte ich in den Korridor hinaus und siehe da – er war leer. Da stand kein Ungeheuer auf der Treppe. Als das verhasste Geräusch verstummte, hatte ich wieder genügend Mut gefasst, um mich fast bis zum Treppengeländer vorzuwagen. Doch dann packte mich grausiges Entsetzen. Wenige Stufen unterhalb der Stelle, an der ich stand, erklangen auf den Dielen schwer die schauerlichen Schritte. Mein Blick fiel auf etwas, das sich bewegte. Es hatte die Größe eines Riesenfußes – war grau und massig und tapste schwerfällig Stufe für Stufe abwärts. So wahr ich hier stehe, es war die schrecklichste graue Ratte, die ich in meinem ganzen Leben gesehen hatte.

Ihr könnt mich auslachen, doch ich verlor beinahe den Verstand, als ich diese Ratte erblickte, denn sie starrte mich, wie ich fand, mit einem absolut menschlichen Ausdruck der Boshaftigkeit an. Und wie sie da beinahe zwischen meinen Füßen umherschlich und mich anschaute, sah ich – das schwöre ich – eingeprägt in das Gesicht des aufgedunsenen Untiers vor mir die verwünschte Visage meines alten Freundes auf dem Porträt.

Von unbeschreiblichem Entsetzen und Ekel gepackt stürzte ich in mein Zimmer zurück. Ich verschloss und verriegelte die Tür, als sei ein Löwe hinter mir her. Zum Teufel mit diesem Ding, zum Teufel mit dem Porträt und seinem Modell. In meinem Herzen wusste ich, dass die Ratte – ja die RATTE, die ich gerade gesehen hatte, jenes Wesen war, das nächtens getarnt durch das Haus wanderte und irgendwelche teuflischen Späße trieb.

Am folgenden Morgen stapfte ich schon früh durch die schmutzigen Straßen und neben anderen Dingen, die ich zu erledigen hatte, schickte ich einen energischen Brief an Tom, um ihn zurückzubeordern. Indes fand ich bei meiner Rückkehr einen Brief von Tom vor, in dem er mir seine Absicht mitteilte, am folgenden Tag zurückzukehren. Dies bereitete mir doppelte Freude, da ich zum einen eine neue Bleibe für uns gefunden hatte und zum anderen das teils lachhafte, teils schreckliche Abenteuer der vergangenen Nacht die Rückkehr meines Gefährten und den Wohnungswechsel besonders erfreulich machten.

In jener Nacht schlug ich mein Nachtlager notdürftig in meinem neuen Quartier in der Digges' Street auf und kehrte am Morgen zum Frühstück in das Spukhaus zurück, denn ich war mir gewiss, dass sich Tom gleich nach seiner Ankunft dort einfinden würde. So war es denn auch. Eine seiner ersten Fragen galt natürlich unserem Wohnungswechsel.

»Dem Himmel sei Dank«, sagte er voller Inbrunst, nachdem er vernommen hatte, dass alles arrangiert war. »Es freut mich um deinetwegen. Was mich betrifft, so könnte mich nichts auf der Welt bewegen, je wieder eine Nacht in diesem unseligen Haus zu verbringen, so viel kann ich dir versichern.«

»Zum Teufel mit dem Haus!«, entfuhr es mir mit echter Angst und Abscheu, »nicht eine frohe Stunde haben wir seit unserem Einzug dort verbracht!« Und ich empörte mich weiter, wobei ich ihm beiläufig von meinem Abenteuer mit der aufgedunsenen Ratte erzählte.

»Nun, wenn das *alles* war«, sagte mein Vetter, als würde er der Sache keine Bedeutung beimessen. »Ich glaube, das hätte mich nicht beeindruckt.«

»Aber ihre Augen … ihr Gesichtsausdruck, lieber Tom«, verteidigte ich mich. »Wenn du *das* gesehen hättest, wärest auch du zu der Überzeugung gelangt, alles vor dir zu haben, nur nicht das, was es zu sein schien. Aber lass uns von deinen Erlebnissen reden.«

Bei diesem Ansinnen blickte er beklommen um sich. Ich hatte an zutiefst unangenehmen Erinnerungen gerührt.

»Du sollst es erfahren, Dick. Ich werde es dir erzählen«, sagte er. »Doch ist mir bei Gott ziemlich unwohl dabei, es *hier* zu erzählen. Andererseits sind wir im Moment wohl eine zu große Gesellschaft, als dass sich Gespenster mit uns einlassen würden.«

Obwohl er dies in scherzhaftem Ton sagte, steckte eine ernste Absicht dahinter, glaube ich. Unsere Dienstmagd war in einer Ecke des Zimmers damit beschäftigt, unser angeschlagenes Tee- und Essservice in einen Korb zu packen. Bald aber stellte sie ihre Arbeit ein und lauschte mit offenem Mund und aufgerissenen Augen gebannt Toms Erlebnissen, die er etwa mit diesen Worten schilderte: »Ich sah es dreimal,

Dick. Dreimal zu verschiedenen Zeiten – und ich bin absolut sicher, dass es mir irgendetwas Teuflisches antun wollte. Ich war in *höchster* Gefahr, möchte ich sagen, denn selbst wenn sonst nichts passiert wäre, hätte ich ganz gewiss den Verstand verloren.

In der ersten Nacht jener grässlichen Heimsuchungen lag ich in dem wuchtigen alten Bett und wartete auf den Schlaf. Wie ungern denke ich daran zurück. Ich hatte also die Kerze gelöscht und lag ruhig da, als würde ich schlafen, tatsächlich aber war ich hellwach. Mir gingen die verschiedensten Gedanken durch den Kopf, doch waren sie angenehm und heiter.

Ich denke, es hatte schon zwei Uhr geschlagen, als ich in dieser abscheulichen finsteren Nische am hinteren Ende des Schlafzimmers ein Geräusch zu hören vermeinte. Es klang, als würde jemand langsam einen Strick über den Boden schleifen, aufheben und in Windungen wieder auf die Dielen gleiten lassen. Ich setzte mich in meinem Bett auf, doch da ich nichts entdecken konnte, kam ich zu dem Schluss, dass wohl Mäuse hinter der Täfelung hausten. Ich empfand im besten Fall Neugier und nach einigen Minuten verlor ich das Interesse.

Und so lag ich denn da, ohne anfangs übernatürliche Phänomene zu argwöhnen, als ich plötzlich einen beleibten alten Mann von vierschrötiger Statur erblickte, der einen rotgrauen Morgenmantel und auf dem Kopf eine schwarze Samtkappe trug. Er kam aus der Nische und ging quer durch das Zimmer am Fußende meines Bettes vorbei in die Rumpelkammer zu meiner Linken. Er trug irgendetwas unter dem Arm. Sein Kopf war ein wenig zur Seite gekippt und, barmherziger Gott, dann sah ich sein Gesicht.«

Tom schwieg eine Weile. Endlich fuhr er fort: »Dieses schreckliche Gesicht, das ich noch auf dem Totenbett vor mir sehen werde, verriet seinen Charakter vollkommen.

Ohne nach links oder rechts zu schauen, war er an mir vorbeigegangen und hatte die Kammer am Kopfende des Bettes betreten.

Als diese Furcht erregende, unbeschreibliche Gestalt an mir vorbeikam, hatte ich nicht mehr die Kraft zu sprechen oder mich zu bewegen und schien selbst schon ein Leichnam zu sein. Noch Stunden nach ihrem Verschwinden war ich vor Angst und Schwäche gelähmt. Erst als der Tag anbrach, raffte ich meinen Mut zusammen und durchsuchte das Zimmer, nämlichst dort, wo ich glaubte den grässlichen Eindringling gesehen zu haben, doch irgendwie deutete keine Spur darauf hin, dass jemand dort gewesen war, und auch in dem Gerümpel auf dem Boden der Kammer fand sich kein Hinweis, dass sich dort jemand zu schaffen gemacht hatte.

Jetzt ging es mir langsam wieder besser. Ich war müde und erschöpft und zuletzt überfiel mich ein fiebriger Schlaf. So kam ich zu spät nach unten, und als ich dich dort in gedrückter Stimmung fand, da du von dem Porträt geträumt hattest, dessen Modell – dessen bin ich mir jetzt gewiss – sich mir gezeigt hatte, mochte ich nicht über die teuflische Erscheinung sprechen. Vielmehr versuchte ich mir einzureden, das Ganze sei eine Sinnestäuschung gewesen, und ich wollte weder die Erinnerungen an die vergangene Nacht aufleben lassen noch meine ungebrochene Skepsis durch eine Schilderung der quälenden Ereignisse aufs Spiel setzen.

Glaub mir, es kostete mich einige Selbstbeherrschung, zur Nacht in mein Spukzimmer zurückzukehren und mich ruhig in dieses Bett zu legen«, fuhr Tom fort. »Ich empfand solche Furcht – ich schäme mich nicht, dies zu sagen –, dass mich schon die geringste Kleinigkeit dazu gebracht hätte, völlig den Kopf zu verlieren. Indes ging die Nacht vollkommen ruhig vorüber, ebenso die folgende und noch zwei oder drei weitere Nächte. Meine Zuversicht wuchs und ich begann mir einzureden, dass ich tatsächlich die Theorien über Geistererscheinungen glaubte, von denen ich mich zunächst vergebens zu überzeugen versucht hatte.

In der Tat hatte sich die Erscheinung vollkommen ungewöhnlich verhalten. Sie war durch das Zimmer gegangen, ohne von meiner Gegenwart Notiz zu nehmen. Ich hatte *sie* nicht belästigt und sie hatte nichts von *mir* gewollt. Doch weshalb hatte sie den Raum dann überhaupt in sichtbarer Gestalt durchquert? Warum war sie nicht einfach *in* der Kammer erschienen, anstatt dort *hinzugehen*, so wie sie in der Nische gewesen war, ohne das Zimmer in sichtbarer Gestalt zu betreten? Und wie zum Teufel hatte ich sie überhaupt sehen können? Es war stockfinstre Nacht, ich hatte die Kerze gelöscht und es brannte kein Feuer. Gleichwohl hatte ich ihre Umrisse und die Farbe ihres Gewandes deutlich gesehen. Ein Traum im Fieberwahn hätte alles erklärt. Und ich war entschlossen, es als Traum zu betrachten.

Eines der bemerkenswertesten Phänomene an der Verlogenheit sind die zahllosen Lügen, die wir uns bewusst erzählen, obwohl wir uns doch selbst am wenigsten vormachen können. Ich brauche dir wohl kaum zu sagen, Dick, dass ich mich einfach selbst belog und kein Wort von dem jämmerlichen Schwindel glaubte. Gleichwohl hielt ich mit der Beharrlichkeit eines Quacksalbers oder Betrügers, der so lange auf die Menschen einredet, bis sie einfach alles glauben, was er sagt, daran fest. Und so hoffte ich, dass meine ach so beruhigende Skepsis über den Geist obsiegen würde.

Er war mir kein weiteres Mal erschienen – dies war gewiss ein Trost. Und was kümmerten mich im Grunde seine seltsamen altmodischen Klamotten und sein sonderbares Aussehen? Nicht die Bohne! Sein Anblick hatte mir nicht geschadet und obendrein war die Geschichte gut. So stolperte ich ins Bett, löschte meine Kerze und fiel ermutigt durch den lauten Streit irgendwelcher Zechbrüder auf der Hintergasse in einen tiefen Schlaf.

Plötzlich fuhr ich aus meinem festen Schlummer auf. Ich wusste, dass ich einen schrecklichen Traum gehabt hatte, wiewohl ich mich nicht an ihn erinnern konnte. Mein Herz schlug mir bis zum Hals. Ich war verstört und fühlte mich fiebrig. Ich setzte mich im Bett auf und sah im Zimmer umher. Durch das vorhanglose Fenster flutete Mondlicht. Alles war wie immer, und obwohl zu meinem Leidwesen der häusliche Streit in der Hintergasse beigelegt worden war, hörte ich doch einen vergnügten Burschen, der auf dem Nachhauseweg ein lustiges Liedchen sang. Ich machte mir diese Ablenkung zu Nutze, legte mich, das Gesicht zum Kamin gewandt, abermals nieder, schloss die Augen und versuchte an nichts anderes zu denken als an das Lied, das langsam in der Ferne verklang.

Bald hatte sich der Sänger zu weit entfernt, um mein Ohr weiterhin zu erfreuen, und als sein Gesang verstummte, sank ich in einen Schlummer, der indes weder tief noch erfrischend war. Und dann lag ich plötzlich wieder hellwach in meinen Kissen und starrte in die Dunkelheit hinein.

Nun ... ob du es glaubst oder nicht, Dick, keine zwei Ellen von meinem Bett entfernt stand mir die gleiche verfluchte Gestalt gegenüber und starrte mich mit seiner steinernen, teuflischen Miene an.«

Hier hielt Tom inne und wischte sich den Schweiß vom Gesicht. Ich fühlte mich überaus unbehaglich. Die Dienstmagd war ebenso bleich wie Tom geworden und ich darf wohl behaupten, dass wir in unserer kleinen Runde alle gleichermaßen dankbar für das helle Tageslicht und das geschäftige Treiben auf der Straße waren.

»Nur etwa drei Sekunden sah ich die Erscheinung deutlich, dann begann sie zu verschwimmen, doch lange Zeit blieb eine Art Dunstsäule an der Stelle, an der sie zwischen mir und der Wand gestanden hatte. Und ich hegte keinen Zweifel, dass der Alte immer noch dort war. Nach einer ganzen Weile verschwand endlich auch diese Erscheinung. Ich ergriff meine Kleider und ging hinunter in die Eingangshalle, wo ich mich bei halb geöffneter Tür ankleidete. Dann trat ich hinaus auf die Straße und lief bis zum Morgen in der Stadt herum. Als ich in diesem elenden Zustand entnervt und erschöpft zurückkehrte, schämte ich Narr mich, dir zu erzählen, weshalb ich dermaßen durcheinander war. Ich dachte, du würdest mich auslachen, wo ich doch obendrein immer so klug dahergeredet und *deine* Gespenster lächerlich gemacht hatte. Ich glaubte, du würdest mir keine Gnade gewähren, und so behielt ich meine schreckliche Geschichte für mich.

Nun, du wirst es kaum glauben, Dick, doch ich versichere dir, dass ich nach diesem letzten Erlebnis viele Nächte lang mein Zimmer nicht mehr betrat. Nachdem du dich zu Bett begeben hattest, blieb ich meist noch eine Weile im Wohnzimmer sitzen, dann stahl ich mich leise die Treppe hinunter und zur Haustür hinaus. Ich pflegte im ›Robin Hood‹ zu sitzen, bis der letzte Gast gegangen war, dann schritt ich bis zum Morgen wie ein Wächter durch die Straßen und schlug mir so die Nacht um die Ohren.

Mehr als eine ganze Woche schlief ich nicht im Bett. Manchmal machte ich auf der Bank im ›Robin Hood‹ ein Nickerchen, manchmal hielt ich untertags im Sessel ein Schläfchen. Indes, an regelmäßigen Schlaf war nicht zu denken.

Ich war fest entschlossen, ein anderes Quartier zu nehmen, gleichwohl brachte ich es nicht über mich, dir den Grund zu nennen. Tag für Tag schob ich es auf, wiewohl mein Leben mit jeder Stunde des Aufschubs so elend wurde wie das eines Schurken, dem die Polizei auf der Spur ist. Dieses jämmerliche Dasein machte mich völlig krank.

Eines Nachmittags fasste ich den Entschluss, mir ein Stündchen Schlaf auf deinem Bett zu gönnen. Das meine war mir dermaßen verhasst, dass ich dieses unselige Zimmer niemals betrat. Nur einmal am Tag schlich ich mich heimlich hinein und brachte das Bett durcheinander, da ich fürchtete Martha könnte das Geheimnis meiner Abwesenheit entdecken.

Doch wie es das Unglück wollte, hattest du dein Zimmer abgesperrt und den Schlüssel mitgenommen. So ging ich in meine Kammer, um wie üblich das Bettzeug in Unordnung zu bringen. Nun kamen verschiedene Umstände zusammen, die dazu führten, dass ich alsbald die schrecklichste Nacht meines Lebens verbringen sollte. Zum einen wurde ich buchstäblich von Erschöpfung und der Sehnsucht nach Schlaf übermannt. Zum anderen wirkte jene unbeschreibliche Erschöpfung wie ein Betäubungsmittel auf meine Nerven und ich empfand die zermürbenden Ängste, die mir zur Gewohnheit geworden waren, vielleicht nicht mehr so stark. Hinzu kam, dass das Fenster ein wenig offen stand und eine wohltuende Frische den Raum erfüllte. Obendrein ließ die heitere Sonne des Tages den Raum recht freundlich erscheinen. Was also hinderte mich daran, mich *hier* ein Stündchen aufs Ohr zu legen? Das ganze Zimmer hallte von dem fröhlichen Gemurmel der lebendigen Straßen wider und jede Ecke war von dem hellen, nüchternen Tageslicht durchflutet.

Ich gab der beinahe übermächtigen Versuchung nach und erstickte meine Bedenken. Rasch warf ich meinen Rock ab, lockerte das Halstuch und legte mich nieder. Ein *halbes* Stündchen wollte ich in dem ungewohnten Luxus eines Federbettes und eines Kopfpolsters schwelgen.

Ich Dummkopf glaubte tatsächlich, mich in dieser Situation mit einem halbstündigen Schlummer begnügen zu können, wiewohl Körper und Geist nach Ruhe lechzten und mit einer vollen Woche Schlaf im Rückstand waren. Mein Schlaf war totenähnlich, lang und traumlos.

Erst lange nach Mitternacht schlug ich die Augen wieder

auf, wie du dich aus gutem Grunde erinnern wirst. Ich glaube, es war etwa zwei Uhr. Ich empfand vollkommenen Frieden. Und wenn der Schlaf lang und tief ist und der Körper sich vollkommen erholt hat, ist man oft hellwach.

Doch plötzlich sah ich in dem schweren, alten Sessel am Kamin eine Gestalt. Sie hatte mir den Rücken zugewandt, wiewohl kein Irrtum bestehen konnte. Dann drehte sie sich langsam um und – barmherziger Himmel! Da war wieder das steinerne Gesicht mit seinen teuflischen Zügen voll Bosheit und Verzweiflung und glotzte mich an. Diesmal konnte kein Zweifel mehr bestehen, dass sich das Wesen meiner Gegenwart bewusst und von teuflischer Boshaftigkeit beseelt war, denn es erhob sich und kam auf mein Bett zu. Um seinen Hals lag ein Strick, dessen aufgerolltes Ende es unbeweglich in der Hand hielt.

Doch mein Schutzengel stand mir in diesem Augenblick bei. Einige Sekunden lang war ich durch den starren Blick dieses entsetzlichen Phantoms wie gelähmt. Es trat dicht an mein Bett und schien im Begriff hineinzusteigen. Im nächsten Moment war ich auf der anderen Seite herausgesprungen und einen Augenblick später, ich weiß nicht wie, auf den Korridor geflohen.

Gleichwohl war der böse Zauber noch nicht gebrochen, das Tal des Todes noch nicht durchquert. Das verhasste Phantom war schon vor mir im Flur und stand nun leicht gebeugt am Treppengeländer. Das eine Ende des Stricks lag um seinen Hals, das andere zu einer Schlinge geformt in seiner Hand, als beabsichtige es, mir diese überzuwerfen. Während es in diese unheilvolle Beschäftigung vertieft war, lächelte es dermaßen wollüstig und unsagbar grässlich, dass ich beinahe den Verstand verlor. Und dann erinnere ich mich an nichts mehr, bis ich mich in deinem Zimmer wieder fand.

Ich bin auf wundersame Weise entkommen, Dick – *das* lässt sich nicht bestreiten –, und ich werde mein ganzes Leben den Himmel für seine Barmherzigkeit preisen. Niemand vermag sich vorzustellen, was ein Mensch in der Gegenwart eines solchen Dings empfindet, wenn er diese Schrecknisse nicht selbst erlebt hat. Dick, ich werde niemals – niemals wieder der Alte sein!«

Unser Dienstmädchen – wie ich schon sagte, eine erwachsene Frau von zweiundfünfzig – hatte im Verlauf von Toms Erzählung in ihrer Arbeit innegehalten und war mit offenem Mund und zusammengezogenen Augenbrauen langsam zu uns herübergekommen, während sie sich immer wieder verstohlen umgeschaut und in gedämpftem Ton verschiedentlich eifrige Bemerkungen eingeworfen hatte, die ich indes um der Kürze und Einfachheit willen bei meiner Erzählung übergehen will.

»Ich hab schon oft davon gehört«, sagte sie nun, »allein, ich wollt es bis jetzt nicht glauben – doch warum eigentlich nicht? Lieber Himmel, könnte nicht meine eigene Mutter dort unten in der Gasse zahllose seltsame Geschichten erzählen? Aber Ihr hättet nicht in dem hinteren Zimmer schlafen dürfen. Sie sah es überhaupt nicht gern, dass ich dort ein und aus ging, selbst untertags, und schon gar nicht, dass ein Christ dort die Nacht verbrachte. Denn sie sagt, es sei ganz gewiss sein Schlafzimmer gewesen.«

»Wessen Schlafzimmer?«, fragten wir wie aus einem Mund.

»Nun, eben *seines* ... das vom alten Richter ... Richter Horrocks Zimmer ganz sicher, Gott hab ihn selig.« Und wieder sah sie sich ängstlich um.

»Amen!«, murmelte ich. »Aber ist er denn dort gestorben?«

»Dort gestorben? Nein, nicht direkt«, sagte sie. »Hat er sich denn nicht am Treppengeländer erhängt, der alte Sünder? Gott sei uns gnädig. Und haben sie nicht in dem Alkoven die abgeschnittenen Griffe des Springseils gefunden und das Messer, mit dem er den Strick zurechtschnitt, an dem er sich, Gott steh uns bei, dann erhängte? Das Seil gehörte der Tochter seiner Haushälterin. Meine Mutter hat mir das oft erzählt. Danach gings mit dem Kind bergab. Nachts schreckte es aus dem Schlaf und schrie von Träumen und Schreckensbildern heimgesucht und es hieß, der Geist des alten Richters würde es quälen. Immer wieder weinte es und jammerte, der große alte Geselle mit dem krummen Hals solle verschwinden, und dann schrie es gellend: ›Oh, der Herr! Der Herr! Da kommt er und winkt mir. Mutter, liebe Mutter, lass mich nicht gehen!‹ Und zuletzt starb das arme Ding und die Ärzte meinten, es habe Wasser im Gehirn gehabt, aber mehr konnten sie nicht sagen.«

»Wie lange ist das alles her?«, fragte ich.

»Ach, wie soll ich das wissen«, erwiderte sie. »Es muss sehr lange her sein, denn als meine Mutter heiratete, da war die Haushälterin schon eine zahnlose alte Frau von über achtzig mit einer Pfeife im Mund. Es heißt, als der alte Richter sein Ende fand, sei sie ein dralles Weib gewesen und immer fein angezogen. Und meine Mutter ist selbst schon fast achtzig Jahre alt. Die Sache ist umso schlimmer, als der abscheuliche alte Bösewicht, der die arme Kleine zu Tode quälte, ihr eigener Vater war. Zumindest hat das jeder geglaubt, sagt meine Mutter. Es heißt, er war ein durch und durch böser Mensch, und in ganz Irland soll es nie einen übleren Henker-Richter gegeben haben.«

»Ihr sagtet, dass es gefährlich sei, in jenem Zimmer zu schlafen«, bemerkte ich. »Vermutlich kursieren also auch Geschichten, dass der Geist dort noch anderen erschien.«

»Tja, da wurde tatsächlich manches erzählt – seltsame Dinge, gewiss«, erwiderte sie, wie es schien, mit einigem Widerstreben. »Und ist das verwunderlich? Hat er denn nicht über zwanzig Jahre in diesem Zimmer geschlafen? Und hat er nicht in dem Alkoven den Strick für sich geknüpft, so wie er es sein Lebtag für manch besseren Menschen tat? Und wurde sein Leichnam nach dem Tod nicht in ebenjenes Bett gelegt? Hat man ihn nicht in dem Zimmer eingesargt und von dort aus zum Grab auf dem Kirchhof von Sankt Peter getragen, nachdem der Leichenbeschauer seine Arbeit getan hatte? Da kursierten wahrhaftig seltsame Geschichten – meine Mutter kennt sie allesamt –, etwa von einem Nicholas Spaight, dem dort schlimme Dinge geschahen.«

»Was war mit diesem Nicholas Spaight?«, fragte ich.

»Ach, die Geschichte ist rasch erzählt«, erwiderte sie.

Und was sie da zu berichten wusste, war wahrlich so seltsam, dass es in mir große Neugier weckte und ich bei nächster Gelegenheit die alte Dame, also ihre Mutter, aufsuchte, von der ich viele sonderbare Einzelheiten erfuhr. Tatsächlich bin ich versucht auch diese Geschichte zum Besten zu geben, doch da meine Finger müde sind, muss ich dieses Ansinnen verschieben. Gleichwohl, wenn ihr sie ein andermal hören möchtet, will ich mein Möglichstes tun.

Während wir der seltsamen Geschichte lauschten, die ich euch *nicht* erzählt habe, stellten wir einige Fragen zu den Geistererscheinungen, von denen das Haus seit dem Tod des bösen alten Richters heimgesucht worden war.

»Alle, die in ihm wohnten, wurden vom Unglück verfolgt«, fuhr unser Mädchen fort. »Stets kam es zu sonderbaren Missgeschicken oder plötzlichen Todesfällen und die Leute blieben nicht lange. Zuerst zog dort eine Familie ein – ich habe ihren Namen vergessen – naja, jedenfalls waren es zwei junge Damen mit ihrem Papa, der etwa sechzig war und so gesund und lebendig, wie man es sich in seinem Alter nur wünschen kann. Nun, er schlief in jenem unseligen Hinterzimmer und, Gott steh uns bei, eines Morgens fand man ihn tot. Sein Oberkörper hing aus dem Bett und sein Kopf war ganz schwarz und aufgequollen wie ein Pudding. Es hieß, es sei ein Anfall gewesen. Allein, er war mausetot und so konnte *er* nichts mehr sagen, doch die alten Leute ließen sich nicht davon abbringen, dass nur der alte Richter dahinter stecken konnte und ihn buchstäblich zu Tode erschreckt hatte.

Einige Zeit später nahm eine alte Jungfer das Haus. Ich weiß nicht, in welchem Zimmer sie schlief, ich weiß nur, sie lebte allein. Und als eines Morgens die Bediensteten zur Arbeit hinunterkamen, da saß sie im Flur auf der Treppe und zitterte am ganzen Leibe und führte Selbstgespräche, kurzum, sie hatte den Verstand verloren. Weder die Dienstboten noch ihre Freunde brachten je wieder etwas anderes aus ihr heraus als: ›Ich kann nicht fort, denn ich versprach auf ihn zu warten.‹ Sie fanden nie heraus, wen sie mit *ihn* meinte, doch diejenigen, die das alte Haus kannten, wussten natürlich, was mit ihr geschehen war.

Danach wurden möblierte Zimmer vermietet und da zog Micky Burne mit seiner Frau und seinen drei kleinen Kindern in ebenjenes Gemach ein. Und ich hab selber gehört, wie Mrs. Burne erzählte, dass die Kinder, sie wusste nicht, wie's geschah, nachts aus ihren Betten gehoben wurden und dass sie immer wieder aus dem Schlaf schreckten und schrien, genau wie das tote kleine Mädchen der Haushälterin. Zuletzt hatte der arme Micky eines Nachts ein wenig zu viel getrunken, was er gelegentlich tat, und glaubte mitten in der Nacht ein Geräusch auf der Treppe zu hören. Und weil er betrunken war, konnte er's nicht lassen und ist hinausgegangen, um nachzuschauen. Dann hörte die Arme nur noch, wie er sagte: ›Oh, mein Gott!‹, und das ganze Haus von einem Aufprall erschüttert wurde. Und da lag er mit gebrochenem Hals auf der Treppe unter der Stelle, wo er über das Geländer geworfen worden war.«

Dann fügte das Hausmädchen hinzu: »Ich werde jetzt gehen und Joe Gavvey unten in der Straße schicken, damit er das restliche Teegeschirr packt und die ganzen Sachen in Ihr neues Quartier schafft.«

Und so brachen wir gemeinsam auf und ich bin sicher, dass wir alle freier atmeten, als wir zum letzten Mal über diese verfluchte Schwelle traten.

Die offene Tür

Mrs. Oliphant (1828–1897)

Ich mietete Brentwood nach meiner Rückkehr aus Indien. Ich wollte dort mit meiner Familie wohnen, bis ich ein dauerhaftes Heim für uns gefunden hatte. Das Anwesen besaß viele Vorteile, die es besonders zweckdienlich erscheinen ließen. So lag es in unmittelbarer Nähe Edinburghs, wo Roland, mein Junge, zur Schule gehen konnte. Seine Bildung war stark vernachlässigt worden, und während ich einem Internat den Vorzug gegeben hätte, schien seiner Mutter ein Hauslehrer wünschenswert, doch unser Arzt war ein weiser Mann und schlug den goldenen Mittelweg vor. »Lassen Sie ihn jeden Morgen auf seinem Pony zur Höheren Schule reiten«, sagte Dr. Simson, »das wird ihm gut tun und bei schlechtem Wetter kann er den Zug nehmen.« Seine Mutter war mit dieser Lösung rascher einverstanden, als ich zu hoffen gewagt hatte, und unser blasser Junge, dem das Klima Indiens so arg zugesetzt hatte, lernte nun die frischen Winde des Nordens in der milden Strenge des Monates Mai kennen. Noch ehe im Juli die Ferien begannen, sahen wir zu unserer Zufriedenheit, dass er die gleiche gesunde Gesichtsfarbe wie seine Schulkameraden bekam.

Auch für die beiden Mädchen ließ Brentwood keinerlei Wünsche offen. Durch die Nähe zu Edinburgh konnten sie so viele Lehrer und Unterrichtsstunden nehmen, wie es ihnen beliebte, um eine endlose Ausbildung zu absolvieren, ohne die junge Leute heutzutage offenbar nicht mehr auskommen.

Brentwood steht in jener schönen, gottgesegneten Senke zwischen den Pentland Hills und dem Firth, die zu den fruchtbarsten Gegenden Schottlands gehört. An klaren Tagen sah man zur einen Seite die weite Meeresbucht blau schimmern, die wie ein gespannter Bogen die üppigen Felder und verstreuten Häuser umfängt, und zur anderen blaue Gipfel, nicht so gewaltig wie jene, die wir aus Indien kannten, doch hoch genug, um das Spiel der Wolken und die zauberhaften Luftspiegelungen entstehen zu lassen, die einer Hügellandschaft ihren unvergleichlichen Reiz und Charme verleihen. Zu unserer Rechten lag Edinburgh mit seinen zwei niedrigeren Anhöhen – der Burg und dem Carlton Hill –, seinen kleinen und großen Türmen, die aus dem Dunst aufragen, und dem Arthurssitz, der sich hinter sie kauert wie ein nunmehr entbehrlicher Wächter, der dennoch bei dem geliebten Schützling verweilt. Von dem Rasen und den Wohnzimmerfenstern unseres Hauses konnten wir diese Landschaft in all ihrer Mannigfaltigkeit sehen. Manchmal wirkte sie ein wenig kalt, doch dann wieder bot sie in ihrer Lebendigkeit und ihrem Abwechslungsreichtum ein dramatisches Schauspiel. Ich wurde ihr niemals müde. Ihre Farben und ihre Frische erquickten meine Augen, die von den trockenen Ebenen und dem grellen Himmel Indiens müde geworden waren.

In dem Park, der das Haus umgab, standen die Ruinen des einstigen Herrenhauses von Brentwood, das beträchtlich kleiner gewesen war als jenes georgianische Gebäude, welches wir nun bewohnten. Gleichwohl wirkten sie pittoresk und verliehen dem Ort Bedeutsamkeit. Selbst wir empfanden einen gewissen Stolz, wiewohl wir dort doch nur vorübergehend zur Miete wohnten. Von dem alten Gebäude waren die Überreste eines Turmes erhalten, über die Efeu wucherte. Zu meiner Schande muss ich jedoch gestehen, dass ich all dies niemals näher in Augenschein nahm. Ein kleines Stück von diesem ältesten Teil entfernt standen die reizlosen Überbleibsel eines Hauses, denen indes in ihrer absoluten Reizlosigkeit und Zerstörung etwas Ergreifendes innewohnte. Da waren noch eine niedrige Giebelwand und ein vollkommen mit Flechten überkrusteter Mauertorso, in dem sich eine gewöhnliche Türöffnung befand. Vermutlich war dies einmal ein Dienstboteneingang, eine Hintertür oder ein Zugang zu den Wirtschaftsräumen gewesen, allein, es gab keine Wirtschaftsräume mehr, die man betreten konnte – Speisekammer und Küche waren verschwunden. Gleichwohl gähnte dort die Tür und lud Wind und Kaninchen und alle anderen wilden Lebewesen ein. Sie war mir schon aufgefallen, als ich das erste Mal nach Brentwood kam, und sie mutete mir wie ein schwermütiger Zeuge vergangenen Lebens an. Eine Tür, die ins Nichts führte – einstmals vielleicht mit banger Sorgfalt zugesperrt, verriegelt und bewacht – und nun keinerlei Bedeutung mehr hatte. Ich erinnere mich, dass sie sofort großen Eindruck auf mich machte, und daher könnte man vielleicht behaupten, dass ich ihr im Geiste eine Wichtigkeit zumaß, die durch nichts gerechtfertigt war.

Der Sommer war für uns eine ungemein glückliche Zeit, in der wir Ruhe und Erholung fanden. In unseren Adern wallte noch immer die Hitze der indischen Sonne und uns schien, als könnten wir niemals genug von der frischen grünen Landschaft des Nordens bekommen. Selbst die Nebel empfanden wir als angenehm, denn sie zogen die Glut aus unseren Körpern und erfüllten uns mit belebender Frische. Im Herbst fuhren wir fort, wie es damals Mode war, wiewohl wir diese Luftveränderung in keiner Weise benötigten. Und wir hatten uns bereits auf den Winter eingerichtet, als jene seltsamen Ereignisse eintraten, die allein es rechtfertigen, dass ich meine Privatsphäre hier der Öffentlichkeit preisgebe.

Als diese Ereignisse begannen, weilte ich gerade in London. Ich hatte wohl ein halbes Dutzend alter Freunde besucht, und als ich in meinen Club zurückkehrte, warteten dort mehrere Briefe auf mich. Auf einigen bemerkte ich den Zusatz »eilt«, von dem altmodische, ängstliche Menschen glauben, dass er die Post dazu bewegen wird, ihre Briefe rascher zu befördern. Ich wollte eben einen öffnen, als der Dienstmann des Clubs mir zwei Telegramme brachte, von denen eines, wie er sagte, bereits am vergangenen Abend eingetroffen war. Ich öffnete das Letztere zuerst und las: »Weshalb kommst du nicht und gibst keine Antwort? Um Himmels willen, komm heim. Sein Zustand hat sich weiter verschlechtert.« Ich war zu Tode erschrocken, ich, der ich nur einen einzigen Sohn hatte, den ich über alles liebte! Als ich das zweite Telegramm aufriss, zitterten meine Finger so sehr, dass ich in meiner Eile Zeit verlor. Es enthielt beinahe den gleichen Wortlaut: »Keine Besserung. Der Arzt befürchtet Gehirnentzündung. Fragt Tag und Nacht nach dir. Säume nicht und komm zurück.« Unverzüglich studierte ich die Fahrpläne, wiewohl ich wusste, dass es vor dem Nachtzug keine Verbindung gab. Dann las ich die Briefe, aus denen ich leider nur allzu genau die Einzelheiten erfuhr. Wie sie mir berichteten, hatte der Junge seit einiger Zeit blass und verängstigt gewirkt. Seine Mutter hatte dies schon vor meiner Abreise bemerkt, doch geschwiegen, um mich nicht zu beunruhigen. Dann war sein Blick mit jedem Tag furchtsamer geworden. Und schließlich war Roland im wilden Galopp heimgekommen, »bleich wie ein Laken« und schweißüberströmt. Lange Zeit hatte er sich jeglicher Befragung widersetzt, doch endlich war sein Benehmen so seltsam geworden – er besuchte die Schule nur noch widerwillig und wollte abends mit der Kutsche abgeholt werden, weigerte sich, im Park spazieren zu gehen, schreckte bei jedem Geräusch zusammen –, dass seine Mutter auf einer Erklärung bestanden hatte. Als Roland – unser Roland, für den Furcht stets ein Fremdwort gewesen war – ihr von Stimmen zu erzählen begann und von Geistern, die ihm in der Ruine erschienen waren, hatte meine Frau ihn unverzüglich zu Bett gebracht und nach Dr. Simson geschickt.

Natürlich brach ich an jenem Abend eilends und mit bangem Herzen auf. Wie ich die Stunden bis zur Abfahrt des Zuges hinter mich brachte, vermag ich nicht zu sagen. Ich erreichte Edinburgh noch in der Dunkelheit des Wintermorgens und deutete es als ein schlechtes Omen, dass meine Frau mir das Coupé gesandt hatte. Und ich wagte dem Kutscher kaum ins Gesicht zu schauen, als ich atemlos fragte: »Was gibt es Neues?« Seine Antwort war von jener Einsilbigkeit, die der Phantasie freien Lauf lässt. »Unverändert.« Unverändert! Was mochte das bedeuten? Die Pferde schienen die lange, dunkle Landstraße entlangzuschleichen, und als wir durch den Park fuhren, glaubte ich unter den Bäumen ein Stöhnen zu vernehmen. Zornig ballte ich die Faust gegen den Unbekannten. Weshalb hatte die törichte Frau am Tor jemandem Zutritt gewährt, der die Ruhe des Anwesens störte? Wäre ich nicht in solcher Eile gewesen, ich glaube, ich hätte die Kutsche anhalten lassen, um jenen Strolch zu stellen, der da ausgerechnet in mein Anwesen eingedrungen war und jammerte und stöhnte, während mein Junge krank darnieder lag. Doch ich konnte mich nicht mehr beklagen, dass wir zu langsam fuhren. Die Pferde rasten wie der Blitz den Weg entlang und blieben endlich schweißbedeckt und schnaubend vor der Eingangstür stehen, wo meine Frau mich bereits erwartete. Sie empfing mich mit bleichem Gesicht, in der Hand eine Kerze, deren Flamme im Wind flackerte und sie noch blasser erscheinen ließ. »Er schläft«, sagte sie flüsternd, als könnten ihre Worte ihn wecken. Und als ich meine Stimme wieder fand, antwortete auch ich im Flüsterton, obwohl das Scheppern des Pferdegeschirrs und das Scharren der Hufe ihn wohl viel eher aus dem Schlaf gerissen hätten. Einen Moment verharrte ich auf der Treppe und fürchtete mich beinahe, das Haus zu betreten. Und im Augenwinkel glaubte ich wahrzunehmen, dass die Pferde sich nicht umwenden wollten, wiewohl ihre Stallungen in der anderen Richtung lagen, und die Männer zauderten. Doch all diese Dinge kamen mir erst später zu Bewusstsein, denn in diesem Moment lag mir nur das Befinden des Jungen am Herzen.

Ich blieb an der Zimmertür stehen, um ihn anzuschauen, aus Furcht, seinen gesegneten Schlaf zu stören. Er schien tatsächlich zu schlafen und sich nicht in jenem apathischen Zustand zu befinden, in den er manchmal verfiel, wie meine Frau mir berichtete. Dann erzählte sie mir alles im Nebenzimmer. Zuweilen erhob sie sich und ging zu der Verbindungstür. Vieles war äußerst erschreckend und verwirrend. Seitdem es mit Nahen des Winters zeitig dunkel geworden und die Nacht vor seiner Rückkehr aus der Schule hereingebrochen war, schien Roland in den Ruinen Stimmen gehört zu haben – zuerst nur ein Stöhnen, wie er sagte, das sein Pony ebenso sehr verängstigt hatte wie ihn, doch nach und nach auch eine Stimme.

Meiner Frau rannen die Tränen über die Wangen, als sie mir schilderte, wie unser Junge Nacht für Nacht aufschreckte und rief: »Oh, Mutter, lass mich herein! Oh, Mutter, lass mich herein!«, während sie an seinem Bett saß und nichts sehnlicher wollte, als ihm jeden Wunsch zu erfüllen! Doch wiewohl sie ihn zu trösten versuchte und rief: »Du bist daheim, Liebling. Erkennst du mich nicht? Mama ist bei dir«, starrte er sie nur an und nach einer Weile fuhr er mit den gleichen Worten abermals aus dem Schlaf. Dann wieder war er, wie sie sagte, vollkommen vernünftig und erkundigte sich ungeduldig nach meinem Kommen. Indes behauptete er, dass wir gleich nach meiner Ankunft fortgehen müssten, »um sie hereinzulassen«.

»Der Arzt glaubt, dass er einen Nervenschock erlitten

hat«, sagte meine Frau. »Oh, Henry, vielleicht haben wir ihn zu sehr zur Arbeit angetrieben – einen zarten Jungen wie Roland –, doch was bedeutet die Schule schon im Vergleich zu seiner Gesundheit? Selbst du hieltest wenig von Auszeichnungen oder Preisen, wenn die Gesundheit des Jungen darunter litte.« Selbst ich! Als wäre ich ein unmenschlicher Vater gewesen, der sein Kind seinem Ehrgeiz opferte. Doch ich schwieg, da ich sie nicht noch mehr bekümmern wollte. Nachdem ich im Bilde war, überredeten sie mich, dass ich mich niederlegte, um auszuruhen und anschließend eine Mahlzeit einzunehmen – denn all dies war mir nach dem Erhalt der Briefe nicht mehr möglich gewesen. Natürlich war mir allein der Umstand, dass ich mich jetzt zu Hause befand, eine große Erleichterung. Ich wusste, dass man mich rufen würde, sobald der Junge aufwachte und mich sehen wollte. Selbst im Zwielicht des dunklen, kalten Morgens glaubte ich, einige Stunden Schlaf finden zu können.

Tatsächlich war ich durch Anspannung und Sorgen so erschöpft und Roland durch mein Kommen dermaßen getröstet, dass ich erst am Nachmittag geweckt wurde, als die Dämmerung bereits wieder hereingebrochen war. Ich ging zu ihm. Es war gerade noch hell genug, um sein Gesicht zu erkennen. Wie hatte er sich in diesen zwei Wochen verändert! Er wirkte blasser und erschöpfter als in jenen schrecklichen Tagen, ehe wir Indien verlassen hatten. Sein Haar schien mir lang und dünn und seine Augen glühten wie Lampen, die aus seinem bleichen Antlitz hervorstanden. Seine kalte Hand umklammerte ängstlich die meine, mit der anderen machte er eine ungeduldige Gebärde. »Geht hinaus«, sagte er. »Auch du, Mutter. Geht hinaus.« Natürlich nahm sie es sich zu Herzen, dass der Junge zu mir mehr Vertrauen hatte als zu ihr, doch meine Frau ist immer ein selbstloser Mensch gewesen und so ließ sie uns allein. »Sie sind fort«, sagte er lebhaft. »Sie wollten mich nicht reden lassen. Der

Doktor hat mich wie einen Idioten behandelt. Du weißt, dass ich kein Idiot bin, Papa.«

»Gewiss, das weiß ich, mein Sohn. Du bist sogar ein sehr vernünftiger, gescheiter Junge. Gleichwohl bist du krank und brauchst Ruhe. Wenn man krank ist, muss man sich schonen. Du kannst nicht so tun, als seist du gesund.«

Er machte mit seiner dünnen Hand eine wegwerfende Gebärde. »Aber ich bin nicht krank, Vater«, rief er. »Oh, ich glaubte, *du* würdest mir zuhören – du würdest mich verstehen! Was denkt ihr denn, was mir fehlt? Simson ist schon in Ordnung, doch er ist nur ein Arzt. Was denkst du, was mir fehlt? Ich bin nicht kränker als du. Wenn ein Arzt dich anschaut, meint er natürlich sofort, du seist krank – das liegt an seinem Beruf –, und steckt dich ins Bett.«

»Und im Moment gehörst du genau dorthin, mein Junge.«

»Ich hatte einen Entschluss gefasst«, rief der arme kleine Kerl. »Ich wollte aushalten, bis du nach Hause kommst. Ich sagte zu mir, dass ich Mama und die Mädchen nicht ängstigen darf. Doch jetzt musst du mir zuhören, Vater«, rief er und sprang fast aus dem Bett. »Ich bin nicht krank, o nein, doch es gibt ein Geheimnis, das ich dir erzählen muss.«

Mir sank das Herz, denn seine Augen leuchteten wild und in seinem Gesicht spiegelte sich heftige Erregung. Es konnte nichts anderes als Fieber sein, das da so unheilvoll wirkte. Ich nahm ihn in meine Arme und drückte ihn sanft in die Kissen. »Roland«, sagte ich und ließ den armen Jungen gewähren, denn ich wusste, dass mir nichts anderes übrig blieb. »Wenn du mir dein Geheimnis erzählen willst, musst du ruhig sein und darfst dich nicht ereifern. Sobald du dich aufregst, darf ich dich nicht mehr weiterreden lassen.«

»Ja, Vater«, sagte der Junge und auf der Stelle beruhigte er sich und wirkte vollkommen verständig. Nachdem ich ihn wieder auf sein Kissen gebettet hatte, blickte er mit jenem dankbaren, herzerweichenden Blick zu mir empor, der kranken Kindern zu Eigen ist. Er war so schwach, dass ihm Tränen in die Augen stiegen. »Ich wusste, du wirst es richten, sobald du wieder zu Hause bist«, sagte er.

»Gewiss, mein Junge. Und nun erzähle mir alles ganz ruhig so wie ein Mann.« Stellt euch vor, ich belog mein eigenes Kind, denn ich ließ dem kleinen Kerl nur seinen Willen, weil ich glaubte, dass er von Sinnen sei.

»Ja, Vater. Vater, da ist jemand im Park – jemand, dem Übles widerfahren ist.«

»Ruhig, mein Liebling. Denk daran, dass du dich nicht aufregen darfst. Also, wer ist dieser Jemand? Wir werden der Sache bald ein Ende setzen.«

»Ach«, rief Roland, »es ist nicht so einfach, wie du denkst. Ich weiß nicht, wer er ist. Es ist nur ein Flehen. Oh, wenn du es nur hören könntest! Es verfolgt mich bis in den Schlaf. Ich höre es klar und deutlich. Und sie glauben alle, dass ich träume – oder gar phantasiere«, sagte der Junge und schien dabei verächtlich zu lächeln.

Sein Blick verwirrte mich. Nichts in ihm schien mir auf Fieber hinzudeuten. »Und du bist absolut sicher, dass du nicht geträumt hast, Roland?«, fragte ich.

»Geträumt – das?« Schon wollte er abermals aufspringen, doch dann besann er sich plötzlich und lehnte sich mit ebenjenem Lächeln auf dem Gesicht wieder in den Kissen zurück. »Das Pony hat es auch gehört«, sagte er. »Es war so erschrocken, als hätte es ein Schuss getroffen. Wenn ich nicht die Zügel gepackt hätte – ich hatte Angst, Vater ...«

»Das ist keine Schande, mein Junge«, sagte ich, wiewohl ich kaum wusste, weshalb.

»Hat das Pony vielleicht auch geträumt?«, fragte er und dann fügte er langsam hinzu: »Beim ersten Mal war es nur ein Schrei und lange blieb es dabei. Ich wollte es dir nicht sagen, denn ich schämte mich meiner Angst. Ich dachte, es sei vielleicht nur ein Kaninchen, das in eine Falle geraten ist, und am

Morgen machte ich mich auf die Suche, doch ich fand nichts. Nachdem du abgereist warst, hörte ich die Stimme dann zum ersten Mal richtig.« Er stützte sich auf den Ellenbogen und schaute mir ins Gesicht. »Sie sagte: ›Oh, Mutter, lass mich herein! Oh, Mutter, lass mich herein!‹« Als er dies sagte, verschleierte sich sein Blick, sein Mund zitterte und seine sanften Gesichtszüge veränderten sich, dann brach er in dicke Tränen aus.

War es eine Sinnestäuschung gewesen? Litt er unter Wahnvorstellungen? Hatte die körperliche Schwäche seine Phantasie überhitzt? Wie sollte ich das herausfinden? Ich glaubte, es sei am klügsten, auf den Jungen einzugehen.

»Was du da erzählst, ist sehr ergreifend«, sagte ich.

»Ach, wenn du es nur gehört hättest, Vater! ›Wenn Papa es hört, dann wird er helfen‹, habe ich mir gesagt. Aber du weißt, Mama glaubt Simson alles, und da er nun mal Arzt ist, fällt ihm nichts Besseres ein, als mich ins Bett zu stecken.«

»Wir dürfen Simson nicht vorwerfen, dass er Arzt ist, Roland.«

»Nein, nein«, sagte mein Junge mit entzückender Nachsicht und Milde. »Oh, nein. Das ist gut – das ist schließlich sein Beruf, ich weiß. Aber bei dir – bei dir ist es etwas anderes. Du bist einfach Vater. Und du wirst etwas tun – sofort, Papa, gleich heute Nacht.«

»Gewiss«, erwiderte ich. »Zweifellos ist es ein kleines Kind, das sich verlaufen hat.«

Er warf mir einen raschen Blick zu und sah mich forschend an. Dann packte er meine Schultern und umklammerte sie mit seinen dünnen Händen. »Schau«, sagte er mit zitternder Stimme. »Nehmen wir an, es ist – gar nicht lebendig!«

»Wie konntest du es dann hören, mein Junge?«, erwiderte ich.

Er wandte sich von mir ab und stieß mürrisch hervor: »Das weißt du ganz genau!«

»Willst du mir sagen, es ist ein Gespenst?«, erwiderte ich.

Roland zog seine Hand zurück. In seinem Gesicht lagen große Würde und Ernst, doch seine Lippen bebten noch immer ein wenig. »Was es auch ist, es ist in Not. Oh, Vater, in schrecklicher Not!«

»Aber mein Junge«, sagte ich – ich war mit meiner Weisheit am Ende. »Wenn es ein Kind oder irgendein anderes menschliches Geschöpf wäre – Roland, was soll ich denn tun?«

»Ich an deiner Stelle würde es wissen«, sagte das Kind voller Leidenschaft. »Ich habe mir immer gesagt: ›Vater wird es wissen.‹ Oh, Papa, Papa, ich will nicht weinen, denn ich weiß, dass das kindisch ist, doch was kann ich sonst tun? Es ist da draußen ganz allein in der Ruine und niemand kommt ihm zu Hilfe. Ich ertrage es einfach nicht mehr!«, rief mein edelmütiger Sohn. Und nachdem er die Tränen so viele Male zurückgehalten hatte, brach er nun doch wie ein Kind in lautes Schluchzen aus.

Ich glaube, ich war in meinem ganzen Leben noch niemals so verwirrt gewesen. Allein, als ich später darüber nachdachte, fand ich an alldem auch eine komische Seite. Es ist schlimm genug, wenn das eigene Kind von der Überzeugung besessen ist, ein Gespenst gesehen – oder gehört – zu haben, doch der Junge verlangte von mir, dass ich mich unverzüglich auf den Weg machte, um diesem Gespenst zu helfen! Ich bin ein nüchterner Mensch und gewiss nicht abergläubisch – zumindest nicht abergläubischer als andere auch. Natürlich glaube ich nicht an Geister. Doch ich vermag nicht zu leugnen, dass es Dinge gibt, auf die ich mir keinen Reim machen kann.

Ich tat mein Bestes, um den Jungen zu trösten, ohne ihm ein solch erstaunliches Versprechen zu geben. Allein, er war zu gescheit. Er wollte sich nicht liebkosen lassen, und obwohl dicke Tränen wie Regentropfen an seinen Wimpern hingen und Schluchzer seine Worte immer wieder unverständlich machten, wiederholte er sein Ansinnen.

»Es ist jetzt dort – es wird die ganze Nacht dort sein. Ach, Papa, denk nur, ich wäre an seiner Stelle! Nein!«, rief er und schob meine Hand fort. »Nein! Geh hin und hilf ihm, Mama kann sich um mich kümmern.«

»Aber Roland, was soll ich denn tun?«

Mein Junge bekam große Augen und sah mich mit einem Lächeln an, dessen Geheimnis nur kranke Kinder kennen. »Ich war sicher, du würdest wissen, was zu tun ist. Ich habe immer gesagt: ›Vater wird es schon richten.‹« Dann breitete sich Frieden auf seinem Gesicht aus, sein Körper entspannte sich und er sank behaglich in die Kissen zurück.

Ich rief meine Frau und verließ die beiden als der verwirrteste Mann im ganzen Land. Gleichwohl blieb mir der Trost, dass ich große Erleichterung empfand. Roland mochte unter Sinnestäuschungen leiden, doch er war klar bei Verstand, und anders als alle anderen hielt ich ihn nicht für sonderlich krank.

Dann fiel mir plötzlich wieder ein, wie furchtsam die Männer sich in der Dunkelheit des Morgens auf dem Weg zurück zu den Stallungen umgeschaut hatten. Sie hatten gezaudert und nicht anders die Pferde. Trotz meiner Sorge um Roland war mir nicht entgangen, dass sie im wilden Galopp die Allee hinuntergerast waren, und ich hatte beschlossen, sie deshalb später ins Gebet zu nehmen. Daher hielt ich es für das Beste, zu den Stallungen hinüberzugehen und einige Fragen zu stellen. Manchmal lässt sich nicht ergründen, was in den Köpfen des Landvolkes vor sich geht. Vielleicht steckte ein übler Schabernack dahinter oder vielleicht hatten sie ein Interesse daran, die Allee in Verruf zu bringen. Als ich mich aufmachte, wurde es dunkel, und wer das Land kennt, dem muss ich nicht sagen, wie schwarz die Dunkelheit einer Novembernacht unter hohen Lorbeerbüschen und Eiben ist. Ich konnte keinen Schritt weit sehen und lief einige Male mitten in das Gebüsch hinein, bis ich den breiten Fahrweg erreichte. Dort lichteten sich die Bäume ein wenig und über mir schimmerte schwach ein grauer Himmel, unter dem die großen Linden und Ulmen wie dunkle Gespenster erschienen. Doch als ich die Biegung erreichte, an der die Ruinen standen, wurde es wieder finster. Wie ihr euch vorstellen könnt, spähte ich angestrengt in die Dunkelheit hinein und lauschte. Doch ich sah nichts als absolute Düsternis und soweit ich mich erinnere, vernahm ich nicht einen einzigen Laut. Gleichwohl hatte ich die starke Empfindung, dass ich nicht allein war. Ich glaube, dieses Gefühl haben die meisten Menschen schon einmal gehabt. Vermutlich hatte Rolands Geschichte meine Phantasie beflügelt und die geheimnisvolle Dunkelheit tat ihr Übriges. Mit stampfenden Schritten ging ich weiter, um mich wachzurütteln, und rief schrill: »Ist da wer?« Doch es antwortete niemand und ich hatte auch keine Antwort erwartet, doch das Gefühl blieb. In meiner Unvernunft mochte ich nicht einmal zurückschauen, gleichwohl lief ich zur Seite gewandt und warf furchtsame Blicke in die Finsternis hinter mir. Bald sah ich zu meiner unendlichen Erleichterung den Lichtschein der Stallungen vor mir auftauchen, der mir wie eine Oase in der Dunkelheit schien. Raschen Schrittes setzte ich meinen Weg fort und hatte kurz darauf den erleuchteten, freundlichen Hof erreicht. Ich hörte die Stallknechte mit ihren Eimern klappern und glaubte nie ein angenehmeres Geräusch vernommen zu haben. Schnurstracks begab ich mich zum Haus des Kutschers, der der kleinen Ansiedlung vorstand und sich seit Jahren in Abwesenheit der Familie um das Anwesen kümmerte. Er stammte aus der Gegend und ich hielt es für ausgeschlossen, dass er nicht sämtliche Geschichten kannte, die über das Haus erzählt wurden. Ich sah wohl, dass die Männer mir besorgte Blicke zuwarfen, da ich zu dieser Stunde erschien, und ihre

Augen mir bis Jarvis' Haus folgten, in dem er allein mit seiner alten Frau lebte, denn seine Kinder waren schon lange verheiratet und ausgezogen. Mrs. Jarvis empfing mich mit bangen Fragen. Wie ging es dem armen jungen Herrn? Doch den anderen war deutlich anzusehen, dass sie wussten, weshalb ich gekommen war.

»Geräusche? Oh, gewiss sind da Geräusche – der Wind in den Bäumen und das Rauschen des Wassers in der Schlucht. Aber Landstreicher, Herr Oberst, nein, dergleichen Gesindel gibt es in dieser Gegend kaum. Und Merran am Tor ist auf der Hut.« Während Jarvis sprach, trat er ein wenig verlegen von einem Fuß auf den anderen. Er blieb im Dunkel und vermied es, mich anzusehen. Offenkundig war er beunruhigt und hatte Gründe seine Zunge zu hüten. Seine Frau warf ihm dann und wann einen raschen Blick zu, blieb aber stumm. Die Küche war sehr behaglich und warm – so gänzlich anders als die kalte, geheimnisvolle Nacht vor der Tür.

»Ich glaube, Sie verschweigen mir etwas, Jarvis«, sagte ich.

»Verschweigen, Herr Oberst? Ich doch nicht. Warum sollte ich Ihnen etwas verschweigen? Und wenn der Teufel selbst in dem alten Haus umginge, was kümmerte es mich …«

»Halt den Mund, Sandy!«, rief seine Frau energisch.

»Wie kann ich den Mund halten, wenn der Oberst mir all diese Fragen stellt? Ich sage, und wenn der Teufel selbst …«

»Und ich sage dir, halt den Mund!«, rief die Frau in höchster Erregung. »Wie kannst du es wagen, diesen Namen in den Mund zu nehmen?« Sie warf den Strumpf, den sie stopfte, zu Boden und sprang auf. »Ich hab dir doch gesagt, dass es sich nicht geheim halten lässt. So eine Sache kann man nicht verbergen. Die ganze Stadt weiß davon. Erzähl es dem Herrn Oberst – sonst werde ich es tun. Du mit deinem Geheimnis – ein Geheimnis, das in der ganzen Stadt bekannt ist!« Sie schnalzte verächtlich mit den Fingern. Der Entschlossenheit dieser Frau hatte der große, kräftige Jarvis nichts entgegenzusetzen. Einige Male sagte er noch zu ihr: »Sei doch still!«, doch dann rief er plötzlich in verändertem Ton: »Dann erzähl es dem Herrn Oberst eben, verflixt noch mal! Ich wasche meine Hände in Unschuld. Und wenn sämtliche Gespenster Schottlands in dem Haus spukten, was kümmert es mich?«

Danach entlockte ich ihnen ohne viel Mühen die ganze Geschichte. Für die Jarvises und alle anderen Leute in der Gegend stand außer Frage, dass es in dem Haus spukte. Und dann begannen Sandy und seine Frau mit wachsender Leidenschaft zu erzählen und fielen sich im Eifer gegenseitig immer wieder ins Wort. Es schien mir der abergläubischste Unsinn, den ich jemals vernommen hatte, indes war er nicht ohne Romantik und Poesie. Wann die Stimme zum ersten Mal gehört worden war, ließ sich offenbar nicht mit Gewissheit sagen. Jarvis' Vater, der auch schon Kutscher in Brentwood gewesen war, wusste indes nichts von ihr und die ganze Geschichte schien während der letzten zehn Jahre entstanden zu sein, nachdem man das alte Haus abgerissen hatte. Wie die Jarvises und verschiedene andere Leute, die ich später befragte, übereinstimmend berichteten, fand die »Heimsuchung« nur während November und Dezember statt. In diesen dunkelsten Monaten des Jahres verging indes kaum eine Nacht, in der nicht jenes unerklärliche Flehen ertönte. Doch offenbar war nie etwas sichtbar gewesen. Einige unerschrockenere oder phantasiebegabtere Leute glaubten indes gesehen zu haben, dass die Dunkelheit sich bewegte, wie Mrs. Jarvis es ungewollt poetisch ausdrückte. Es begann mit Einbruch der Nacht und währte bis zum Morgengrauen. Häufig waren nur Weinen und Stöhnen zu hören, mitunter ganz deutlich aber auch jene Worte, die die Phantasie meines armen Jungen in ihren Bann geschlagen hatten: »Oh, Mutter, lass mich herein!« Soweit die Jarvises wussten, war nie ein ernstlicher Versuch unternommen worden, der Sache auf den Grund zu gehen. Das Brentwoodsche Anwesen war an einen entfernten Zweig der Familie gefallen und fast immer vermietet gewesen. Doch die meisten Mieter waren nur einen Winter geblieben und keiner hatte sich die Mühe gemacht, genaue Nachforschungen anzustellen. »Nein, nein«, sagte Jarvis kopfschüttelnd, »Nein, nein, Herr Oberst. Sollen wir uns zum Gespött aller Leute machen, indem wir uns mit einem Gespenst abgeben? Niemand glaubt an Gespenster. Es wird der Wind in den Bäumen sein, wie der letzte Hausherr sagte, oder das Rauschen des Wassers, das sich zwischen den Felsen hindurchschlängelt. Er meinte, es gäbe eine ganz einfache Erklärung, trotzdem ist er ausgezogen. Und als Sie kamen, Herr Oberst, da wollten wir unbedingt verhindern, dass Sie davon erfahren. Weshalb hätte ich den Handel vereiteln und dem Haus für nichts und wieder nichts Schaden zufügen sollen?«

»Sie nennen das Leben meines Jungen nichts?«, rief ich, denn in der Sorge um ihn hatte ich die Beherrschung verloren. »Und anstatt mit der Geschichte zu mir zu kommen, haben Sie sie meinem Jungen erzählt – einem zarten Jungen, einem Kind, das sich kein Urteil zu bilden vermag, einem mitfühlenden jungen Geschöpf…«

Ich lief im Raum auf und ab und mit jedem Schritt wuchs mein Ärger, wiewohl ich spürte, dass er vermutlich ungerecht war. Doch mein Herz war voller Bitterkeit, denn das Leben des Jungen hing davon ab, ob ich Licht in eine gewöhnliche Geistergeschichte bringen konnte. Was sollte ich tun? Selbst wenn ich ihn fortbrachte, würde das sein heftig erregtes Gemüt nicht beruhigen. Und eine wissenschaftliche Erklärung von Echos und anderen Klangphänomenen, die uns erwachsene Menschen verstummen lässt, war für einen kleinen Jungen wohl kaum von Nutzen.

»Herr Oberst«, sagte Jarvis feierlich, »*sie* ist mein Zeuge –

von mir hat der junge Herr kein Sterbenswörtchen erfahren – weder von mir noch von den Stallknechten oder dem Gärtner. Darauf gebe ich Ihnen mein Wort. So verstehen Sie doch, Herr Oberst. Es liegt in unserem Interesse, dass Sie in Brentwood bleiben. Nein, keine Silbe hab ich zu Herrn Roland gesagt, weder zu ihm noch zu den jungen Damen – keine einzige Silbe. Und die Dienstmädchen haben wenig Grund nachts aus dem Haus zu gehen. Sie wissen fast nichts über die Sache. Außerdem finden es manche Leute wundervoll, einen Geist zu haben, solange sie ihm nicht begegnen. Wäre Ihnen die Geschichte bekannt gewesen, Sie hätten vielleicht genauso gedacht.«

Da hatte er zweifellos Recht, wiewohl meine Probleme dadurch nicht kleiner wurden. Hätten wir Bescheid gewusst, die Familie wäre vermutlich begeistert gewesen, denn es war gerade groß in Mode, einen Geist zu besitzen. Ich hätte natürlich allein bei diesem Gedanken gelächelt, gleichwohl hätte das Gefühl, Besitzer eines Geistes zu sein, meiner Eitelkeit ungemein geschmeichelt. O ja, ich behaupte nicht, eine Ausnahme zu sein. Die Mädchen wären entzückt gewesen. Ich konnte mir ihren Eifer, ihre Neugier, ihre Aufregung lebhaft vorstellen. Nein, es wäre sinnlos gewesen uns aufzuklären – wir hätten den Handel umso eifriger abgeschlossen. »Und es wurden tatsächlich noch nie Untersuchungen angestellt, um der Sache auf den Grund zu gehen?«, fragte ich.

»Ach, Herr Oberst«, sagte die Frau des Kutschers, »wer sollte Untersuchungen anstellen, wie Sie es nennen, wenn doch niemand daran glaubt? Man würde sich zum Gespött aller Leute machen, wie mein Mann richtig sagt.«

»Aber Sie glauben daran«, sagte ich und wandte mich abrupt zu ihr um. Die Frau war so überrascht, dass sie einen Schritt vor mir zurückwich.

»Mein Gott, Herr Oberst, Sie können einen vielleicht erschrecken. Ich! Es gibt höchst seltsame Dinge auf dieser Welt. Als ungebildeter Mensch weiß man nicht, was man denken soll. Und der Pfarrer und die hohen Herrschaften lachen einen nur aus. Untersuchungen über etwas anstellen, das es nicht gibt? Nein, damit wollen wir nichts zu tun haben.«

»Begleiten Sie mich, Jarvis, wir wollen zumindest einen Versuch machen«, sagte ich schnell. »Und kein Wort zu den Männern oder irgendeiner anderen Menschenseele. Ich werde nach dem Abendessen zurückkehren, und dann werden wir einen ernsthaften Versuch unternehmen herauszufinden, was es mit der Sache auf sich hat. Wenn ich etwas höre – was ich bezweifle –, werde ich nicht ruhen, bis ich ihr auf den Grund gegangen bin. Halten Sie sich um zehn Uhr bereit.«

»Ich, Herr Oberst?«, sagte Jarvis mit schwacher Stimme. Ich hatte ihn nicht angeschaut, doch als ich nun zu ihm blickte, sah ich den dicken, gesunden Kutscher vollkommen verändert. »Ich, Herr Oberst?«, wiederholte er und wischte sich den Schweiß von der Stirn. Sein rotes Gesicht hing in schlaffen Falten herab, seine Knie schlotterten und seine Stimme war halb erstickt. Dann knetete er seine Hände und lächelte mich flehend und dümmlich an. »Ich würde Ihnen gewiss jeden Gefallen tun, Herr Oberst«, er trat abermals einen Schritt zurück. »*Sie* kann Ihnen bestätigen, dass ich sagte, ich sei noch nie einem so anständigen, höflichen Herrn begegnet …« Hier hielt Jarvis inne und blickte mich wieder an.

»Nun?«, fragte ich.

»Äh, Sir!«, fuhr er mit dem gleichen dümmlichen, wiewohl schmeichlerischen Lächeln fort. »So bedenken Sie doch, dass ich nicht gut zu Fuß bin. Auf dem Rücken eines Pferdes oder mit den Zügeln in der Hand bin ich vielleicht nicht schlechter als andere Männer. Aber zu Fuß, Herr Oberst – es ist nicht wegen der … Geister – aber ich war immer ein Reiter, verstehen Sie«, sagte er mit einem heiseren Lachen, »mein ganzes Leben lang. Wie kann man etwas entgegentreten, das man nicht versteht ... zu Fuß, Herr Oberst ...«

»Nun, Jarvis, wenn *ich* es kann«, erwiderte ich schroff, »weshalb nicht Sie?«

»Äh, Herr Oberst, das ist ein gewaltiger Unterschied. Sie wandern den ganzen Tag in der Gegend herum, ohne sich was zu denken, doch mich erschöpft ein Spaziergang mehr als eine Fahrt von einhundert Meilen. Außerdem sind Sie ein Herr und tun, was Ihnen beliebt, und Sie sind nicht so alt wie ich. Und Sie machen es für Ihren Jungen, verstehen Sie, Herr Oberst. Überdies ...«

»... glaubt er daran, Herr Oberst, und Sie nicht«, sagte die Frau.

»Werden Sie mich begleiten?«, sagte ich und wandte mich zu ihr um.

Sie sprang zurück und warf in ihrem Entsetzen den Stuhl um. »Ich!«, schrie sie und dann brach sie in wildes Gelächter aus. »Vielleicht ginge ich sogar mit Ihnen, aber was würden die Leute sagen, wenn sie hören, dass Oberst Mortimer mit einem dummen alten Weib herumzieht?«

Diese Vorstellung brachte auch mich zum Lachen, wiewohl mir nicht danach zu Mute war. »Schade, dass Sie so wenig Schneid haben, Jarvis«, sagte ich. »Ich werde mir wohl einen anderen Begleiter suchen müssen.«

Jarvis war offenkundig getroffen und begann zu protestieren, doch ich schnitt ihm das Wort ab. Mein Butler war Soldat und mit mir in Indien gewesen. Wie es hieß, fürchtete er weder Tod noch Teufel, und ich glaubte keine Zeit verlieren zu dürfen. Die Jarvises waren nur zu dankbar, mich loszuwerden, und begleiteten mich unter den besorgtesten Höflichkeiten zur Tür. Nicht weit vom Haus entfernt standen zwei Stallknechte, die ein wenig verwirrt meinen plötzlichen Aufbruch beobachteten. Vielleicht hatten sie gelauscht – zumindest standen sie nahe genug, um Gesprächsfetzen aufzufangen. Im Vorübergehen erwiderte ich ihren Gruß und es war offenkundig, dass auch sie über mein Gehen froh waren.

Es mag seltsam klingen, doch ich empfand einen vollkommen unerklärlichen Widerwillen, auf meinem Heimweg an den Ruinen vorbeizugehen, obwohl ich Roland versprochen hatte, dort nach dem Rechten zu schauen, und die Gesundheit meines Jungen, vielleicht sogar sein Leben von dem Resultat meiner Nachforschungen abhing. Wiewohl ich große Neugier empfand, konnte ich mich nur unter großen Mühen vorwärts schleppen. Ich ging weiter, doch hätte ich meinem Gefühl gehorcht, wäre ich umgekehrt und davongelaufen. Alles in mir schien sich zu wehren. Das Herz schlug mir bis zum Hals und das Blut hämmerte in meinen Adern. Wie ich schon sagte, es war stockfinster. Das alte Haus mit seinem unförmigen Turm ragte massig aus der Finsternis heraus, die vollkommen undurchdringlich war. Auf der anderen Seite schienen die großen dunklen Zedern, auf die wir immer so stolz gewesen waren, eine massive Wand zu bilden. Ich war dermaßen verwirrt und niedergeschlagen, dass ich schließlich vom Weg abkam. Dann stieß ich gegen etwas Hartes und blieb mit einem Aufschrei stehen. Was mochte das sein? Als ich soliden Stein und Dornengestrüpp unter meinen Händen spürte, kam ich wieder ein wenig zu Sinnen. »Ach, es ist nur die alte Giebelwand«, sagte ich laut und lachte leise, um mir Mut zu machen. Ich tastete mich zwischen den Ruinen hindurch und schüttelte meine törichten Phantasiebilder ab. Wie absurd doch alles war! Was spielte es für eine Rolle, welchen Weg ich nahm? Ich lachte abermals und mutiger – als mir plötzlich und unvermittelt das Blut in den Adern gefror, ein Schauer über meinen Rücken jagte und alle Kraft von mir zu weichen schien. Dicht zu meinen Füßen ertönte ein Seufzer. Kein Stöhnen, kein Ächzen, nein – nur ein ganz leiser, schwacher Seufzer. Ich sprang zurück und mein Herz setzte aus. Ein Irrtum! Nein, ein Irrtum war ausgeschlossen. Ich hörte ihn vollkommen deutlich. Es war ein langer, leiser, müder Seufzer aus tiefster Seele und voller Traurigkeit. In dieser Einsamkeit und Finsternis hatte dieser Laut eine Wirkung auf mich, die ich nicht zu beschreiben vermag. Kälte kroch bis zu meinen Haarspitzen empor und hinab in meine Füße, die nicht mehr weitergehen wollten. Ich rief mit zitternder Stimme: »Ist da jemand?«, wie ich es schon einmal getan hatte, doch ich erhielt keine Antwort.

Irgendwie gelangte ich nach Hause, allein, wie ich es schaffte, weiß ich nicht recht. Doch das Wesen, das dort in den Ruinen spukte, hatte nun auch mein Herz gerührt. Meine Zweifel hatten sich wie Nebel aufgelöst. Ich war nun ebenso sicher wie Roland, dass es tatsächlich existierte. Nicht einen Moment lang redete ich mir ein, dass ich vielleicht einer Sinnestäuschung erlegen war. Es gab Geräusche, die mir vertraut waren – das Knacken kleiner Zweige im Frost, das Knirschen der Kiesel auf dem Weg –, Geräusche, die mitunter gespenstisch klingen, und wo man sich fragt, wer sie wohl verursacht, gleichwohl bergen sie kein *echtes Geheimnis.* Sie waren mir begreiflich. Das Seufzen begriff ich nicht. In ihm lag Gefühl, die Seele eines Wesens, das zwar unsichtbar war, doch Empfindungen hatte und sie in irgendeiner Weise auszudrücken vermochte.

Als ich das Haus erreichte, fand ich die Tür offen, und ohne innezuhalten, hastete ich atemlos hinein. Bagley hielt sich wie üblich in der Eingangshalle auf und kam herüber, um mir aus dem Mantel zu helfen. »Bagley«, sagte ich, »ich möchte, dass Sie heute Nacht mit mir Wache halten, um …«

»Wilderer zu stellen, Herr Oberst«, sagte er mit unverkennbarer Wonne.

»Nein, Bagley, viel schlimmer«, rief ich.

»Gut, Herr Oberst. Um welche Stunde, Sir?«, fragte der

Mann. Aber da hatte ich ihm noch nicht erzählt, um was es ging.

Um zehn Uhr abends brachen wir auf. Im Haus herrschte vollkommene Ruhe. Meine Frau wachte bei Roland, dem es, wie sie sagte, seit meiner Rückkehr besser ging. Ich hatte Bagley aufgetragen, einen dicken Mantel anzuziehen und derbe Stiefel, denn die Erde war nass wie ein voll gesogener Schwamm. Während ich mit ihm plauderte, vergaß ich beinahe den Zweck unseres nächtlichen Ausflugs. Die Dunkelheit war noch tiefer geworden und Bagley hielt sich dicht hinter mir. Ich trug eine kleine Laterne in der Hand, die uns schwach den Weg leuchtete. »Bagley«, sagte ich, »ich will zu den Ruinen. Dort geht etwas vor, was ich nicht begreife. Halten Sie die Augen offen und bewahren Sie einen kühlen Kopf. Stürzen Sie sich auf jeden Fremden, den Sie entdecken, ob Mann oder Frau. Ergreifen Sie jeden, den Sie sehen, aber tun Sie ihm nichts.« »Herr Oberst«, sagte Bagley und in seiner Stimme schwang ein leises Zittern. »Die Leute sagen, dort sei tatsächlich etwas – doch weder Mann noch Frau.« Indes, wir konnten keine Zeit mit Diskussionen verschwenden. »Sind Sie bereit, mir zu folgen, Soldat? Allein darauf kommt es an«, sagte ich. Bagley schlug wortlos die Fersen zusammen und salutierte.

Wir gingen weiter. Es war dermaßen finster, dass wir weder den Weg noch die Bäume sahen. Eben noch hatten wir den Kies unter unseren Füßen gespürt und im nächsten versanken sie lautlos in dem schlüpfrigen Gras. Ich hatte meine Laterne gelöscht, denn wer immer dort in den Ruinen sein mochte, ich wollte ihn nicht erschrecken. Während ich mir den Weg zu dem verfallenen Haus bahnte, hatte ich das Gefühl, als würde Bagley direkt in meinen Fußstapfen folgen. Die Zeit schien sich endlos in die Länge zu ziehen. Nur das Quietschen der nassen Erde unter unseren Füßen verriet, dass wir vorankamen. Nach einer Weile blieb ich stehen und versuchte mich zu orientieren. Die Dunkelheit um uns war sehr still, doch nicht stiller als in jeder anderen Winternacht. Die Geräusche, von denen ich sprach – das Knacken von Zweigen, das Knirschen von Kieseln, das Rascheln toter Blätter oder eines Tieres, das durch das Gras huschte –, sie alle waren vernehmbar, wenn man lauschte. Und wiewohl sie zu anderen Zeiten geheimnisvoll klingen mochten, gaben sie mir in diesem Augenblick Mut, denn sie zeigten, dass die Natur auch inmitten des tödlichen Frostes noch weiterlebte. Plötzlich ertönte von den Bäumen in der Schlucht der lang gezogene Schrei einer Eule herüber und Bagley fuhr erschreckt zusammen. Seine Nerven waren aufs Äußerste angespannt, wiewohl er nicht wusste, wovor er sich fürchtete. Für mich klang der Laut indes tröstend und freundlich, da er begreiflich war. »Eine Eule«, sagte ich leise. »J... ja, Oberst«, erwiderte Bagley, wobei seine Zähne aufeinander schlugen. Wir standen etwa fünf Minuten still da, während der Laut durch die stille Nacht drang, bis er endlich in der Dunkelheit erstarb. Mit neuem Mut schritt ich weiter und meine Erregung begann sich zu legen.

Dann ertönte plötzlich und unvermittelt dicht bei unseren Füßen ein Schrei. Im ersten Moment der Überraschung und des Entsetzens sprang ich zurück und prallte gegen eben jenes raue Mauerwerk und Dornengestrüpp, gegen das ich schon einmal gestoßen war. Es war eine leise, gequälte Stimme voller Leid und Schmerz und so anders als der Schrei der Eule, dass ich keine Worte finden kann, um sie zu beschreiben. Unter großen Mühen gelang es mir, meine Laterne zu entzünden, denn wiewohl ich mich mit aller Kraft zusammenriss, zitterten meine Hände. Der Lichtschein schnellte wie ein lebendiges Wesen empor und erleuchtete im Nu die Umgebung. Wir befanden uns innerhalb des verfallenen Gebäudes, von dem nunmehr nur noch die Giebelwand existierte, die ich bereits beschrieb. Sie stand dicht vor uns und die gähnende Türöffnung führte direkt hinaus in die dahinter liegende Finsternis. Der Schein der Laterne fiel auf die efeuüberwucherte Wand, das wogende Dornengestrüpp und die offene Tür darunter – eine Tür, die ins Nichts führte. Und von dort kam die Stimme, die im gleichen Moment erstarb, in dem das Licht die seltsame Szene erhellte. Nach einem Augenblick der Stille indes erhob sie sich wieder. Der Laut war so nah, so durchdringend, so kläglich, dass ich erschreckt zusammenfuhr und die Laterne aus meiner Hand fiel. Als ich in der Finsternis nach ihr tastete, wurde meine Hand von Bagley gepackt, der, wie ich glaubte, auf die Knie gesunken war. Gleichwohl war ich selbst viel zu verwirrt, um dem Beachtung zu schenken. In seinem Entsetzen klammerte Bagley sich an mich und vergaß alle üblichen Anstandsformen. »Um Himmels willen, was ist das, Sir?«, stieß er hervor. »Ich weiß es ebenso wenig wie Sie«, sagte ich. »Aber wir werden es herausfinden. Stehen Sie auf, Mann!« Ich zerrte ihn auf die Füße. »Wollen Sie um die Mauer herumgehen und auf der anderen Seite suchen oder lieber mit der Laterne hier Wache halten?« Bagley starrte mich an. Entsetzen stand ihm ins Gesicht geschrieben. »Können wir nicht zusammen bleiben, Herr Oberst?« Seine Knie schlotterten. Ich schubste ihn in die Mauerecke und drückte die Laterne in seine Hand. »Rühren Sie sich nicht vom Fleck. Reißen Sie sich zusammen, Mann. Lassen Sie niemanden entkommen«, sagte ich. Es konnte kein Zweifel daran bestehen, dass die Stimme nur zwei oder drei Fuß von uns entfernt war.

Dann schlich ich mich auf die andere Seite der Mauer. Die Laterne in Bagleys Hand zitterte, gleichwohl fiel ihr Schein durch die offene Tür und ein Rechteck aus Licht erleuchtete das bröckelnde Mauerwerk und das wuchernde Laub. Kauerte da ein dunkler Schatten an ihrer Seite? Ich ging zu der Türöffnung hinüber und ließ mich auf die Knie sinken. Doch da war nichts als ein Wacholderbusch, der dicht an der

Mauer wuchs. Aber als Bagley meine Gestalt an der Tür vorbeigehen sah, verlor er die Nerven. Er stürzte sich auf mich und umklammerte meine Schultern. »Ich hab ihn, Herr Oberst! Ich hab ihn!«, rief er triumphierend. Er glaubte einen Menschen überwältigt zu haben, und war sofort ungemein erleichtert. Doch in diesem Moment ertönte direkt zu unseren Füßen abermals ein Schrei. Bagley ließ von mir ab, dann taumelte er gegen die Mauer und sein Kiefer klappte herunter. Ich nehme an, er begriff im gleichen Moment, dass ich sein Opfer gewesen war. Allein, ich hatte mich kaum besser in der Gewalt. Ich riss ihm die Laterne aus der Hand und schwenkte sie wild im Kreis. Nichts – nichts als der Wacholderbusch, der dicke schimmernde Efeu, das wogende Dorngestrüpp. Und ganz nah bei meinen Ohren ein Jammern, als ob jemand um sein Leben flehte. Ich glaubte die gleichen Worte wie Roland zu hören, doch vielleicht hatte in meiner Erregung seine Phantasie von mir Besitz ergriffen. Die Stimme wurde nun immer verständlicher, indes bewegte sie sich zitternd und erklang mal hier und mal dort, als liefe ihr Besitzer langsam hin und her: »Mutter! Mutter!«, und dann wieder lautes Jammern. Langsam beruhigte ich mich und begann mich an die Stimme zu gewöhnen, so wie man sich an alles gewöhnt. Mir schien nun, als ginge dort eine unglückliche Kreatur vor einer geschlossenen Tür auf und ab. Hin und wieder glaubte ich ein Klopfen zu hören und dann einen neuerlichen Aufschrei: »Oh, Mutter! Mutter!«, ganz dicht an der Stelle, an der ich mit meiner Laterne stand – einmal vor mir, dann wieder hinter mir. Da stöhnte und jammerte ein rastloses, elendes Wesen vor einer Tür, die niemand mehr schließen oder öffnen konnte.

»Hören Sie das, Bagley? Hören Sie die Worte?«, rief ich und trat durch die Öffnung. Er lehnte mit starrem Blick an der Wand, halb tot vor Entsetzen. Seine Lippen bewegten sich, als wolle er antworten, doch er brachte keinen Laut heraus. Dann hob er mit einer seltsam gebieterischen Gebärde die Hand, als bedeute er mir, still zu sein und zu lauschen. Wie lange ich schwieg, vermag ich nicht zu sagen. Mich hatte eine Neugier, eine Erregung ergriffen, die ich nicht beschreiben kann. Die Stimme schien eine Szene heraufzubeschwören, die für jedermann sichtbar und verständlich war. Einmal kam die Stimme von unten, als habe sich das Wesen zu Boden geworfen, dann wieder war sie einige Schritte entfernt und wurde klar und deutlich. »Oh, Mutter, lass mich herein! Oh, Mutter, Mutter, lass mich herein!« Ich konnte jedes Wort verstehen und es verwunderte mich nicht, dass mein Junge von Mitleid zerrissen worden war. Endlich erstarben die Worte und es erklang nur noch Schluchzen und Stöhnen. »In Gottes Namen, wer bist du?«, rief ich, doch ich erhielt keine Antwort. Und dann wurde die Stimme wieder ein wenig lauter, als wäre sie echt, und abermals erklangen die Worte: »Oh, Mutter, Mutter, lass mich herein!«

Als wäre sie echt! Was ich damit sagen möchte? Nun, ich denke, mein Entsetzen ließ langsam nach. Ich kam wieder zu Sinnen und schien eine Erklärung zu finden – ich glaubte nun, dass sich all dies einmal tatsächlich zugetragen hatte und das, was nun in der Gegenwart geschah, eine Erinnerung an die wirklichen Ereignisse war. Ich fand diese Erklärung befriedigend und tröstlich, doch weshalb, vermag ich nicht zu sagen. Ich begann nun fast wie bei einem Schauspiel zu lauschen und vergaß Bagley, der, wie ich beinahe glaubte, ohnmächtig geworden war. Kurz darauf indes schreckte ich aus dieser seltsamen Zuschauerrolle auf und mein Herz machte abermals einen Satz, denn plötzlich erschien eine große schwarze Gestalt in der Tür und fuchtelte wild mit den Armen. »Komm herein! Komm herein!«, schrie heiser seine dröhnende Bassstimme, dann sank der arme Bagley besinnungslos auf der Schwelle zusammen. Er hatte es wohl nicht länger ertragen. Ich hielt ihn ebenso für ein Gespenst wie er mich und ich brauchte eine ganze Weile, ehe ich wieder zu Sinnen kam. Später erinnerte ich mich nur, dass ich mich um Bagley bemühte und die Stimme nicht mehr vernahm. Es dauerte einige Zeit, ehe ich ihn wieder zu Bewusstsein brachte. Es muss eine seltsame Szene gewesen sein. Die Laterne warf einen Lichtfleck in die Dunkelheit, Bagley lag mit bleichem Gesicht auf der schwarzen Erde und ich beugte mich über ihn. Ein zufälliger Beobachter wäre vermutlich zu dem Schluss gekommen, dass ich im Begriffe war Bagley zu ermorden. Als es mir endlich gelang, ihm ein wenig Brandy einzuflößen, setzte er sich auf und schaute mit wildem Blick um sich. »Was ist passiert?«, sagte er. Dann erkannte er mich und versuchte sich mit einem schwachen: »Entschuldigen Sie, Herr Oberst«, aufzurappeln. Auf meinen Arm gestützt wankte er nach Hause. Der große Bursche war schwach wie ein Kind. Glücklicherweise erinnerte er sich nicht mehr an das, was geschehen war, denn im Moment seines Sturzes war die Stimme verstummt und alles still geworden.

»In Ihrem Haus scheint eine Epidemie ausgebrochen zu sein, Oberst«, sagte Simson am nächsten Morgen zu mir. »Was hat das alles zu bedeuten? Nun phantasiert auch noch Ihr Butler von einer Stimme. Das ist wirklich sehr sonderbar. Und wie ich die Sache sehe, sind Sie nicht unbeteiligt.«

»Richtig, Doktor«, erwiderte ich. »Ich dachte mir schon, dass ich mit Ihnen sprechen muss. Natürlich behandeln Sie Roland richtig – gleichwohl phantasiert der Junge nicht. Er ist ebenso wenig geisteskrank wie Sie oder ich.«

»Ich habe nie geglaubt, dass der Junge geisteskrank ist. Sein Gehirn ist überreizt, er hat Fieber. Ich möchte wissen, was mit Ihnen los ist. Sie haben einen so seltsamen Blick.«

»Kommen Sie«, sagte ich, »Sie können uns nicht alle ins Bett stecken. Hören Sie mir lieber zu.«

Der Arzt zuckte die Achseln, gleichwohl lauschte er geduldig meiner Geschichte. Es war offenkundig, dass er kein

Wort glaubte, doch er hörte von Anfang bis Ende zu. »Mein lieber Freund«, sagte er, »der Junge hat mir genau das Gleiche erzählt. Es ist eine Epidemie. Ist ihr erst einer zum Opfer gefallen, erkranken mit Sicherheit noch zwei oder drei andere daran.«

»Und welche Erklärung haben Sie anzubieten?«, erwiderte ich.

»Ach, Erklärung – das ist eine andere Sache. Es gibt keine Erklärung für die Launen, denen unser Gehirn unterworfen ist. Wenn es sich um eine Sinnestäuschung handelt, um seltsame Echos, ein Lautphänomen oder andere …«

»Begleiten Sie mich heute Nacht und urteilen Sie selbst«, sagte ich.

Daraufhin lachte er laut auf und erwiderte: »Das ist gar keine schlechte Idee. Gleichwohl wäre mein Ruf für alle Zeit ruiniert, wenn bekannt würde, dass John Simson auf Geisterjagd geht.«

»Da haben wir's«, sagte ich. »Sie fallen über ungebildete Leute wie mich mit Ihren Lautphänomenen her, aber Sie wagen es nicht, der Sache auf den Grund zu gehen, weil Sie fürchten ausgelacht zu werden. Das nenne ich wissenschaftlich!«

»Das ist nicht wissenschaftlich – das ist vernünftig«, entgegnete der Arzt. »Die ganze Sache schreit regelrecht danach, dass es sich um eine Sinnestäuschung handelt. Es wäre vollkommen aberwitzig, sie zu untersuchen. Was sollte dabei herauskommen?«

»Gestern hätte ich noch ebenso geredet«, sagte ich, »und es liegt mir fern, Sie überzeugen zu wollen. Wenn Sie beweisen können, dass es sich um eine Sinnestäuschung handelt, werde ich Ihnen von ganzem Herzen dankbar sein. Kommen Sie, irgendwer muss mich begleiten.«

»Sie sind gut«, sagte der Arzt. »Erst bringen Sie Ihren armen Butler um den Verstand und jetzt haben Sie mit mir das

Gleiche vor. Aber sei es drum. Wenn ich meinen letzten Hausbesuch gemacht habe, werde ich wieder herkommen.«

An jenem Abend traf ich mich mit Simson um elf Uhr am Tor. Leise ließ ich ihn herein. Ich hatte meine Laterne dabei und er trug eine kleine Fackel bei sich. »Es geht doch nichts über Licht«, sagte er in seinem spöttischen Ton. Es war eine stille, fast lautlose Nacht, doch die Dunkelheit nicht so tief wie am vergangenen Abend und so fanden wir ohne Mühe den Weg. Als wir uns besagter Stelle näherten, vernahmen wir ein leises Stöhnen, das dann und wann von einem schmerzlichen Aufschrei unterbrochen wurde. »Vielleicht ist das Ihre Stimme«, sagte der Arzt, »so ähnlich hatte ich sie mir vorgestellt. Da ist ein armes Tier in eine Ihrer teuflischen Fallen geraten.« Ich schwieg und führte ihn zu der Stelle, an der Bagley und ich in der vergangenen Nacht gestanden hatten. Das Stöhnen war verstummt und kein einziger Laut drang durch die Stille. Simson steckte seine Fackel an und spähte in jeden Winkel. Wir sahen wohl wie zwei Verschwörer aus, die einem unglücklichen Reisenden auflauern. Am Himmel über uns funkelten ein paar Sterne und schienen verwundert auf unser seltsames Treiben hinunterzublicken. Dr. Simson lachte leise in sich hinein. »Das habe ich mir gedacht«, sagte er. »So ist das nun mal mit Geistererscheinungen. Kaum taucht ein Skeptiker auf der Bildfläche auf, ist alles vorbei. Solange ich hier bin, wird nichts geschehen. Wie lang werden wir denn bleiben müssen? Oh, ich will mich nicht beschweren. Wenn *Sie* zufrieden sind, bin *ich* es auch ...«

Ich will nicht leugnen, dass ich maßlose Enttäuschung empfand. Ich stand als leichtgläubiger Narr da. »Es scheint in der Tat«, sagte ich, »dass sich nichts ...« »... manifestiert«, sagte er lachend. »Das sagen alle Geistergläubigen. Es manifestiert sich nichts, weil ein Ungläubiger zugegen ist.« In der Stille wirkte sein Lachen hässlich, doch es schien das Signal zu sein. Noch ehe es erstarb, erhob sich das Stöhnen von neuem. Zunächst befand es sich in einiger Entfernung, dann kam es näher und näher, als schritte jemand auf uns zu. Es schien, als ging da ein Mensch, der so schwach war, dass er immer wieder kurz innehalten musste. Die Schritte bewegten sich über das Gras direkt auf die Türöffnung zu. Beim ersten Laut war Simson ein wenig zusammengefahren. »So spät hat ein Kind hier draußen nichts zu suchen«, sagte er hastig. Gleichwohl wusste er ebenso gut wie ich, dass dies nicht die Stimme eines Kindes war. Als sie sich näherte, verfiel er in Schweigen, trat mit seiner Fackel zu der Tür und blickte dem Geräusch entgegen. Beim ersten Laut hatte mich ein kleiner Schauer überlaufen, indes muss ich eingestehen, dass ich beim Näherkommen der Stimme nur noch Befriedigung empfand. Dem Spötter war das Spotten vergangen. Im Fackelschein sah ich sein Gesicht, auf dem ein Ausdruck höchster Verwirrung lag. Falls er Furcht empfand, so vermochte er sie gut zu verbergen, gleichwohl war er verwirrt. Und dann spielte sich alles genauso ab wie in der vergangenen Nacht. Jeder Aufschrei, jeder Schluchzer schien gleich zu sein. Ich lauschte beinahe ohne jede innere Regung. Mich beschäftigte allein der Gedanke, was Simson empfinden mochte. Tapfer verharrte er bei der Tür. Die Stimme befand sich nun direkt vor der Öffnung, die hell erleuchtet war. Nicht einmal ein Kaninchen hätte unentdeckt über das Gras hoppeln können. Nach einer Weile trat Simson, wie mir schien, mit einer gewissen Vorsicht und widerstrebend mit seiner Fackel hinaus ins Freie. Seine Gestalt zeichnete sich deutlich vor den Stechpalmen ab. Just in diesem Moment schien sich der Besitzer der Stimme vor der Tür niederzuwerfen. Simson fuhr heftig zurück, dann wandte er sich um und hielt seine Fackel auf den Boden, als würde er etwas untersuchen. »Sehen Sie jemanden?«, rief ich im Flüsterton und spürte Erregung und Angst in mir aufsteigen. »Nein, da ist niemand... verflixter Wacholderbusch«, sagte er. Dann ging er immer wieder im Kreis herum, hielt sein Licht hierhin und dorthin und kehrte endlich zu mir zurück. Sein Gesicht war angespannt und bleich. »Wie lange geht das schon so?«, fragte er mich flüsternd, wie jemand, der einen anderen nicht unterbrechen möchte. Doch kaum hatte er das letzte Wort gesprochen, erstarb die Stimme plötzlich mit einem leisen Schluchzen. Mir schien, als ob ihr Besitzer in diesem Moment dicht bei der Tür am Boden kauerte.

Dann machten wir uns in tiefem Schweigen auf den Nachhauseweg. Erst als wir in Sichtweite des Hauses kamen, sagte ich: »Was halten Sie davon?« »Ich weiß es nicht«, erwiderte er rasch. Obwohl er gewöhnlich kaum einmal trank, schlug er den angebotenen Rotwein aus, nahm stattdessen ein Glas Brandy und stürzte es rasch herunter. »Wohlgemerkt, ich glaube rein gar nichts«, sagte er, als er seine Kerze angesteckt hatte, »aber ich weiß nicht, was ich davon halten soll«, wiederholte er noch einmal, als er schon die halbe Treppe hinaufgegangen war.

All dies half mir indes nicht bei der Lösung meines Problems. Ich musste diesem weinenden, schluchzenden Wesen helfen, das für mich bereits eine so klare Persönlichkeit bekommen hatte wie ein Mensch. Was sollte ich sonst Roland sagen? Ich wusste, dass mein Junge sterben würde, wenn ich keinen Weg fand, diesem Geschöpf zu helfen.

Am folgenden Morgen verließ Simson schon vor dem Frühstück das Haus und kehrte mit offenkundigen Spuren feuchten Grases an den Stiefeln zurück. Er wirkte besorgt und müde, was indes nach der vergangenen Nacht wenig besagte. Nach dem Frühstück ging es ihm etwas besser und er besuchte seine beiden Patienten, denn auch Bagley lag immer noch krank darnieder. Dann begleitete ich ihn zum Zug. Als er wenige Minuten später in sein Abteil stieg, wandte er sich noch einmal um und winkte mich heran. »Ich werde heute Abend wiederkommen«, sagte er nur.

Ich glaube nicht, dass ich irgendetwas empfand, als ich dem geschäftigen Treiben des Bahnhofs den Rücken kehrte. Zuvor hatte ich Zufriedenheit darüber verspürt, dass Simsons Zweifel so nachhaltig zerstört worden waren. Doch wie sollte es nun weitergehen? Vom Bahnhof ging ich auf direktem Wege zum Pfarrhaus, das neben dem Fluss auf einer kleinen Anhöhe stand. Der Pfarrer war ein Mann, wie man ihn heute in Schottland nur noch selten findet. Er stammte aus einer guten Familie, hatte eine solide schottische Bildung genossen und war im Laufe seines Lebens mit den meisten bedeutenden Menschen seiner Zeit zusammengekommen. Man sagte von ihm, dass er feste Grundsätze besaß, gleichwohl aber auch jene Toleranz, die weisen alten Männern zu Eigen ist, und er verstand die menschliche Natur.

Er bereitete mir einen herzlichen Empfang. »Kommen Sie herein, Oberst Mortimer. Ich freue mich sehr, Sie zu sehen, denn dies scheint mir ein gutes Zeichen. Wie geht es Ihrem Jungen? Besser? Gelobt sei der Himmel – und möge der Herr ihn segnen und beschützen. Viele Menschen beten für ihn und das kann niemandem schaden.«

»Er wird es brauchen, Dr. Moncrieff«, sagte ich, »und überdies braucht er Ihren Beistand.« Und dann erzählte ich ihm die Geschichte. Der alte Pfarrer hörte mir zu und am Ende standen Tränen in seinen Augen.

Ich kann kaum behaupten, dass Dr. Moncrieff mir irgendeinen Rat erteilte. Allein, wer hätte in einer solchen Sache auch Ratschläge geben können? Gleichwohl sagte er: »Ich denke, ich werde mich Ihnen anschließen. Ich bin ein alter Mann und sollte wohl weniger Furcht vor der Geisterwelt empfinden als jene, die noch weiter von ihr entfernt sind. Ich werde Sie begleiten. Und vielleicht wird uns der Herr im geeigneten Augenblick leiten.«

Simson leistete uns beim Abendessen Gesellschaft. Als im Haus alles still geworden war und die Bediensteten sich zu

Bett begeben hatten, brachen wir auf, um Dr. Moncrieff, wie verabredet, am Ende der Allee zu treffen.

Wir kamen um etwa elf Uhr zusammen, zur gleichen Zeit wie in der vergangenen Nacht. Dr. Moncrieff war ein stattlicher weißhaariger Mann von ehrwürdiger Erscheinung – betagt, doch noch voller Lebenskraft, und ein Spaziergang in der kalten Winternacht bedeutete ihm weniger als manch jüngerem Mann. Er trug, wie ich, eine Laterne. Wir waren also gut gerüstet, um den Ort des Geschehens zu erleuchten, und alle fest entschlossen, Licht in das Dunkel zu bringen. Unterwegs beratschlagten wir uns kurz und am Ende bezogen wir verschiedene Posten. Dr. Moncrieff blieb innerhalb der Mauern, sofern man dies sagen kann, wenn nur noch eine Mauer existiert, Simson hielt auf der einen Seite der Ruinen Wache, um den Weg zu dem alten Haus abzuschneiden, ich ging auf die andere Seite. Es konnte sich also offenkundig niemand nähern, ohne entdeckt zu werden. Der gesamte Ort schien jetzt von Lichtern erleuchtet zu sein.

Und dann geschah wiederum alles genau so, wie ich es bereits berichtet habe. Mein Herz schlug beinahe in seinem gewohnten Rhythmus weiter, so sehr hatte ich mich schon an das Wesen gewöhnt. Doch als es sich schluchzend gegen die Türe warf (ich kann keine anderen Worte finden), da geschah etwas, das mir das Blut in den Adern gefrieren ließ. Auf der anderen Seite der Mauer ertönte eine Stimme – die vertraute Stimme des Pfarrers. Auf eine Fürbitte wäre ich vorbereitet gewesen, doch nicht auf das, was ich nun vernahm. Offenbar war der Geistliche so heftig erregt, dass er kaum sprechen konnte.

»Willie, Willie! Gott schütze uns! Bist du es?«

Diese schlichten Worte versetzten mich in Angst und Schrecken. Ich glaubte, der alte Mann habe durch meine Schuld vor Entsetzen den Verstand verloren, denn ich hatte ihn in diese Gefahr gebracht. Von diesem Gedanken selbst beinahe wahnsinnig, rannte ich um die Mauer herum. Dr. Moncrieff stand dort, wo ich ihn verlassen hatte. Die Laterne zu seinen Füßen warf seinen Schatten groß und undeutlich auf das Gras. Im Laufen hob ich meine eigene Laterne, um sein Gesicht sehen zu können. Er war bleich, seine Augen schimmerten feucht und seine halb geöffneten Lippen bebten. Er sah und hörte mich nicht. Er schien vollkommen in sich versunken und streckte die Hände, die zitterten, hoch, doch, wie mir schien, nicht aus Furcht, sondern aus heftigem Verlangen. Und die ganze Zeit sprach er mit besorgter, zärtlicher Stimme. »Willie, wenn du es bist – und du bist es, nicht etwa ein Trugbild des Teufels ... Willie, mein Junge, dann sage mir, weshalb kommst du her und erschreckst jene, die dich nicht kennen? Weshalb kommst du nicht zu mir?«

Er schien auf eine Antwort zu warten. In diesem Moment versetzte Simson mir einen weiteren heftigen Schrecken, denn er stahl sich mit seiner Fackel durch die offene Tür herein, von ebenso großer Ehrfurcht ergriffen wie ich. Aber der Pfarrer sprach, ohne auf Simson zu achten, zu einem anderen. In seiner Stimme lag nun ein mahnender Ton.

»Ist es recht von dir herzukommen? Deine Mutter ist mit deinem Namen auf den Lippen von uns gegangen. Glaubst du denn, dass sie jemals die Tür vor ihrem eigenen Jungen verschließen würde? Glaubst du, dass der Herr die Tür verschließen wird, du kleinmütige Kreatur? Nein!«, rief der alte Mann. Die schluchzende Stimme hatte neuerlich angehoben. Er trat einen Schritt vor und fuhr nun in gebietendem Ton fort: »Halt ein! Flehe nicht länger die Menschen an. Geh heim, du irrender Geist! Geh heim! Hörst du mich? Mich, der dich getauft, der mit dir gestritten, der für dich mit dem Herrn gerungen hat!« Und dann wurde seine laute Stimme zärtlich und leise. »Und auch sie, die arme Frau! Die arme Frau, die du rufst. Sie ist nicht hier. Du wirst sie beim Herrn finden. Geh und suche sie dort, nicht hier. Hörst du mich,

Junge? Folge ihr. Er wird dich hereinlassen, wiewohl es spät ist. Nimm dir ein Herz. Wenn du schluchzen und jammern willst, so tue es vor dem Himmelstor und nicht vor der verfallenen Tür deiner armen Mutter.«

Der Pfarrer hielt inne, um Atem zu holen. Und auch die Stimme hatte innegehalten, doch anders als zuvor. Ganz plötzlich war sie abgebrochen und schien mit einem letzten Schluchzen aufzuatmen, als sei sie von einer schweren Last befreit. Dann sprach der Geistliche wieder. »Hörst du mich, Will? Ach, mein Junge, dein ganzes Leben lang hast du gerne gejammert. Lass es nun gut sein. Geh nach Hause zum Vater ... zum Vater! Hörst du mich?« Der alte Mann sank auf die Knie, hob das bleiche Gesicht und streckte die zitternden Hände aus. Und auch ich fiel auf die Knie, wiewohl ich nicht wusste, weshalb ich es tat. Simson stand in der Tür und auf seinem Gesicht lag ein Ausdruck, den Worte nicht zu beschreiben vermögen. Seine Unterlippe hing herab und sein Blick war starr und verstört. Er schien nicht glauben zu wollen, dass wir beteten. Und all die Zeit lag das Wesen leise und verhalten schluchzend just an jener Stelle, an der er stand, wie ich glaube.

»Herr«, sagte der Pfarrer, »nimm ihn in deine ewigen Wohnungen auf. Die Mutter, nach der er ruft, ist bei dir. Wer anderes könnte ihm öffnen als du? Herr, für dich ist es niemals zu spät. Herr, gestatte der Frau, ihn zu sich zu holen!«

Ich sprang auf und stürzte zur Tür, um etwas aufzufangen, das sich ungestüm gegen die Türe zu werfen schien. Der Eindruck war so stark, dass ich erst innehielt, als meine Stirn das Mauerwerk streifte und meine Hände ins Leere griffen, denn es war niemand da. Simson streckte die Hand aus, um mir aufzuhelfen. Sie war kalt und zitterte und seine Worte waren beinahe unverständlich. „Es ist fort«, stammelte er, »es ist fort!«

Einen Moment lang stützten wir uns gegenseitig. Wir zitterten so sehr, dass die ganze Umgebung zu beben schien. Und dennoch werde ich die Szene mein ganzes Leben nicht vergessen – den seltsamen Lichterschein, die Finsternis rundum, die Gestalt, die inmitten des fahlen Lichtes kniete, Kopf und Hände erhoben. Uns schien eine sonderbar feierliche Stille zu umschließen. Dann und wann drang noch ein Wort von den Lippen des alten Pfarrers. »Herr! Herr!« Er war sich unserer nicht gewahr. Ich weiß nicht, wie lange wir dort standen, wie Wächter, die seine Gebete behüteten, verwirrt und benommen. Doch endlich erhob er sich, richtete sich zu voller Größe auf, streckte die Arme empor wie am Ende eines Gottesdienstes und erteilte feierlich den apostolischen Segen – doch wem oder was? Der stummen Erde, den dunklen Wäldern, dem Wind? Denn wir waren nur Zuschauer, die »Amen!« hauchten.

Ich glaube, als wir nach Hause gingen, war Mitternacht längst vorüber. Jedenfalls war es sehr spät. Dr. Moncrieff hängte sich bei mir ein. Er ging langsam und wirkte erschöpft. Tatsächlich schwiegen wir lange. Doch als wir aus dem Wald traten und den Himmel sahen, ergriff Dr. Moncrieff als Erster das Wort. »Ich muss gehen«, sagte er. »Es ist schon spät. Ich werde den Weg durch die Schlucht nehmen.«

»Ich werde Sie begleiten, Hochwürden.«

»Nun, ich bin ein alter Mann und Aufregung erschöpft mich mehr als Arbeit«, erwiderte er. »Ja, ich werde für Ihren Arm dankbar sein. Heute Nacht haben Sie mir manch guten Dienst erwiesen, Oberst.«

Ich drückte seine Hand, denn mir versagte die Stimme. Simson war all die Zeit vollkommen in sich versunken neben uns hergegangen, doch beim Klang unserer Worte kam er offenbar wieder zu sich. Mit einer raschen Bewegung löschte er seine kleine Fackel, als schäme er sich. »Lassen Sie mich Ihre Laterne tragen«, sagte er zu Dr. Moncrieff. »Sie ist schwer.«

Und so schritten wir lange ohne ein weiteres Wort den steilen, dunklen Pfad entlang. Die Luft war sehr still und es war nur ein schwaches Seufzen in den Zweigen zu hören, das sich mit den Geräuschen des Wassers vermischte. Als wir das Schweigen brachen, sprachen wir über belanglose Dinge – den Wasserstand des Flusses, die jüngsten Regenfälle. Wir verabschiedeten uns von dem Geistlichen vor seiner Tür, wo seine Haushälterin bereits in großer Unruhe auf ihn wartete. »Du meine Güte, Herr Pfarrer! Geht es dem jungen Herrn schlechter?«, rief sie.

»Im Gegenteil«, erwiderte Dr. Moncrieff. »Es geht ihm besser. Möge Gott ihn schützen.«

Einige Nächte lang hielt ich in den Ruinen während der dunklen Stunden bis Mitternacht Wache. Gleichwohl hörte und sah ich nichts, und so weit ich weiß, hat seitdem auch nie wieder ein anderer etwas vernommen. Dr. Moncrieff erzählte mir die Geschichte des Jungen, doch anders als Simson fragte ich nicht, woran er ihn erkannt hatte. Er war ein verlorener Sohn gewesen – schwach, töricht und leicht zu beeindrucken, »verleitet«, wie man so sagt. All das, was wir gehört hatten, war tatsächlich einmal geschehen: Der junge Mann war wenige Tage nach dem Tod seiner Mutter heimgekehrt – sie war Haushälterin in jenem alten Haus gewesen – und hatte sich völlig fassungslos über die Nachricht vor der Tür niedergeworfen und um Einlass gefleht, wie der alte Mann mit tränenerstickter Stimme sagte. Mir schien es – der Himmel hilf, wie wenig wissen wir überhaupt –, als habe sich diese Szene auf irgendeine Weise in die verborgene Seele der Natur eingeprägt. Eines indes beeindruckte mich jedoch zutiefst. Der alte Pfarrer und mein Junge hatten diese seltsamen Phänomene auf ganz ähnliche Weise wahrgenommen. Dr. Moncrieff hatte nicht mit Entsetzen reagiert so wie ich und alle anderen. Für ihn war es kein »Gespenst« gewesen – wie wir es in unserer Unwissenheit genannt hatten –, sondern eine arme Kreatur, die er in dieser Situation ebenso erkannt hatte wie zu ihren Lebzeiten. Und so hatte es sich auch bei Roland verhalten. Diese gequälte Seele – diese Stimme aus der Geisterwelt war für meinen Jungen ein armes Mitgeschöpf in Not gewesen, dem man beistehen und helfen musste.

(Bei der Übersetzung handelt es sich um eine gekürzte Version des Originals.)

Mr. Tallents Geist

Mary Webb (1881–1927)

Das erste Mal in meinem Leben traf ich Mr. Tallent im Spätsommer des Jahres 1906 in einem kleinen einsam gelegenen Wirtshaus oben auf einem Berggipfel. Für Einheimische unterscheiden sich Regentage an solchen Orten wenig von anderen Tagen, da alle, ob regnerisch oder schön, mit Arbeit ausgefüllt sind. Für den Touristen dagegen sind Regentage voller Langeweile. Ich hatte mich schon fast eine Woche gelangweilt und dachte daran, nach London zurückzukehren, als Mr. Tallent erschien. Und da ich Mr. Tallent weder »einordnen« noch mir seine Person zu meiner Zufriedenheit erklären konnte, interessierte er mich. Denn ein Rechtsanwalt sollte Menschen nach wenigen Minuten einschätzen können.

Ich sah Mr. Tallent weder ankommen noch bemerkte ich, wie er den Raum betrat. Ich schaute auf und da stand er in dem kleinen, vom Feuerschein erhellten Gesellschaftszimmer mit seiner Bibel, seinen wollenen Vorlegern und seinen Kupfertöpfen. Er las ein Manuskript und beim Lesen bewegten sich seine Lippen leicht. Er war ein sanfter, an einen Falter erinnernder Mann, sehr mager und etwa einen Meter neunzig groß oder mehr. Er hatte Haare und Augen von undefinierbarer Farbe und trug einen schwer beschreibbaren Anzug. Seine Hände wirkten schlaff und seine Finger waren leicht aufwärts gebogen. Das Bemerkenswerteste an ihm war ein Ausdruck tatenlosen und beharrlichen Starrsinns.

Ich wünschte ihm einen guten Abend und fragte ihn, da er aus der Zivilisation gekommen schien, ob er eine Zeitung bei sich habe.

»Nein«, erwiderte er sanft. »Bedaure. Lediglich ein kleines Manuskript vor mir.«

Nun meide ich üblicherweise Manuskripte wie der Teufel das Weihwasser – da ich einmal Kritiker war, erhalte ich häufig ganze Pakete und werde um Rat gebeten. Und wie sich herausstellen sollte, hätte ich damit mir und etwa einem Dutzend anderer Leute einen grässlichen Albtraum ersparen können. Indes war der Tag entsetzlich langweilig gewesen, und nachdem ich den alten Moore ausgelesen und eine Kostprobe der Klagepsalmen genommen hatte, war mir der Lesestoff ausgegangen. Und so fragte ich: »Von Ihnen?«

»So ist es«, erwiderte Mr. Tallent bescheiden.

»Erweisen Sie mir die Ehre?«, fragte ich, wohl wissend, dass genau dies seine Absicht gewesen war.

»Wie liebenswürdig«, rief er. »Ein Fremder, der nichts von meinen Hoffnungen und Zielen weiß und doch bereitwillig eine solch lästige Aufgabe auf sich nimmt.«

»Im Gegenteil!«, erwiderte ich mit nervösem Lachen.

»Ich denke«, murmelte er, trat näher und ergriff sozusagen Besitz von mir, während er in seiner ganzen enormen Größe über mir aufragte, »es ist das Beste, wenn ich Ihnen vorlese. Es heißt, dass meine Stimme recht gut geeignet ist.«

Ich sagte, ich sei entzückt, und überlegte, dass das Abendessen kaum später als neun Uhr serviert werden würde. Ich wusste, die Lesung würde mir nicht gefallen.

Er stand beim Kaminsims, über das Tücher drapiert waren. »Dies«, sagte er, »wird mir als Podium dienen.« Dann begann er zu lesen.

Ich wünschte, es wäre mir möglich, diese langsame, ausdruckslose, unaufhaltsame Stimme zu beschreiben. Damals fiel mir kein Vergleich ein. Heute weiß ich, dass sie wie eine

Stimme aus einem Lautsprecher klang, die ein langweiliges Thema behandelt. Zuerst hört man zu und begreift sogar den Sinn der Worte. Ich lauschte den gesamten ersten sechs Kapiteln, die unsagbar ermüdend waren. Mir wurden sämtliche Szenen, Figuren und undramatischen Ereignisse im kleinsten Detail ausgemalt. Ich bildete mir ein, dass irgendwann etwas geschehen würde. Ich glaubte, die handelnden Personen würden sich entwickeln und schreckliche Dinge tun oder bedeutende, tugendhafte Taten vollbringen. Aber sie taten nichts dergleichen. Es passierte nichts. Das Buch war seicht, gestaltlos und nicht lebendig genug, um zu fesseln. Es war nicht mehr als ein langatmiger Erguss einer negativen Persönlichkeit, übervoll an inhaltslosen, geborgten, abgedroschenen Gedanken. Er sagte immer das, was man erwartete. Man wusste stets, wie sich seine Figuren verhalten würden. Man wartete auf den Höhepunkt einer Plattheit wie auf einen stechenden Zahnschmerz. Ich glaubte, dass er nach einer Weile innehalten würde, wie es selbst die Vermessensten meist tun, um sich zu entschuldigen und im gleichen Moment offenkundig darauf zu warten, dass man sagte: »Bitte fahren Sie fort.«

In seinem Fall war dies überflüssig. Tatsächlich war es unmöglich. Die langsame, eintönige Stimme fuhr ohne eine Pause mit der grässlichen Unermüdlichkeit eines Grammofons fort. Ich schmachtete danach, dass er flüsterte oder schrie – irgendetwas tat, um die Langeweile zu durchbrechen. Ich versuchte an andere Dinge zu denken, vergebens – dazu las er zu laut. Ich konnte ihm weder zuhören noch ihn ignorieren. Einen solchen Abend hatte ich noch nie verlebt. Wie es der Zufall wollte, brachte unser kleines Dienstmädchen unser Essen erst kurz vor zehn zu Wege. Die Stunden schleppten sich dahin.

Endlich sagte ich: »Könnten wir eine kleine Pause machen, nur für ein paar Minuten?«

»Warum?«, fragte er.

»Um … zu diskutieren«, murmelte ich schwach.

»Nein«, erwiderte er, »nicht im spannendsten Moment. Sehen Sie denn nicht, dass meine Handlung nun endlich dem dramatischsten Augenblick zustrebt? Alle Figuren fiebern dem Höhepunkt der Tragödie entgegen.«

Er las weiter. Ich wartete weiter auf den Höhepunkt der Tragödie. Doch die Tragödie blieb aus. Mein Kopf schmerzte grässlich. Die Stimme ergoss sich weiter, über meine Sinne, das Zimmer, die Welt. Mir schien, als würde sie mich in die Ewigkeit fortschwemmen. Ich wurde mir gewahr, dass ich ganz im Ernst dachte: Wenn sie nicht bald das Abendessen aufträgt, dann bringe ich ihn um.

Ich dachte dies so unwillkürlich, als handele es sich bei ihm um einen Ohrenkneifer oder eine Schnake. Ich nahm Zuflucht zu dem Gedanken, wie ich vorgehen könnte. Das fesselte meine Aufmerksamkeit und erlaubte es mir, mich ganz vom Sinn seiner Worte zu lösen. Ich sann über sämtliche Möglichkeiten nach, die mir zur Verfügung standen. Erwürgen. Das Brotmesser auf der Anrichte. Erhängen. Es bereitete mir hämische Freude. Fast begann ich schon, mich glücklich zu fühlen, als die Lesung abrupt endete.

»Sie bringt das Abendessen«, sagte er. »Nun können wir ein wenig diskutieren. Anschließend werde ich das Manuskript zu Ende lesen.« Gesagt, getan. Und dann unterrichtete er mich ausführlich über sein Testament. Er sagte, er wolle sein gesamtes Geld für die posthume Veröffentlichung seiner Manuskripte hinterlassen. Zudem sagte er, ich solle das Testament für ihn aufsetzen und als Treuhänder seiner Manuskripte fungieren.

Ich sagte, ich sei zu beschäftigt. Er erwiderte, ich könne das Testament morgen aufsetzen.

»Ich werde morgen abreisen«, warf ich hitzig ein.

»Sie können erst nachmittags abreisen, wenn das Fuhrwerk fährt«, frohlockte er. »In der Zwischenzeit können Sie das Testament aufsetzen. Danach brauchen Sie nichts mehr zu tun. Sie können einen Kritiker engagieren, um die Manuskripte zu lesen, und einen Verleger dafür bezahlen, dass er sie verlegt. Und ich werde durch sie in Erinnerung bleiben.«

Dann fügte er hinzu, wenn ich noch Zweifel an ihrem literarischen Wert hätte, würde er mir ein weiteres vorlesen.

Ich gab auf. Wer hätte das nicht getan? Ich setzte das Testament auf, gab ihm eine Adresse, an die er seinen Plunder schicken konnte, und verließ das Gasthaus.

»Gott sei Dank«, seufzte ich voller Inbrunst, als er hinter der Straßenbiegung verschwand. Er stand auf der Türschwelle und begann einem dicken Viehzüchter, der auf einen Krug Bier hereingekommen war, eine Geschichte vorzulesen, die er eine »ländliche Idylle« nannte. Ich lächelte, als ich daran dachte, wie viel mehr der Mann bekam, als er gewollt hatte.

Danach vergaß ich Mr. Tallent. Einige Jahre hörte ich nichts mehr von ihm. Gelegentlich ging ich Bücherverzeichnisse durch, um festzustellen, ob mich jemand meiner Pflicht enthoben hatte, Mr. Tallents Werk zu veröffentlichen. Aber vergebens.

Als ich etwa zehn Jahre später mit einer Kriegsverletzung im Krankenhaus lag, begegnete ich Mr. Tallent erneut. Ich befand mich auf dem Wege der Genesung und saß mit einigen anderen Burschen in der Sonne, als sich die Tür leise öffnete und Mr. Tallent hereinschlich. Er las uns zwei Stunden vor. Er entsann sich meiner und erging sich endlos über Zufälle. Als er fort war, sagte ich zu der Schwester: »Wenn Sie den Kerl während meines Aufenthaltes noch einmal hereinlassen, dann bringe ich ihn um.«

Sie lachte herzlich, aber die anderen Burschen pflichteten mir allesamt bei und tatsächlich erschien er nicht wieder.

Nicht lange danach entdeckte ich in der Zeitung seine Todesanzeige.

Der arme Kerl!, dachte ich. Er wird zu viel vorgelesen haben. Irgendwer hat die Geduld verloren. Nun, wenigstens wird er mir nie wieder vorlesen können.

Dann fielen mir die Manuskripte ein und ich begriff, dass, wenn er Wort gehalten hatte, meine Schwierigkeiten nun erst richtig begannen. Und so war es.

Als Erstes kam der übliche Brief von einem Anwalt aus der Stadt, in der er gelebt hatte. Dann suchte mich der Sekretär besagten Anwaltes auf und überbrachte mir einen großen Blechkasten.

»Die Verwandten des Verstorbenen«, sagte er, »sind äußerst verärgert. Sie haben nichts geerbt. Sie sagen, dass die Manuskripte wertlos seien und dass die Lebenden Rechte hätten.«

Ich erkundigte mich, woher sie das von den Manuskripten wüssten.

»Wie es scheint, Sir, hat Mr. Tallent sie von Zeit zu Zeit laut vorgelesen …«

Ich konnte mit knapper Not ein Grinsen unterdrücken.

»Und sie fordern den gleichen Teil wie die … ähm, Manuskripte zu erhalten, Sir. Sie drohen, gerichtlich vorzugehen und haben juristischen Rat eingeholt, ob es ratsam ist, eine Prüfung des Materials zu verlangen, das sich in Ihrem Besitz befindet.«

Ich betrachtete den Kasten und fragte, ob er voll sei.

»Bis zum Rand, Sir. Mit Maschinen geschriebenen Manuskripten. Wirklich ordentlich.«

Er zog den Schlüssel, eine Kopie des Testaments und einen versiegelten Brief heraus.

Ich nahm den Kasten an jenem Abend mit nach Hause. Gestärkt durch ein Abendessen, eine Zigarre und ein Glas Portwein sann ich über ihn nach. So ein Kasten verbreitet eine ungemein schicksalhafte Atmosphäre. Ob Fluch oder Segen, er übt eine beständige Faszination auf die Menschen aus. Der Koffer eines Gauklers, ein Schmuckkästchen, eine Alabasterschachtel mit kostbarem Speik, eine Aussteuertruhe, ein steinerner Sarkophag – welch seltsames Geheimnis sie alle umgibt! So fühlte ich mich, als ich Mr. Tallents Kasten öffnete, wie jemand, der einen Geist aus der Flasche lässt. Und das machte ich in der Tat. Ich hatte bereits Testament und Brief studiert und herausgefunden, dass das Vermögen recht beträchtlich war. Der Brief wiederholte lediglich das, was Mr. Tallent mir mitgeteilt hatte. Ich warf einen Blick auf einige der Manuskripte. Sofort schien der Raum von Mr. Tallents Person und Stimme erfüllt. Ich schaute in die nunmehr dämmerigen Ecken des Zimmers, als erwartete ich ihn dort zu sehen. Als ich weitere Manuskripte in Augenschein nahm, wurde mir klar, dass dasjenige, welches Mr. Tallent mir vorgetragen hatte, das Beste gewesen war. Ich suchte Johnsons Telefonnummer heraus und bat ihn vorbeizuschauen. Er ist einer von jenen Menschen, die niemals Geld verdienen. Er ist ein freier Journalist und besitzt ein Gewissen. Ich wusste, dass er froh über den Auftrag sein würde.

Er suchte mich unverzüglich auf und musterte die Manuskripte mit Entzücken, denn im Herzen ist er ein Kritiker und hat die ewige Hoffnung ein Meisterwerk zu entdecken.

»Am besten nehmen Sie gleich ein Dutzend und machen eine Liste«, sagte ich. »Die Beurteilung bitte zum Schluss.«

»Wird es von mir abhängen, ob die Manuskripte veröffentlicht werden?«

»*Welche* von ihnen veröffentlicht werden«, sagte ich. »Einige müssen veröffentlicht werden. So steht es im Testament.«

»Aber was, wenn ich sie für wertlos halte? Werden die armen Teufel dann mehr Geld bekommen? Schrecklich, wenn man mittellos ist.«

»Das werde ich noch herausfinden müssen. Ich bin nicht sicher, ob dies rechtlich möglich ist. Was sind denn, zum Beispiel, die Maßstäbe?«

»Ich werde die Maßstäbe setzen«, sagte Johnson ein wenig überheblich. »Wenn ich natürlich ein Meisterwerk entdecke ...«

»Wenn Sie ein Meisterwerk entdecken, mein lieber Freund«, sagte ich, »bekommen Sie von mir hundert Pfund.«

Er fragte, ob ich schon einen Verleger im Auge habe. Ich sagte, ich hätte mich für Jukes entschieden, da kein Buch so schlimm sein könne, dass es seinen Ruf noch verschlechterte, und das Geld ihn vielleicht vor dem Bankrott bewahren würde.

»Behandeln Sie da den armen Mr. Tallent ganz fair?«, fragte Johnson. Mr. Tallent hatte ihn bereits in seiner Macht.

»Falls«, sagte ich als Abschiedssegen, »Sie jemals wünschen sollten, sich nie auf die Sache eingelassen zu haben – was der Fall sein wird, sobald Sie sich an die Arbeit machen –, dann denken Sie daran, dass Ihnen die Manuskripte zumindest nie laut vorgelesen wurden, und seien Sie dankbar dafür.«

Eine Woche lang passierte nichts. Dann begannen Briefe von Mr. Tallents Verwandten einzutreffen. Es handelte sich um eine überaus fruchtbare Familie. Allesamt waren bettelarm, furchtbar wütend und keinen Pfifferling an Literatur interessiert. Sie schrieben aus den verschiedensten Blickwinkeln und in den unterschiedlichsten Stilen. In zwei Punkten waren jedoch alle gleich – es mangelte ihnen an jeglicher literarischer Qualität und juristischer Genauigkeit.

Das Lesen und Beantworten der Briefe nahm mit jedem Tag mehr Zeit in Anspruch. Wenn ich bei den Verwandten irgendwelche Hoffnungen weckte, spürte ich sofort Mr. Tallent um mich herum, stumm, bekümmert, verletzt. Machte ich ihnen keine Hoffnungen, erhielt ich postwendend den

Brief eines Anwalts. Außer mir schien niemand das Ergreifende an Mr. Tallents hohen Zielen und Träumen zu spüren. Man teilte mir mit, dass von Kanzleien in ganz England Prozesse angestrengt werden sollten. Geld wurde zum Fenster herausgeworfen, um Mr. Tallent seiner Unsterblichkeit zu berauben, später indes stellte sich heraus, dass Mr. Tallent seine Interessen selbst zu wahren vermochte.

Als Johnson kam, um einen weiteren Teil des Kasteninhaltes abzuholen, sagte er, dass es bisher keine Spur von einem Meisterwerk gäbe und die Manuskripte schlimmer nicht sein könnten.

»Ein bemitleidenswerter Kerl, dieser Tallent«, sagte er.

»Mein lieber Freund«, flehte ich, »lassen Sie um Himmels willen nicht zu, dass er Besitz von Ihnen ergreift. Bleiben Sie standhaft. Er wird Sie heimsuchen, so wie er mich heimsucht, mit seiner grässlichen Überschwänglichkeit. Ich kann an nichts anderes mehr als an ihn und seinen Kasten denken wie bei einer Verteidigung, bei der es um Leben und Tod geht. Wenn ich am Kamin sitze, kann ich ihn lesen hören. Wenn ich einschlafe, träume ich, dass er sich über mich neigt wie ein riesiger bleicher Falter. Und wenn es mir gelingt, ihn für ein Weilchen zu vergessen, kommt prompt ein Brief von einem seiner unsäglichen Verwandten und erinnert mich wieder an ihn. Nehmen Sie sich vor Tallent in Acht.«

Selbstverständlich befolgte er meinen Rat nicht. Als er mit der Kiste fertig war, hatte Tallent ihn ebenso in seiner Macht wie mich. Obwohl bitter enttäuscht, kein Meisterwerk gefunden zu haben, war Johnson dem Verfasser dennoch treu ergeben, auch wenn ihn die Mitleid erregenden Briefe marterten, die die Verwandten nun an sämtliche Zeitungen sandten.

»Mir träumte«, sagte Johnson eines Tages zu mir (er sagt immer »mir träumte«, weil er Kritiker ist und dies für eine gewählte Ausdrucksweise hält), »mir träumte, der arme Tallent sei mir mitten in der Nacht erschienen und habe mir in aller Ausführlichkeit dargelegt, was ihn zu seinen verschiedenen Themen inspirierte. Er sagte, sie seien wie ›Kublai Khan‹ über ihn gekommen.«

Ich sagte, danach müsse die Nacht vorbei gewesen sein.

»Exakt«, erwiderte er. »Und es ist ihm gelungen, dass ich Meisterwerke nun nicht mehr mag.«

Ich fragte, ob er vorhabe, bei der großen Versammlung zugegen zu sein.

»Versammlung?«

»Ganz richtig. Die Lage hat sich dermaßen zugespitzt, dass wir eine Versammlung einberufen mussten. Es werden etwa einhundert Leute dort sein, die ich wohl anschließend zum Essen einladen muss, was ich kaum dem Verstorbenen in Rechnung stellen kann.«

»Mein Gott! Das wird Sie ein hübsches Sümmchen kosten.«

»So ist es. Aber vielleicht können wir einiges regeln. Ich wäre dankbar dafür.«

»Sie sehen nicht gut aus, alter Knabe«, sagte er. »Sie wirken erschöpft.«

»Das bin ich«, erwiderte ich. »Tallent begleitet mich auf Schritt und Tritt. Werden Sie kommen?«

»Gewiss. Doch was soll ich dort sagen?«

»Die Wahrheit, nichts als die Wahrheit …«

»Aber es ist ein so schrecklicher Gedanke, dass dieser arme Teufel sein ganzes Leben damit zugebracht hat, diese verflixten … und dann sollen sie nie veröffentlicht werden.«

»Schlimmer, wenn sie veröffentlicht würden. Viel schlimmer.«

»Mein lieber Freund, welch eine verzwickte Lage!«

»Wenn ich vorhergesehen hätte, *wie* verzwickt«, sagte ich, »dann hätte ich den Kerl oben auf jenem Berg erwürgt. Ich musste zwei Sekretäre einstellen, um den Schriftverkehr zu bewältigen. Ich komme nicht zur Ruhe. Die ganze Nacht träume ich nur von Tallent. Und nun habe ich erfahren, dass ein schwindsüchtiger Verwandter aus Enttäuschung darüber, dass er nichts von dem Geld bekommt, gestorben ist, und seine Frau hat mir einen wütenden Brief geschrieben, in dem sie droht, mich wegen fahrlässiger Tötung anzuzeigen. Selbstverständlich ist das alles Unsinn, aber es beweist, wie hysterisch die Leute sind. Ich bin mit den Nerven ziemlich am Ende.«

»Sie wären mit den Nerven noch mehr am Ende, wenn Sie den ganzen Kasten gelesen hätten.«

Da gab ich ihm Recht.

Auf der Versammlung ging es hoch her. Es war unübersehbar, dass die Leute das Geld brauchten. Sie waren von jenem sich plagenden, verhärmten Menschenschlag, der immer in Geldnöten ist. Kinder hofften auf eine Chance im Leben; alte Menschen, den Tod noch ein wenig hinausschieben zu können; Leute mittleren Alters, ein Geschäft aufzubauen oder ein gemütliches Häuschen zu kaufen. Und da war Tallent in einer geistigen Existenz, der kein Fleisch und kein Brot mehr brauchte und es ihnen mit voller Absicht vorenthielt.

Gerade als ich dies dachte, sah ich zweifelsfrei eben jenen Tallent an dem Fenster des Raumes vorbeigehen, den ich für den Anlass gemietet hatte. Ich stand auf, deutete auf ihn. Ich rief, man solle ihm folgen. Eine Verwechslung war ausgeschlossen.

Johnson trat zu mir.

»Ganz ruhig, alter Freund«, sagte er. »Sie sind überreizt.«

»Aber ich habe ihn wirklich gesehen«, sagte ich. »Ihn und keinen anderen. Die Ursache allen Unheils. Wenn ich ihn nur zu fassen bekäme!«

Ein Arzt, der eine von Tallents Schwestern geheiratet hatte, sagte, dergleichen Sinnestäuschungen seien weit verbreitet und ich ganz offenbar nicht die geeignete Person, das Geld zu verwalten. Dies gab mir wieder ein Fünkchen Hoffnung, bis ihm dieser Trottel Johnson widersprach und dummes Zeug über meine berufliche Laufbahn sagte. Und eine zittrige alte Dame lenkte die Aufmerksamkeit ab, da sie rief: »Die Kirche! Die Kirche! Befragen wir die Kirche. Es steht etwas in der Bibel dazu, ich kann mich im Moment nur nicht an den Wortlaut erinnern. Hat jemand eine Bibel?«

Ein Neffe, der Geistlicher war, zog eine kleine Ausgabe des Neuen Testaments aus der Tasche, und wie sich herausstellte, hatte sie eine Stelle gemeint, die da heißt: »Nimm zehn Talente.«

»Wenn ich nur einen nehmen könnte, gnädige Frau«, sagte ich, »dann wäre ich es zufrieden.«

»Darüber steht auch etwas in der Bibel«, erwiderte sie frohlockend. »Hören Sie! Wenn ein Mann ein Talent hat ... Oh, in der Bibel findet sich alles!«

»Lassen Sie uns zum Geschäft kommen«, bemerkte einer der dreizehn Anwälte. »Ob es in der Bibel steht oder ob Mr. Tallent am Fenster vorbeiging, hat keinen Einfluss darauf, ob unser Vorgehen gesetzlich oder ungesetzlich ist. Fakten bleiben nun mal Fakten. Der Verstorbene ist tot. *Sie* haben das Geld. *Wir* wollen es bekommen.«

»Ich wünsche mir inbrünstig, Sie hätten es schon«, sagte ich, »und dieser Tallent würde Sie statt meiner heimsuchen.«

Die Versammlung dauerte vier Stunden. Es wurden die unsinnigsten Vorschläge gemacht. Ein oder zwei sportbegeisterte Vettern des Verstorbenen regten an, die Entscheidung durch Wettkämpfe herbeizuführen – zwischen Vertretern der angehenden Nutznießer und Vertretern der Manuskripte. Sie vermochten nicht einzusehen, dass dies nichts an der juristischen Sachlage änderte. Johnson wurde nach seiner Meinung gefragt. Er sagte, vom Standpunkt eines Kritikers betrachtet, seien die Manuskripte unsinniges Geschreibsel. Alle bedachten ihn mit wohlwollenden Blicken. Doch just als er sich in dieser Atmosphäre sonnte und Tallent zu vergessen versuchte, steuerte eine gewaltige kriegerische Dame auf ihn zu und beugte sich in feindseliger Manier über ihn.

»Ich habe die Bücher nicht gelesen und werde es auch nicht tun«, sagte sie, »aber ich habe etwas gegen den Ausdruck ›unsinniges Geschreibsel‹, Sir. Ich betrachte ihn als Verleumdung. Lassen Sie sich etwas gesagt sein: Ich habe Mr. Tallent in die Welt gesetzt!« Ich sah sie mit ehrfürchtigem Staunen an. Sie hatte also dieses Unheil über die Welt gebracht! Aber wie – wen hatte sie überredet? Ich riss mich zusammen. Und als ich meinen besinnlichen Blick von der streitbaren Dame abwandte, sah ich Tallent abermals am Fenster vorbeigehen.

Ich stürzte zum Fenster und versuchte es hochzuschieben. Aber es ließ sich nicht öffnen, denn das Gebäude war für Versammlungen und nicht für Menschen gebaut worden. Ich packte den Feuerhaken und wollte die Scheibe zertrümmern. Ich nehme an, ich sah ziemlich verrückt aus, und da alle anderen zu eifrig mit der Sache beschäftigt gewesen waren, um aus dem Fenster zu schauen, glaubte mir niemand, dass ich Tallent gesehen hatte.

»Vielleicht gehen Sie eben zum nächsten Drogisten und besorgen ein wenig Baldrian«, sagte der Arzt zu Johnson. »Er ist überreizt.«

Johnson, dankbar, der streitbaren Dame zu entfliehen, machte sich bereitwillig auf den Weg.

Endlich aber war die Versammlung vorbei. Es wurde beschlossen, dass wir versuchen sollten, die Angelegenheit außergerichtlich zu klären. Wir gedachten, Gutachten von sechs bedeutenden Juristen einzuholen – am besten Richtern. Zudem gedachten wir die Geschichte, die Johnson für die Beste hielt, einem bekannten Kritiker vorzulegen. Auf Grund des Urteils dieser Fachleute gedachten wir dann das Geld entweder aufzuteilen oder die Dinge beim Alten zu belassen.

Tief bedrückt ging ich nach Hause. All diese Gutachten würden eine Menge Kosten und Arbeit verursachen. Die Sache schien kein Ende zu nehmen.

»Zum Teufel mit dem Mann!«, murmelte ich, als ich um eine Ecke bog und den Platz erreichte, an dem ich wohnte. Und dort, nur die Breite des Platzes von mir entfernt, stand ebenjener Mann. Ich war den Tränen nahe. Was hatte ich getan, dass die Götter mir derart mitspielten?

Ich rannte los, aber er lief schnell und einen Augenblick später war er in einer Seitenstraße verschwunden. Als ich die Ecke erreichte, lag die Straße verlassen da. Danach verging kaum ein Tag, an dem ich Tallent nicht sah. Ich wurde grässlich gereizt und nervös und mich begann die Angst zu quälen, den Verstand zu verlieren. Indessen nahm die Angelegenheit ihren Gang. Endlich wurde entschieden, dass die Hälfte des Geldes unter den Verwandten aufgeteilt werden sollte. Nun glaubte ich, dass Frieden einkehren würde, und eine Zeit lang war es auch ruhig – vergleichsweise wenigstens.

Doch schon etwa einen Monat später hörte ich von einem der Anwälte, dass seltsame und beunruhigende Dinge geschehen waren – zwei der Nutznießer des Erbes wurden dermaßen von Mr. Tallent heimgesucht, dass sie den Verstand zu verlieren drohten. Ich schrieb ihm, um zu erfahren, welcher Natur die Heimsuchungen waren. Er sagte, sie würden Mr. Tallent unablässig aus seinen Werken vorlesen hören. Wo immer sie sich im Hause aufhielten, hörten sie ihn. Ich fragte mich, ob er demnächst auch mir vorzulesen begann. Bisher war dies nur in meiner Phantasie geschehen. Wenn er tatsächlich zu lesen anfing …

Einige Monate später erfuhr ich, dass die beiden heimgesuchten Verwandten in die Irrenanstalt gebracht worden waren. Während ihres dortigen Aufenthaltes hörten sie nichts. Doch als sie einige Zeit später als geheilt entlassen wurden, hörten sie ihn abermals lesen und mussten in die

Anstalt zurückkehren. Allmählich ereilte auch andere dieses Los, allerdings stets nur einen oder zwei zur gleichen Zeit.

Während des langen Winters zwei Jahre nach seinem Tod ereilte es dann auch mich.

Ich begab mich umgehend zu einem Spezialisten, der sagte, es handele sich um akute Nervenschwäche, und ein »Heim« empfahl. Aber ich lehnte ab. Ich wollte bis zum bitteren Ende gegen Tallent kämpfen. Mittlerweile befanden sich sechs der Nutznießer in »Heimen« und jeder Penny des Geldes, das sie besessen hatten, war aufgebraucht.

Ich dachte nach. Wie, wann und wo konnte ich ihn finden? Ich ging zu einem Spiritisten, einem Priester und einer Frau, die über mehr intuitive Wahrnehmung verfügt als sonst jemand, den ich kenne. Auf Grund ihrer Ratschläge schmiedete ich meine Pläne. Aber am Ende war Lesbia meine Rettung.

»Such dir einen Mann, der dich auf Schritt und Tritt begleiten kann«, sagte sie. »In dem Moment, in dem *Er* auftaucht, schickst du deinen Gefährten durch eine Seitenstraße, um ihm den Weg abzuschneiden.«

»Aber wie soll das …«

»Mach dir keine Gedanken. Ich weiß, es wird funktionieren.«

Sie schenkte mir ein weises kleines Lächeln.

Ich tat, wie sie mir geraten, doch erst als meine Geduld beinahe erschöpft war, sah ich Tallent abermals. Die Lesungen gingen weiter, indes nur abends, wenn ich allein war, und bei Nacht. Abend für Abend lud ich Leute ein. Aber wenn ich mich zu Bett begab, ging es los.

Johnson schlug mir vor zu heiraten.

»Wie bitte?«, sagte ich. »Einer Frau ein Nervenbündel, ein bedrohtes Heim und womöglich ein Ende in einer Anstalt anbieten?«

»Es gibt eine Frau, die mit beiden Händen zugreifen würde. Ihr Name beginnt mit einem L.«

»Spielen Sie nicht den Narren«, sagte ich. Mir war nicht nach Scherzen zu Mute. Ich wollte einzig eine Erklärung für die Dinge finden.

Etwa drei Jahre nach Tallents Tod verließen mein Begleiter und ich ein wenig früher als üblich das Haus und sahen ihn eine lange Straße hinunterhasten, von der keine Seitenstraßen abgingen. Wie es der Zufall wollte, fuhr ein leeres Taxi an uns vorbei. Ich rief. Wir stiegen ein. Unmittelbar vor Tallents Geist hielten wir an, sprangen heraus und warfen uns auf ihn.

»Mein Gott!«, rief ich. »Er ist lebendig!«

Er war vollkommen lebendig und ziemlich aus der Fassung.

Wir setzten ihn in das Taxi und brachten ihn zu mir nach Hause.

»So, Tallent!«, sagte ich. »Sie werden für Ihr Tun Rede und Antwort stehen müssen.«

Sein Blick war erschreckt, aber verträumt.

»Warum sind Sie nicht tot?«, war meine nächste Frage.

Er schien verletzt.

»Weil ich nicht gestorben bin«, erwiderte er sanft.

»Es stand in der Zeitung.«

»Das habe ich veranlasst. Ich war in Amerika. Es war ganz einfach.«

»Und weshalb haben Sie mich ständig heimgesucht und Ihre unglücklichen Verwandten niederträchtig in Anstalten getrieben?« Ich steigerte mich in Rage. »Wissen Sie, wie viele von ihnen mittlerweile eingewiesen wurden?«

»Ja. Das ist mir bekannt. Sehr interessant.«

»Interessant?«

»Es war für eine große Sache«, sagte er. »Vielleicht ist

Ihnen nicht klar, dass ich ein fortschrittlicher Psychoanalytiker bin und es mir mit meinen Romanen nicht ernst war. Tatsächlich waren sie lediglich Teil des Experiments.«

»Um Himmels willen, welchen Experiments?«

»Der Plural wäre im Grunde richtiger«, sagte er, »denn es waren viele Experimente.«

»Aber wofür, Sie verfluchter alter Lump?«, schrie ich.

»Für mein großes Werk«, sagte er bescheiden.

»Und was ist Ihr großes Werk, Sie boshafter Alter?«

»Es wird weltberühmt werden«, erwiderte er selbstzufrieden. »All dies bot mir außergewöhnliche Möglichkeiten. Es war so einfach, in die Häuser meiner Verwandten zu gelangen und mit ihnen zu experimentieren. Bedauerlich nur, dass ich ihnen nicht in die Anstalt folgen konnte.«

Dies bekümmerte ihn offenbar mehr als das Unheil, das er angerichtet hatte.

»Dann haben also immer *Sie* gelesen?«

»Immer.«

»Und Sie waren es, der am Fenster des grässlichen Raumes vorbeiging, in dem wir Ihr Testament diskutierten?«

»Ja. Ein höchst ergötzliches Spektakel!«

»Bevor ich entscheide, was ich mit Ihnen mache, Sie alter Schurke«, sagte ich, »was ist nun Ihr großes Werk?«

»Es ist eine wissenschaftliche Abhandlung«, sagte er mit jenem zufriedenen Gesichtsausdruck, der mich zur Raserei brachte. »Eine Abhandlung, die alle früheren Arbeiten auf diesem Gebiet in den Schatten stellen wird, mit dem Titel: ›Eine umfassende Untersuchung mit zahlreichen Experimenten über die menschliche Leidensfähigkeit‹.«

In den Wilden Bergen

Edgar Allan Poe (1809–1849)

Als ich im Herbst des Jahres 1827 in der Nähe von Charlottesville in Virginia weilte, machte ich zufällig die Bekanntschaft von Mr. Augustus Bedloe, eines jungen Herrn, der in jeder Beziehung sonderbar schien und größtes Interesse und Neugier in mir weckte. Es war mir unmöglich, sein Wesen und seine Erscheinung einzuschätzen. Von seiner Familie konnte ich mir kein befriedigendes Bild machen. Ich brachte nie in Erfahrung, woher er kam. Selbst sein Alter gab mir – obwohl ich ihn als jungen Mann bezeichnete – Rätsel auf. Gewiss wirkte er jung – und er betonte sein jugendliches Alter –, indes gab es Momente, in denen er mir wie ein Hundertjähriger erschien. Das Sonderbarste an ihm war jedoch sein Aussehen. Er war ungemein groß und dünn und ging stark gebeugt. Seine Glieder waren überaus lang und mager, seine Stirn war niedrig und breit, sein Gesicht leichenblass, sein Mund groß und weich und seine Zähne waren zwar gesund, doch weit unregelmäßiger, als ich es je zuvor bei einem Menschen gesehen hatte. Sein Lächeln wirkte jedoch keineswegs abstoßend, wie man vielleicht vermutet hätte, indes war es immer gleichbleibend und zeugte von tiefer Melancholie. Seine Augen waren außergewöhnlich groß und rund wie die einer Katze. Auch die Pupillen verengten und erweiterten sich mit zu- und abnehmendem Licht, wie man es von Katzen kennt. In Momenten der Erregung begannen die Augäpfel fast unvorstellbar zu leuchten und schienen Strahlen von einem ureigensten Glanz auszusenden wie eine Kerze oder die Sonne. Sonst aber waren sie vollkommen stumpf, verschleiert und leblos wie die Augen eines seit langem bestatteten Leichnams.

Diese Eigentümlichkeiten seiner Person schienen ihm großen Verdruss zu bereiten und er spielte immerfort in halb erklärender, halb entschuldigender Weise auf sie an, was zuerst ungemein peinlich auf mich wirkte. Bald aber gewöhnte ich mich daran und verlor mein Unbehagen. Auch wenn er es nicht direkt aussprach, schien er wohl anzudeuten, dass er einmal anders ausgesehen hatte – dass eine lange Reihe neuralgischer Anfälle ihn seines überdurchschnittlichen Aussehens beraubt und zu dem gemacht hatten, was ich jetzt sah. Seit vielen Jahren befand er sich in Betreuung eines Arztes namens Templeton – eines alten Herrn von vielleicht siebzig Jahren. Er war ihm erstmals in Saratoga begegnet, wo er von ihm eine Behandlung erhalten hatte, die ihm, tatsächlich oder vermeintlich, ungemein gut bekommen war. Und so hatte Bedloe, der vermögend war, mit Dr. Templeton eine Vereinbarung getroffen, derzufolge sich Letzterer gegen ein großzügiges Jahreseinkommen bereit erklärt hatte, seine Zeit und sein medizinisches Wissen ausschließlich der Pflege des Kranken zu widmen.

Doktor Templeton war in jüngeren Jahren weit gereist und in Paris ein begeisterter Anhänger der Lehre Mesmers geworden. Allein mit Hypnose war es ihm gelungen, die heftigen Schmerzen seines Patienten zu lindern. Und dieser Erfolg hatte bei Letzerem selbstverständlich ein gewisses Maß an Vertrauen in die Überzeugungen geweckt, die den Behandlungsmethoden zu Grunde lagen. Der Arzt indes hatte, wie alle Enthusiasten, große Anstrengungen unternommen, seinen Patienten vollständig zu bekehren, und den Kranken schließlich dazu gebracht, sich zahlreichen Experimenten zu unterziehen. Durch die häufige Wiederholung derselben war ein Erfolg eingetreten, der in diesen Tagen so alltäglich geworden ist, dass er nur noch selten Beachtung findet, doch in jener Zeit, von der ich berichte, in Amerika so gut wie unbekannt war. Ich will sagen, dass zwischen Dr. Templeton und Bedloe allmählich eine sehr tiefe und ausgeprägte Beziehung oder hypnotische Verbindung entstanden war. Indes möchte ich nicht behaupten, dass diese Beziehung über das schlichte Vermögen, den Schlaf zu fördern, hinausging, doch hatte dieses einen hohen Grad an Wirksamkeit erreicht. Mit dem ersten Versuch, den hypnotischen Schlaf herbeizuführen, war der Mesmerist vollkommen gescheitert. Beim fünften oder sechsten Mal und nach langen Bemühungen hatte er einen gewissen Erfolg erzielt. Erst beim zwölften Mal war der Triumph vollkommen gewesen. Danach unterlag der Wille des Patienten rasch dem völligen Einfluss des Arztes, und als ich die beiden kennen lernte, wurde der Schlaf fast augenblicklich allein durch die Willenskraft des Mesmeristen herbeigeführt, selbst wenn der Kranke dessen Anwesenheit gar nicht bemerkte. Erst jetzt, da wir das Jahr 1845 schreiben und ähnliche Wunder täglich von tausenden bezeugt werden, wage ich es, das scheinbar Unmögliche als ernsthafte Tatsache hinzustellen.

Bedloes Naturell war in höchstem Maße empfindsam, erregbar, schwärmerisch, seine Phantasie ungemein lebhaft und schöpferisch. Und zweifellos erhielt sie durch den regelmäßigen Gebrauch von Morphin, das der Kranke in großen Mengen benötigte, zusätzliche Kraft. Es war seine Gewohnheit, morgens unmittelbar nach dem Frühstück eine große Dosis einzunehmen – oder besser gesagt nach einer Tasse starken Kaffees, denn er pflegte am Vormittag nichts zu essen – und dann allein oder nur von einem Hund begleitet zu einer langen Wanderung in dem unbewohnten, öden Gebirge aufzubrechen, das westlich und südlich von Charlottesville liegt und dort hochtrabend die »Wilden Berge« genannt wird.

An einem trüben, milden Tag gegen Ende November, während der seltsamen Übergangsphase der Jahreszeiten, die man in Amerika Indianersommer nennt, machte sich Mr. Bedloe wie üblich in Richtung der Berge auf. Der Tag verstrich, doch er kehrte nicht zurück.

Um acht Uhr abends begannen wir uns wegen seiner langen Abwesenheit ernstliche Sorgen zu machen und wollten uns eben auf die Suche nach ihm begeben, als er plötzlich erschien, in heiterer Stimmung als üblich. Der Bericht, den er uns von seinem Ausflug und den Ereignissen, die ihn aufgehalten hatten, gab, war indes sonderbar.

»Sie werden sich erinnern«, sagte er, »dass ich Charlottesville etwa um neun Uhr morgens verließ. Ich lenkte meine Schritte unverzüglich in die Berge und erreichte um etwa zehn eine Schlucht, die mir gänzlich unbekannt war. Mit großer Neugier folgte ich den Windungen des Passes. Obwohl man die Landschaft rundum kaum großartig nennen konnte, besaß sie doch einen unbeschreiblichen und in meinen Augen hinreißenden Reiz trauriger Einsamkeit. Die Öde schien von vollkommener Unberührtheit zu sein. Ich konnte mich des Eindrucks nicht erwehren, dass vor mir noch niemals ein menschliches Wesen seinen Fuß auf die grünen Grasbüschel und grauen Felsen gesetzt hatte. Der Eingang der Schlucht ist dermaßen abgelegen und unzugänglich, dass man ihn nur durch eine Reihe von Zufällen entdeckt und keineswegs auszuschließen ist, dass ich der erste, der allererste und einzige Abenteuerer war, der in ihre Tiefen vordrang.

Der dichte, eigentümliche Nebel oder Dunst, der für den Indianersommer typisch ist und nun schwer über allen Dingen hing, vergrößerte fraglos den undefinierbaren Reiz dieses Abenteuers noch. Er war dermaßen dicht, dass ich zu keinem Zeitpunkt mehr als ein Dutzend Meter weit sah. Der Weg hatte viele Windungen, und da die Sonne sich nicht zeigte, hatte ich bald jeglichen Orientierungssinn verloren. Inzwischen hatte das Morphin seine gewohnte Wirkung gehabt und verlieh der gesamten Außenwelt zusätzlichen Reiz. Das Beben eines Blattes – die Färbung eines Grashalms – die Form eines Kleeblattes – das Summen einer Biene – das Funkeln eines Tautropfens – das Flüstern des Windes – die zarten Düfte des Waldes – da entstand eine ganze Welt von Phantasien – eine heitere, bunte Prozession schwärmerischer, ungeordneter Gedanken.

So schritt ich in mich versunken mehrere Stunden weiter, während der Nebel um mich herum sich derart verdichtete, dass ich mich endlich nur noch vorwärts tastete. Nun überfiel mich doch ein unbeschreibliches Unbehagen – ein ängstliches Zaudern und Zittern. Ich wagte kaum noch einen Schritt zu tun, aus Furcht, in einen Abgrund zu stürzen. Zudem entsann ich mich seltsamer Geschichten über jene Wilden Berge und das unheimliche, grausame Volk, das seine Haine und Höhlen bevölkerte. Tausend verworrene Phantasien bedrückten und quälten mich. Dann plötzlich wurde meine Aufmerksamkeit von dem lauten Schlag einer Trommel gefesselt.

Natürlich war ich aufs Höchste verwundert. Eine Trommel in diesem Gebirge. Der Posaunenklang des Erzengels hätte mich nicht mehr überraschen können. Doch dann geschah noch Verblüffenderes und Erstaunlicheres. Ein wildes Rasseln und Klimpern wie von einem großen Schlüsselbund ertönte und im selben Moment stürmte mit einem Schrei ein dunkelgesichtiger, halb nackter Mann an mir vorbei, so nah, dass ich seinen heißen Atem auf meinem Gesicht spürte. In der Hand hielt er ein Instrument aus zahlreichen Stahlringen, die er im Laufen ungestüm schüttelte. Kaum war er wieder im Nebel verschwunden, da stürzte keuchend ein riesiges Tier mit aufgerissenem Maul und funkelnden Augen hinter ihm her. Es bestand kein Zweifel – es war eine Hyäne.

Der Anblick dieses Ungeheuers verringerte jedoch meine

Furcht eher, als sie zu vergrößern. Denn nun war ich mir sicher, dass ich träumte, und versuchte mich ins Wachbewusstsein zurückzuholen. Ruhig und beherzt schritt ich weiter. Ich rieb mir die Augen. Ich rief mit lauter Stimme. Ich zwickte mir in die Glieder. Und als eine kleine Quelle vor mir auftauchte, beugte ich mich nieder und wusch mir Hände, Kopf und Nacken. Dies schien die seltsamen Empfindungen, die mich geplagt hatten, zu vertreiben. Ich richtete mich, wie ich glaubte, als neuer Mensch wieder auf und setzte ruhig und wohlgemut den mir unvertrauten Weg fort.

Nach einer Weile ließ ich mich, übermannt von der Anstrengung und einer drückenden Schwüle, die in der Luft lag, unter einem Baume nieder. Wenig später zeigte sich eine fahle Sonne und die Blätter des Baumes warfen einen schwachen, aber deutlichen Schatten auf das Gras. Lange Minuten starrte ich vor Staunen benommen diesen Schatten an. Ich schaute zu dem Baum empor. Es war eine Palme.

In heftiger Erregung sprang ich auf – denn ich konnte mir nicht länger einreden, dass ich träumte. Ich sah – ich spürte, dass ich vollkommen Herr meiner Sinne war – und diese Sinne überfielen meinen Geist nun mit einer Flut überraschender und eigentümlicher Eindrücke. Die Hitze wurde mit einem Mal unerträglich. Ein seltsamer Geruch durchtränkte die Luft. Ein leises, unablässiges Murmeln wie von einem mächtigen, aber sanften Fluss drang an meine Ohren und vermischte sich mit dem eigenartigen Summen mannigfacher menschlicher Stimmen.

Während ich mit höchstem Erstaunen, das ich wohl nicht näher beschreiben muss, lauschte, trug ein plötzlicher, heftiger Windstoß wie durch Zauberei den drückenden Nebel fort.

Ich fand mich am Fuße eines hohen Berges wieder und blickte auf eine weite Ebene hinab, durch die sich ein majestätischer Fluss schlängelte. Am Ufer des Flusses lag eine orientalisch anmutende Stadt, wie wir sie aus Tausendundeiner Nacht kennen, doch von noch fremdartigerem Charakter als jeder dort beschriebene Ort. Von meinem Aussichtspunkt hoch oben über der Stadt konnte ich all ihre Winkel und Ecken erkennen, wie auf einer Landkarte verzeichnet. Die scheinbar zahllosen Straßen schnitten sich planlos in allen Richtungen, indes handelte es sich eher um gewundene Gassen, in denen sich Menschen drängten. Die Häuser waren ungemein malerisch. Überall fand sich ein Durcheinander aus Balkonen, Veranden, Minaretten, heiligen Stätten und bizarr geschnitzten Erkern. Auf zahlreichen Basaren wurden kostbare Waren in ungeheurer Vielfalt und Fülle feilgeboten: Seidenstoffe, Musseline, die verblüffendsten Schneidwaren und die großartigsten Schmuckstücke und Edelsteine. Daneben sah man rundum Fahnen und Sänften, in denen würdevolle verschleierte Damen saßen, Elefanten mit prächtig verzierten Decken, in grotesken Formen gemeißelte Götzenbilder, Trommeln, Banner, Gongs, Speere und Streitkolben aus Gold und Silber. Und inmitten der Menge und des Lärmes, des allgemeinen Durcheinanders – inmitten der abertausende schwarzer und gelber Menschen mit ihren Turbanen und wallenden Gewändern und fließenden Bärten wanderte eine endlose Zahl geschmückter heiliger Bullen umher, während gewaltige Scharen schmutziger heiliger Affen schnatternd und schreiend auf den Simsen der Moscheen herumkletterten oder sich an Minaretten und Erkern festklammerten. Von den wimmelnden Straßen führten unzählige Treppen hinunter zu den Ufern des Flusses und Badeplätzen, während sich der Fluss selbst mühsam seinen Weg durch ganze Flotten schwer beladener Schiffe zu bahnen schien, die nah und fern seine Wasser bedeckten. Jenseits der Stadtgrenzen erhoben sich zahlreiche majestätische Haine aus Palmen und anderen seltsamen Bäumen von hohem Alter. Hier und dort sah man ein Reisfeld, die strohgedeckte

Hütte eines Bauern, eine Zisterne, einen vereinzelten Tempel, ein Zigeunerlager oder ein Mädchen, das, einen Krug auf dem Kopf, anmutig zu den Ufern des großartigen Flusses schritt.

Nun werden Sie gewiss sagen, dass ich wohl träumte. Doch keineswegs. Was ich sah – was ich hörte – was ich spürte – was ich dachte –, hatte nichts von der unverwechselbaren Eigenart des Traums. Die Geschehnisse waren absolut folgerichtig. Da ich zunächst daran zweifelte, dass ich tatsächlich wachte, unternahm ich verschiedene Versuche, die mich rasch davon überzeugten. Nun, wenn man träumt und während des Traumes zu träumen glaubt, bestätigt sich diese Vermutung stets und der Schlafende erwacht fast im gleichen Moment. Novalis hat daher nicht Unrecht, wenn er sagt, dass wir, wenn wir in einem Traum zu träumen glauben, kurz vor dem Erwachen stehen. Hätte ich die geschilderte Vision gehabt, ohne den Argwohn zu hegen, dass ich nur träume, dann wäre es gewiss ein Traum gewesen. Doch so wie sich die Dinge zutrugen, kann ich nicht umhin, sie anderen wundersamen Phänomenen zuzuordnen.«

»Ich bin nicht sicher, ob Sie nicht irren«, bemerkte Dr. Templeton, »doch fahren Sie fort. Sie erhoben sich und stiegen in die Stadt hinab.«

»Ich erhob mich«, fuhr Bedloe fort und sah den Arzt mit großer Verwunderung an. »Ich erhob mich, wie Sie sagen, und stieg in die Stadt hinab. Auf meinem Weg geriet ich in gewaltige Menschenmassen, die in einer Richtung durch sämtliche Gassen drängten und in ihrem Verhalten allergrößte Aufregung verrieten. Wie durch einen unbegreiflichen Zwang ergriff mich plötzlich tiefe Anteilnahme an dem Geschehen. Ich glaubte zu spüren, dass mir selbst eine wichtige Rolle zufiel, ohne eigentlich zu wissen, worin sie bestand. Gegen die Menge, die mich umgab, empfand ich indes tiefe Feindseligkeit. Ich entfloh ihr und gelangte über einen Umweg rasch in die Stadt. Hier befand sich alles in wildestem Aufruhr und Streit. Ein kleiner Trupp halb indisch, halb europäisch gekleideter Männer, die von Offizieren in teils britischer Uniform befehligt wurden, kämpfte in weit unterlegener Zahl gegen die wüste Horde, die sich gegen sie zusammengerottet hatte. Ich schlug mich auf die Seite der Schwächeren, rüstete mich mit den Waffen eines gefallenen Offiziers und kämpfte mit der wilden Grausamkeit der Verzweiflung gegen ich weiß nicht wen. Bald waren wir der großen Überzahl unserer Feinde unterlegen und gezwungen, in einem Pavillon Zuflucht zu suchen, wo wir uns verschanzten und für den Augenblick sicher waren. Durch eine Öffnung nahe der Kuppe des Pavillons sah ich eine riesige Menschenmenge, die in wilder Erregung einen prunkvollen Palast über dem Fluss umstellte und bestürmte. In diesem Moment ließ sich aus einem der oberen Fenster des Palastes mittels eines Seils, das aus den Turbanen seiner Diener geknüpft worden war, ein weibisch wirkender Mann herunter. Unten stand ein Boot bereit, in dem er zum gegenüberliegenden Flussufer floh.

Und dann ergriff ein neuer Gedanke Besitz von mir. Ich richtete ein paar hastige, doch nachdrückliche Worte an meine Gefährten, und nachdem es mir gelungen war, einige für meine Sache zu gewinnen, unternahmen wir einen wagemutigen Ausbruchversuch. Wir stürzten uns mitten in die Menge, die den Pavillon umlagerte. Zunächst wich sie vor uns zurück. Dann rottete sie sich zusammen, kämpfte wütend und wich abermals zurück. Unterdessen wurden wir weit von dem Pavillon abgedrängt und irrten orientierungslos durch die schmalen Gassen mit ihren hohen, bedrohlichen Häusern, in deren Winkel noch nie ein Sonnenstrahl vorgedrungen war. Tobend trieb uns die aufgebrachte Menge in die Enge, bedrohte uns mit ihren Speeren und überschüttete uns mit einem Hagel aus Pfeilen. Letztere waren höchst ungewöhnlich und erinnerten in mancher Hinsicht an die krummen Dolche der Malaien. Sie waren lang und schwarz, wie der Körper einer kriechenden Schlange geformt und mit einem vergifteten Widerhaken besetzt. Einer von ihnen traf mich in die rechte Schläfe. Ich taumelte und stürzte. Augenblicklich überfiel mich schreckliche Schwäche. Ich wand mich – ich rang nach Luft – ich starb.«

»Nun werden Sie wohl kaum noch darauf beharren«, sagte ich lächelnd, »dass Ihr ganzes Abenteuer kein Traum gewesen ist. Sie wollen doch nicht behaupten, dass Sie tot sind?«

Natürlich erwartete ich auf diese Worte eine schlagfertige, geistreiche Antwort seitens Bedloes. Doch zu meinem Erstaunen zauderte er, erschauerte, wurde leichenblass und blieb stumm. Ich schaute zu Templeton. Er saß kerzengerade und regungslos auf seinem Stuhl – seine Zähne schlugen aufeinander und seine Augen traten aus ihren Höhlen. »Fahren Sie fort!«, sagte er schließlich heiser zu Bedloe.

»Lange Minuten«, fuhr Letzterer fort, »fühlte ich nichts, empfand nichts als Dunkelheit und Nichtsein und die Gewissheit des Todes. Dann aber schien mich plötzlich ein heftiger Schlag wie von Strom zu durchfahren. Im selben Moment kehrten meine Spannkraft und mein Lichtempfinden zurück. Das Licht konnte ich fühlen – nicht sehen. Gleich darauf schien ich mich vom Boden emporzuschwingen. Doch ich besaß keine physische, keine sichtbare, hörbare oder fühlbare Gestalt. Die Menge hatte sich zerstreut, der Aufruhr sich gelegt. Die Stadt lag in relativem Frieden da. Unter mir sah ich meinen Leichnam mit dem Pfeil in der Schläfe, der ganze Kopf aufgequollen und entstellt. Doch all diese Dinge berührten mich nicht. Nichts weckte mein Interesse. Selbst der Leichnam schien mich nichts anzugehen. Ich war willenlos, indes schien ich mich zu bewegen und schwebte schwerelos auf dem gleichen Weg, auf dem ich gekommen war, aus der Stadt hinaus. Als ich jene Stelle der

Bergschlucht erreichte, an der ich der Hyäne begegnet war, durchfuhr mich abermals ein Schlag wie von einer galvanischen Batterie. Das Gefühl von Schwere, von Willen, von Materie kehrte zurück. Ich wurde wieder ich selbst und trat eilends den Heimweg an. Indes hatte das Vergangene nichts von seiner lebendigen Realität verloren und auch jetzt kann ich meinen Verstand nicht für einen Moment dazu nötigen, es als Traum anzusehen.«

»Es war auch kein Traum«, sagte Templeton mit tief ernster Miene, »aber es wäre schwer, einen anderen Namen dafür zu finden. Lassen Sie uns einfach sagen, dass der menschliche Geist heute dicht vor einigen wundersamen übersinnlichen Entdeckungen steht. Wollen wir uns mit dieser Vermutung begnügen. Zu allen anderen Dingen habe ich eine Erklärung abzugeben. Sehen Sie dieses Aquarell. Ich hätte es Ihnen schon früher zeigen sollen, doch ein verständliches Grauen hielt mich davon ab.«

Wir betrachteten das Bild, das er uns zeigte. Ich konnte nichts Ungewöhnliches daran entdecken, doch auf Bedloe hatte es eine erstaunliche Wirkung. Als er es ansah, sank er beinahe ohnmächtig um. Dabei stellte das kleine Porträt – wenngleich mit erstaunlicher Akkuratesse – nichts als seine eigenen merkwürdigen Züge dar. Zumindest glaubte ich dies, als ich es anschaute.

»Wie Sie sehen«, sagte Templeton, »befindet sich hier in dieser Ecke kaum sichtbar das Datum des Bildes – 1780. In diesem Jahr wurde das Porträt gemalt. Es ist das Bildnis eines verstorbenen Freundes – eines gewissen Mr. Oldeb –, dem ich in Kalkutta während der Amtszeit von Warren Hastings eng verbunden war. Damals war ich erst zwanzig Jahre. Als ich Sie, Mr. Bedloe, zum ersten Mal in Saratoga sah, war es die verblüffende Ähnlichkeit zwischen Ihnen und dem Gemälde, die mich veranlasste, an Sie heranzutreten, um Ihre Freundschaft zu suchen und die Vereinbarungen in die Wege zu leiten, die mich zu Ihrem ständigen Begleiter machten. Einerseits, vielleicht in erster Linie, wurde ich durch eine kummervolle Erinnerung an den Verstorbenen dazu getrieben, andererseits jedoch auch durch eine beunruhigende und nicht vollkommen von Furcht freie Neugier an Ihrer Person.

Mit der ausführlichen Schilderung Ihrer Vision, die Sie in den Bergen heimsuchte, beschrieben Sie mit genauester Akkuratesse die indische Stadt Benares am heiligen Fluss. Die Unruhen, der Kampf, das Massaker trugen sich während der Rebellion Cheyte Sings 1780 tatsächlich zu. Der Mann, dem mittels des Seils aus Turbanen die Flucht gelang, war Cheyte Sing. Bei dem Trupp im Pavillon handelte es sich um indische Soldaten und britische Offiziere, die unter Hastings' Führung standen. Auch ich gehörte zu dieser Gruppe und tat alles, was ich vermochte, um den übereilten, verhängnisvollen Ausbruch jenes Offiziers zu verhindern, der in den überfüllten Gassen durch den Giftpfeil eines Bengalen fiel. Dieser Offizier war mein teuerster Freund. Es war Oldeb. Diesen Aufzeichnungen werden Sie entnehmen«, (der Sprecher zog ein Notizbuch heraus, in dem einige Seiten offenbar eben erst geschrieben worden waren), »dass ich zur selben Stunde, in der Sie diese Dinge vermeintlich in den Bergen erlebten, hier zu Hause damit beschäftigt war, sie in allen Einzelheiten zu Papier zu bringen.«

Etwa eine Woche nach dieser Unterhaltung erschien in einer Zeitung in Charlottesville folgende Meldung:

»Wir haben die schmerzliche Pflicht, den Tod von Mr. AUGUSTUS BEDLO anzuzeigen, der durch seine liebenswürdige Art und Rechtschaffenheit seit langem die Wertschätzung der Bürger von Charlottesville genoss.

Mr. B. litt seit einigen Jahren an einer Nervenkrankheit, die schon häufig sein Leben bedrohte. Indes kann sie nur als mittelbare Ursache für sein Ableben angesehen werden. Die eigentliche Todesursache ist von höchster Seltsamkeit. Bei einem Ausflug in die Wilden Berge zog sich Mr. B. vor einigen Tagen eine leichte fiebrige Erkältung zu, die mit Blutandrang im Kopf einherging. Um Abhilfe zu schaffen, ordnete Dr. Templeton einen lokalen Aderlass an. Blutegel wurden an den Schläfen angesetzt. Der Patient starb in erschreckend kurzer Zeit und es stellte sich heraus, dass versehentlich einer der giftigen Wurmegel, die sich gelegentlich in Teichen der Gegend finden, in das Glas mit den Blutegeln geraten war. Dieses Tier saugte sich an einer kleinen Arterie der rechten Schläfe fest. Seine große Ähnlichkeit mit dem medizinischen Blutegel war der Grund, weshalb man den Irrtum zu spät erkannte.

Der giftige Wurmegel von Charlottesville lässt sich vom medizinischen Blutegel übrigens durch seine schwarze Farbe und vor allem durch seine wurmartigen Bewegungen, die an eine Schlange erinnern, unterscheiden.«

Ich sprach mit dem Herausgeber jener Zeitung über den seltsamen Unfall und dabei fiel mir etwas ein. Ich fragte, wie es komme, dass der Name des Verstorbenen mit Bedlo angegeben worden sei.

»Ich nehme an«, sagte ich, »dass Sie eine Quelle für diese Schreibweise haben, doch ich war stets der Meinung, der Name würde am Ende mit e geschrieben.«

»Quelle? Nein«, erwiderte er. »Es ist ein reiner Druckfehler. Der Name Bedlo wird auf der ganzen Welt mit e geschrieben und ich habe ihn in meinem ganzen Leben noch nicht anders gesehen.«

»Wenn dem so ist«, murmelte ich und wandte mich um, »dann bewahrheitet sich in der Tat, dass die Wirklichkeit manchmal wundersamer als alle Dichtung ist – denn was ist Bedlo ohne e anderes als die Umkehrung von Oldeb? Und dieser Mann will mir erzählen, dass es ein Druckfehler ist.«